現代文學典藏

鮑爾吉・原野散文選

綠蒂 主編
鮑爾吉・原野 著

臺灣商務印書館

鮑爾吉・原野

蒙古族，內蒙古科爾沁部人。1958 年生於呼和浩特，生長於赤峰，現居瀋陽，任遼寧省公安廳專業作家，為著名的蒙古族作家，散文、詩歌、兒童文學、小說、報告文學等皆有涉獵。

著作有《掌心化雪》、《每天變傻一點點》、《草家族的綠袖子》、《青草課本》、《羊的樣子》、《尋找原野》…等二十多種。

作品曾收入上海市小學課本與江蘇省中學課本，曾獲人民文學散文獎、文藝報筆會獎、中國新聞獎金獎、中國少數民族文學獎、東北文學獎、遼寧文學獎…等。

目錄

第一輯　大地

第二輯　水

第四輯 南箭亭子往事

第五輯 蒙古

第一輯　大地

小米真小

早晨坐在北窗前，翻書、喝茶、看高遠的秋空，忽然，發現灰漆的窗臺上散落一些小米，這必是被窗外的珍珠鳥踢騰出來的。

小米真小，我仔細看了半天也看不清它們的模樣。在窗臺上，三五十粒小米才占一點地方。拈些小米放在手心裏觀察，真是很可愛，像小雞崽羽毛那種黃色，掌一動，它們幾乎無重量地跑動著。

小米的樣子有點像中國的玉，溫潤和瑞，半透明，沒有火氣。我素來不愛吃小米飯，因為小時候吃太多了。跟大米相比，我認為結論是不容置疑的，大米不好吃。因為常聽到「延安的小米」云云，它便有了一些革命黨人的氣質，使我不敢腹誹。

除去革命形勢不論，北方乾旱地帶的農民只有吃小米。像我這樣僥倖生在城裡（雖然是小城）的人，吃過小米白麵，才排斥小米。小米在農民口中，只有飽與不飽之分，沒有味道好與不好之別。

現在想，小米飯除了在嘴裏不太滑溜，吾鄉人稱之為「柴」，也沒有什麼不好的味道。其味也如玉的性質，得乎中庸。一種樸素氣實際也是大家氣，能養活億萬斯民活下來的味道，不可能是卓爾不群的海參鮑魚之味，大約就是像小米這樣沒什麼味道的味道。

從古文化遺址看，小米還是家耕文明中最早的產物，有「祖宗」一輩的地位。恕我唐突一句，小米歷經商缽周鼎之後還是這麼小，在吃物紛繁吃法百般的今天，也還這麼小，它真是歷經滄海桑田了。這種悠遠，使它定型於永久，不想改變也順應萬變了。

古人將小米稱為「粟」，好聽，典雅威重，登堂入室不妨。「粱」在漢以前也指小米品種之一，現在植物學家和山地農民都稱其為「穀子」，也好聽。一種東西，以同一稱謂流行官民之口，通行南北之間，是難事。除非它是極有來歷之物，如穀子。玉米這玩意，東北叫包米，貴州叫包穀，翻譯小說中矯情寫為玉蜀黍。名出百端，是因為它出身淺，至於餅乾、克力架乃至曲奇，出身更淺。子曰：必也正名乎。其實大象之物，無須正名，海在哪裡都叫海。穀子也是這樣，走到哪裡都說「穀子」。小米說的是脫殼的穀子，這名樸實得無法剝去華飾，也無法分割。小——米，就是它。

得道了。小米，可以致廣大而盡精微。

小米的優良還在不釀酒，雖然古書上說它能釀酒。但現時無人釀純小米酒。穀物正道是養人，旁門才釀酒。此事小米不為也，糧食裡玉米個頭最大，如兵卒，常被碾碎。其次是高粱，美艷而粗厲，其豪氣化杯中物。大米是城裏娘們兒，陰柔綿軟。麥子乃正房髮妻，温良和順。小米為王，不文不火，靜觀萬物，以小制大，是中國的王。至於雞鴨魚肉、熊掌牛鞭，則是幕僚門客俠人暗娼，一頓而已矣，兩三頓而已矣，轉瞬榮華奄忽泔水缸內。它們哪裡有小米的安祥寧靜。

我的夢想中曾有園圃之願，譬如種點菜和向日葵，現在修正，如幾壟穀子。秋天，碾好的小米用簸箕飛瀉裝入白布口袋，我像農人一樣豎掌插入米口，攥一把讓它順掌眼瀉流，黃澄澄如細砂的小米摩挲著掌心流下，再抓一把，讓它流。嘴裏學農民的口吻說：嘖！多實成。心裏想：小米咋這麼小呢？這時，手與眼同時享受著一種比較開闊的喜悅，與天地關聯起來，若是高興，我可能扛半袋子小米，送給城裡親戚。

鐵匠

早上醒來，一個想法鑽進腦袋——我想當鐵匠。當鐵匠多好，過去怎麼沒想到這個事呢？

在鐵匠鋪，用長柄鉗子從爐中夾一塊紅鐵，叮噹叮噹地砸，鐵像泥一樣柔韌變形。把鐵弄成泥來鍛造，是鐵匠的高級所在。暗紅的鐵塊燒透了，也懵了。這時，當然不能用手摸它，也不可用舌頭舔。砸吧，叮噹叮噹。

鐵冷卻了，堅硬了，也不紅了，以暴雨的節奏打擊，那麼美也那麼短暫。那時候，鐵是軟的。

用鉗子夾著火泥向水裡一探，「滋拉」一聲，白霧騰焉。這件事結束了，或完成了，這像什麼呢？真不好形容。這是一種生命擴張與凝結的感覺。

而鐵匠，穿著白帆布的、被火星兒燙出星星般窟窿的圍裙，滿臉皺紋地向門口看——門外的黃土很新鮮，沿牆角長一溜青草，遠處來了一個騎馬的人。

歷史上，鐵是強力的象徵。《舊約》上說：「以色列整個地區未發現鐵匠，因為腓力斯坦人說，免得希伯來人製造劍和矛。」在非洲，冶鐵是宗教儀式的中心，安哥拉人在治煉時，巫師把神樹之皮、毒藥和人的腦漿放入竈穴，當拉風箱的人開始工作時，伴有歌唱、舞蹈和羚羊的粗野音調。

在蘇丹西部，鐵匠像祭司一樣得到國王的保護。而在北非，鐵匠可憐地處於受侮辱的最底層，正如西藏的鐵匠被視為最低等級的成員，因為他們製造了屠刀。而布里亞特——蒙古人認為鐵匠是神的兒子，像騎士一樣無比光榮。

鐵匠是刀的父親、犁的母親。在人類的文明史或殺戮史上，鐵匠比國王的作用更大。不說刀劍，一個小小的馬蹬便能帶來版圖的延伸。

鐵匠所以神奇或另類，因為他們面對的是古代人類最為敬畏的兩樣東西：火與鐵。鐵匠鋪如同產房，在火焰中催生奇特之物，從車軸到火鐮。布里亞特人的薩滿儀式唱到：

你們這九個「波信陶」的白色鐵匠啊，
你們下降凡間，你們有飛濺的火花，
你胸前有銀做的模子，你左手有鉗子，
鐵匠的法術多麼強大啊，
你們騎著九匹白馬，
你們的火花多麼有力量！

漆黑的鐵匠鋪裏的「鐵」味，是鍛擊和淬火的氣息。爐火烤著鐵匠，他的臉膛像通紅的鐵塊一樣光彩煥發。在太陽下，鐵匠的臉黝黑，像塑像。

墓碑後面的字

在額爾古納的野地，我見到一塊特殊的墓碑。

樹葉散落鄉路，被馬車軋進泥裏。枝條裸露著胳膊，如同雨水中趕路的精疲力盡的女人。這兒的秋天比別處更疲憊。行路中，我被一叢野果吸引，桔色的顆粒一串串掛在樹上，像用眼睛瞪人。我摘下一串看，正想能不能嚐嚐，腳下差點被絆倒。

——一塊墓碑，埋在灌木和荒草間，後邊是矮墳。

碑文寫道：劉素蓮之墓。

荒地之間，遇到墳塋。我想不應抽身而走，坐一會兒也好。這就像邊地旅行，見對面來人打招呼一樣。坐下，不經意間，看到水泥製的石碑後面還有一行字：

媽媽我想……

「想」字下面被土埋住，扒開土，是一個「你」字。這個字被埋在雨水沖下的土裏。

我伸手摸了摸，字是用小學生塗改液寫的。字大，歪歪扭扭，如奔跑、踉蹌、摔倒。寫字的人也像小學生。

我轉過頭看碑正面，死者生卒年代為一九六六～一九九五，活了二十九歲。碑後寫字的人該是她的孩子。

這麼一想，心裏不平靜，彷彿孩子的哀傷要由我來擔當。她是怎麼死的？她死的時候孩子多大？我想，她如果死於分娩，孩子也沒什麼大的悲傷，但不像這個人的情況。孩子分明和母親度過了許多日夜。母親故去，他在夜晚睡不著的時候，特別在黃昏——人在一天中情緒最脆弱的時候，常常想到母親。

兒時，媽媽不在身邊，我特別害怕呼嘯的風聲和樹梢夾纏，一陣陣起伏不定；害怕不停歇的夜雨；害怕敲門聲、狗吠和照明彈——那時老有人放照明彈。

現在這個孩子比我害怕和憂傷的事情會更多。我和母親仍然生活在一起，他的母親遠行了。在節日，在有成績和挨欺負的時候，或者不一定什麼時候的時候，他都要想起母親。我彷彿看到一雙兒童的眼睛，淚水沿著眼眶蓄積，滿滿的，順眼角流下。他獨自一人來到這裡，寫下：

——媽媽我想你

「你」字被土埋住了，讓人心驚。的確，「你」被黃土永遠埋在這裏，這是他家人早已知道卻誰都無奈的事情。

我想的是，這幾個字力量多麼大，把一個人身上的勁兒都卸掉了，對我來說，彷彿如此。

人常說，顏真卿《祭侄稿》字含血淚，說書法家心境和藝境相合之時的驚心動魄。還說司馬遷、方苞的文字含恨如石。墓碑後面的這句話，其孤兀也足以把人打倒。

如今詞語泛濫，換句話說是到了一個不尊重語文的時代。人們在使用漢字——不需要交費、不需要限制——的資源時，儘量揮霍、歪曲、作假，這在網上和官樣文章中隨處可見。中國沒有《法蘭西語言文字法》那樣具有刑事約束力的法律，可以不尊重語言的尊貴、純潔、源流和規範。套用「物欲橫流」這句話，如今是「亂話橫流」，不真誠、不優美的文字像污水一樣在下水道暢行。

然而尊重文字的人還在，視它為心聲，寫字的時候會流淚。劉素蓮的孩子正是流著淚一筆一筆寫下這五個字。有人這麼寫字，是漢字的福氣。

一位身居海外的中國詩人說：「不知為什麼，我一看到『滄海』、『中秋』這些漢字就想流淚。」為詞語流淚，說明他的血液曾經融化過漢字當中芳香高貴的成份。

大樹在風中呼吸，我走進鄰近的村子，牧草一堆一堆金黃。農婦直起腰，看我進入哪一家投宿。我想的是，文字和周圍的山川草木一樣，因為真實而有力量。它們結結實實地鑽進人的心裏，做個寓待下去，像墓碑後面那幾個字。

驚蟄

「驚蟄」兩個漢字並列一起，即神奇地構成了生動的畫面和無窮的故事。你可以遐想：在遠方一聲初始的雷鳴中，萬千沈睡的幽暗精靈被喚醒了，它們睜開惺忪的雙眼，不約而同，向聖賢一樣的太陽敞開了各自的門戶。這是一個帶有「推進」和「改革」色彩的節氣，它反映了物件的被動、消極、依賴和等待狀態，顯現出一絲善意的冒犯和介入，就像一個鄉村客店老闆凌晨輕搖他諸事在身的客人：「客官，醒醒，天亮了，該上路了。」

我極少大段引述別人的作品，這回則不同，上面的文字，出自葦岸筆下《廿四節氣・驚蟄》，寫於一九九八年三月六日，農曆二月初八；天況：晴；氣溫：十四℃～二℃；地點：北京昌平。抄在這裏為的是紀念我的朋友，一位故去六年的優秀的中國散文家。

葦岸喜歡大地。大地雖然如此之大，但許多人早已感到陌生。他們的相關記憶是：道路、地板、車、寫字樓、臥房和廁所。大地在哪裡？人們影影綽綽覺得它在鄉下，或者藏身於五十年之前的詩集裡，它的一部分暫存在公園，其餘的被房地產商人暗算了，至少給修改了。

如果不記得大地，人們上哪兒去體會驚蟄、雨水的含義與詩意？農曆的節氣，彷彿談天，實則説地，説寬廣的大地胸懷呼吸起伏。節氣的命名非在描述，而如預言，像中醫的脈象，透過一個徵候説另一件事情的到來。

葦岸寫道：「連陰數日的天況，今天豁然開朗了。……小麥已經返青，在朝陽的映照下，望著清晰伸展的絨絨新綠，你會感到，不光嬰兒般的麥苗，綠色本身也有生命。而在溝塹和道路兩旁，青草破土而出，連片的草色已似報紙頭條一樣醒目。」

而在我的居住地，驚蟄時分，草還沒有衝出來用新綠包圍從冬日裡走出的人們。盤桓已久的街冰卻溶化為水，像攥一個東西攥不住漏湯了。南風至，吹在臉上，是風對臉説的另一番話語，不止溫潤，還有情意。天氣暖了，人們仍然喊冷。此際「凍人不凍水」，人的汗毛眼開了，陽氣領先，反而擋不住些微的春寒。汗毛眼是人體九萬八千竅孔之一，何故而開？因為驚蟄嘛。

驚蟄不光是雷的事情。雷聲滾過來，震落人們身上的塵埃，震落草木和大地身上的塵埃。驚蟄不光是小蟲的事，蟲子終於在這一天醒了。誰説冬眠不是一種危險？醒不過來如何？以及到底在哪一天醒呢？驚蟄有如驚堂木，握在天公手裡，「啪」地一聲，喚醒所有的生命。

其實這一切是為春天而做的鋪墊。春天尊貴，登場時有解凍、有返青、有屋檐冰凌難以自持、有泥土酥軟、有風箏招搖、有人們手裡拿著白麵餅卷豆芽、有楊樹枝上鑽出萬千紅芽。是誰擺這麼大的排場？

——春天。而驚蟄不過是迎接它的候場鑼鼓，好戲在後邊，像葦岸說的：「到了驚蟄，春天總算坐穩了它的江山。」

雲彩

小時候，最羨慕雲，認為它去過很多地方，飽覽河山景色。那時候，以為只有空軍才能坐飛機，一般人坐坐拖拉機已經很好。

我看到雲彩每每和山峰對峙，完全是有意的，想起毛主席的詞「欲與天公試比高」。而雲彩常常在遠處，也是我小時候奇怪的一件事。問大人：咱們咋沒有雲彩呀？大人支支吾吾，完全不關心這件事。我讀過分省地圖冊之後，以為雲彩也是中央分配的，一個地方多少有定額。顯見，我兒時即有計劃經濟即體制內的思維特徵。我所看到的雲彩，其實是外地的。於是改為羨慕外地人，他們抬頭就看到了大朵的雲彩，多麼享受。

後來，去黃山，見白雲從腳下的山谷纏綿而過，真想往下跳。他們那兒的雲彩實在比我老家多多了。當一撥兒雲霧席捲而過之後，再看山峰，神色蒼老堅硬。而雲，連一片葉子也沒有帶走，無語空靈。

幼時，我相信雲分為不同的家族。它們不斷在遷移，趕著車，帶著孩子和牲畜——自然去了一個很好的地方。雲彩怎樣看待地上的人群呢？人可能太小了，它們看不見。後來，我曾站在房頂上對著雲彩揮舞一面紅旗，並相信它受到了感動。

我愛唱一支歌：「藍藍的天上白雲飄」，其實只喜歡這一句，後面的詞屬不得已。對著天唱歌尤其有意義，只是仰著頸唱歌，氣有點不夠用，老想咽唾沫。我曾對著雲彩把此歌唱過好多遍，像獻禮一樣。

所想

——入夜，搖井上轆轤，井繩無盡止，東山小星比原來亮，越搖越亮。到後半夜，小星照亮全村，柴禾垛披白蓑衣，苣蕒菜拖一個清晰的身影。

——用瓦罐到井邊拎水，歇著時，攬照水裏飄搖的臉。用水在瓦罐裏舀水喝，瓦罐放在家裡能照見月亮的地方。

——窗框換成木頭的，雨後，看窗木有沒有長出蘑菇。看木頭變老，裂紋穿過原來的紋路。木頭香味兒沒了，窗框像一雙老手扶著房子。

——到山裡旅遊，突然下車、下公路，拐進大荒之林。任別人喊，不管。穿過這座山和許多山，慢慢走回家，或許一年。鬍子和鞋都破了，用看山看林看鳥看蟲的眼睛看家裡的東西。

——不管走到哪兒，身邊跟一幫孩子。他們蹲下、站起來，把東西拿到這裡那裡。他們把石子送給你吃，假裝是糖果。他們把你當成像熊一樣笨拙但無害的廢物，高興了往你身上撒尿。

——知道貓的秘密，比如半拉黃臉的野貓每夜去洗計程車座套的作坊幹什麼。

知道鳥的秘密，麻雀被關進籠子為什麼會急死。知道最冷的天氣，兩洞橋下露宿的人為什麼沒有凍死。知道今年春天比唐貞觀七年的春天早了幾天。知道岐山路第三小學門口的杏樹哪一朵花為我所開，做上記號。

——破譯契丹大字（如今只破譯出十六個字），面碑朗朗誦讀，得知遼國命運如何如何，真乃「咦呀呀，啊呀呀」。

——學用蘿蔔刻牡丹花，和牡丹花一鍋煎汁飲。把蔥葉夾到酸書裏去味。

——用魚鱗片粘一把雨傘，用薄荷纖維織一件夏裝，在窗玻璃上畫滿向日葵。

紅瓦鴿群

向晚讀書，夕照的光從對面暗紅的山牆湧入北窗，氣象堂皇。這情形，該讀古希臘的悲劇，生命啊、酒神啊，激辯的言辭才抵得住這堂皇。

我讀《史記》，看太史公以不隱之筆記錄人物的瑣細言行，不僅與今人相通，還可當笑話讀。如，李廣獲罪，以財物贖為平民，相當於歐美法系的「辨訴交易」。他射獵騎飲，夜至霸陵，被霸陵尉喝止。李廣手下人稱，這是「故李將軍」，幾近現時流行的「原××長」。霸陵尉較真：「今將軍尚不得夜行，何乃故也！」所謂今與故，時轉運去，是沒法計較的。唐德剛回憶在紐約陪胡適擠公共汽車。其時胡博士已是老人，一身瘦骨被擠得東倒西歪。唐德剛嘆：你們擠的是誰？是配享太廟的文曲星，幾乎當上了總統。然而，何乃故也。胡適的身份可以顯赫地排列下去：被授三十二個博士學位的學者、新文化運動的開山人、當學生時就被《新青年》捧得大紅大紫的中西碩儒，但在大巴上還是東倒西歪。胡適講容忍，稱「容忍比自由更重要」。李廣出身世代練習射箭的家庭，不僅作戰善射，喝酒也以射箭闊狹定輸贏。匈奴攻入遼西之後，武帝召拜李廣為此地太守。李廣即刻把霸陵尉請入帳下，斬之。李廣曾當著皇帝的面，和老虎之類的猛獸格鬥。漢文帝劉恒被感動，說：「惜乎，如令子當高帝時，萬户侯豈足道哉。」連皇上都有評價，霸陵尉何必分什麼「今故」呢？細緻地說，霸陵尉也不是死在勢利上面。司馬遷寫事件講分寸，說李廣至霸陵亭時，「霸陵尉醉」。應了一句英國諺語：死在酒杯裏的人比死在大海裏的人還要多。

北窗之下不僅可看《史記》，還可看風景。野草的後面是一處平房。雨後，房上紅瓦鮮明，像出窯的新品，讓人忍不住隔一會兒看一眼。喜歡它們的，除了我，還有一群鴿子。鴿群下午三點鐘飛來，在屋頂彩排，即藝人說的「走台」。在紅瓦的背襯下，鴿子分批而降，分批而起，恍然如教堂的傍晚，只缺鐘聲。鐘聲「噹——」到餘音的「——昂」，悠然如鴿子旋翅的頻率。彌補無鐘之憾的是楊樹的綠枝，從空中探向瓦緣，其態見出無限恩愛。鴿子拙於行進，卻不辭辛苦地在坡形的瓦上散步。它們不敢往下走，而向下爬，挺著胸脯，赳赳然。白鴿散落紅瓦，可惜畢卡索沒有看見，列維坦也沒有看到。我想到列維坦，是想到他畫的白嘴鴉。如果拿兩位偉大的風景畫家相比，柯羅和列維坦，我可能還是喜歡列維坦。他在巴爾金諾住的時候，在伏爾加河邊上的普遼斯住的時候，畫白樺樹，初春的白樺和月下的白樺，畫殘雪與墓園，畫白嘴鴉。他的畫作，外面是詩意，裏邊有淳樸。而他在稱讚自己的學生謝羅夫的畫時，也說：

「多麼淳樸，無法再淳樸了！」

列維坦離開普遼斯太久了，學生給他寫信：「伊薩克·伊里奇，你在哪裡？」署名「白嘴鴉」。列維坦回信：「白嘴鴉，我會回去看你們，但別叫得太響，否則我帶上獵槍。」

列維坦在俄羅斯大地的遼闊蠻荒之中找到敏感細膩的美。契訶夫在給妻子的信中寫道：「列維坦的天才，不是以天，而是以小時在增長。」高爾基說：「沙漠中沒有美，美在阿拉伯人的心裏。芬蘭陰鬱的風景也不美，是芬蘭的畫家找出了自己國家嚴峻的美。」列維坦對俄國風景的貢獻亦如此，找到了美，送給俄羅斯人。「伊薩克」這個姓透露出——小說家辛格、小提琴家帕爾曼亦同此姓——他是猶太人。在沙皇時代，列維坦為此受苦甚多。

扯遠了，這是由鴿群引起的贅言，也許寫隨筆的幸運之一是允許東拉西扯。而太史公筆下，字與字之間、句與句之間、人物事件背景之間，像城牆的磚石一樣聯貫有序，無廢話。他有如福格納，知道自己所寫的文字是「文學穹廬頂端那塊拱石」，供人們仰望。

像窗處的屋瓦在雨前並不觸目一樣，我以前沒注意到這些瓦——誰都不會無端地看瓦，鴿子好像也沒眷臨此地。雨讓瓦變成新的，鴿子也以為自己來到一個新地方。我們像霸陵尉一樣介意「今故」，有所拘泥。何謂拘泥？把周遭格式化，分出前後新舊好壞尊卑裡外左右。文革晚期，尼克森女兒朱莉偕夫婿訪華，得毛澤東接見。毛澤東問：「總統先生好嗎？」尼的女婿（艾森豪威爾之孫）急忙解釋：「主席先生，我岳父已經不是總統。」毛澤東不屑於這類糾正，說：「我就叫他總統。」小艾森豪威爾在「格式」中迷惑了，認為總統和前總統有天壤之別。毛澤東何拘於此，稱謂而已。毛澤東當年接見非洲領袖毛雷爾時說：「你姓毛，我也姓毛，一筆寫不出兩個毛字。」毛雷爾卻解釋：「我不姓毛。」毛澤東的本意在於：第三世界國家是兄弟，中國與非洲關係不分彼此。毛雷爾卻拘泥宗譜與修辭法，按中國人的說法，叫煞風景。毛澤東曾說「大破大立」。釋迦牟尼說：「一切有為法，如夢幻泡影，如露亦如電，應作如是觀。」人也許可以分成兩種：創新的人以及在「新」中獲益並常常懷舊的人。或許，「新」的因素給人們帶來的好處越多，越促發人們懷舊。而變革者從來不拘一格，在破舊與立新之間，即使「新」還看不到，也不能妨礙他們破舊，這是使命。

鴿子盤旋，紅瓦顯得比地毯尊貴。列那爾說：「讓鴿子們在屋頂上發出低沈的鼓聲吧，讓它們從樹蔭裏飛出，翻騰、閃耀在陽光下，又折回到樹蔭裡去。它們不願待在原地，而旅行也沒有使它們成熟——來吧，我的咕咕咕。」

咕咕咕，鴿子的歌聲沒有平仄。

幸福村中路的暖陽

北京冷透了之後，比如一月份的中旬，每天下午兩點去古牆下面體會陽光的暖，有大樂趣。老北京的「老」字，在其中也能透露出一點。

北京最冷天中的午陽，暖得讓人微醺。這和火盆、熱坑、暖風以及電褥子都不一樣。午後天晴風止，時間有如停滯，人的視野全清朗了。陽光照在臉上，像喝了二兩半花雕，打裏邊往外暖。一位中醫朋友説，冬天的陽光最有營養。他把陽光也當藥看待，比如三伏天的日頭有毒。這不説人們也知道，曬半個小時就知道有毒沒毒了。但「冬陽暖心」一説有道理，心鬆開了，寬寬綽綽的，舒展。這種光線只有臘月天才有，天冷不透，午後的暖陽也曬不進人的心裏頭。

這時候，如果到紫禁城下的公椅上坐一坐，閉上眼睛聽聽馬路上的車聲，感覺陽光像小蟲子爭先恐後地從臉上爬進心裏，睡意堆積。再睜眼看看匆匆的行人，闔眼讓睡意泛濫。想人忙我偏有閒，得大自在。這都要依仗午後的冬陽。

説睡，實為一陣小迷糊。這陣小迷糊就了不起，估摸片刻的物我兩忘，心胸過濾了一遍。醒了，覺得眼睛更亮了，看看北海滑冰的人、岸邊褐中有黃的乾柳枝，都有趣。所謂「老北京」，除去建築、掌故之外，還有平民與時令下的享受，曬太陽（西安話叫曬暖暖，說得更好）就是其一。

我住的地方離北海遠，也不值得為這麼一點事去那兒曬太陽。此事在幸福村中路同樣可以享受。這兒沒城牆，有超市的大山牆，一樣。街上的公共健身設施上，老頭、老太太在搞搖的、轉的動作。他們的皺紋白髮和設施的鮮艷油漆形成好看的對比。

坐在這兒的椅子子上攝取冬陽，看胖紅臉男人摟著瘦皮革小姐從酒店出來，看工人蹬板車送蜂窩煤，看人下象棋，都不耽誤享受陽光的和煦。坐久了，沒覺著自己睡著，但被路人的談話聲驚醒，還是睡了。聽到喜鵲叫，抬頭卻找不到喜鵲。楊樹枝上蹲著三個冬鳥，不是麻雀，像朱雀。它們並排蹲著，像回憶，又有出席古典音樂會的表情，也可以說是守紀律的士兵，可愛極了。在人之前，它們就知道北京的午後有這麼一種樂趣，於是出席枝頭。

我喜歡冬鳥的理由是它們胖。鳥兒胖了之後，憨而又拙，往泥塑玩具方向發展。比人胖好看多了。

唯一桔子唯一的燈

有一次，我從北陵大街經過一座橋回家。在橋上，偶然發現一個生動的畫面：拓寬的河堤上，新鮮的黃土堆出闊大的斜坡，一個橙色的圓點從上面緩緩下移。那時是暮冬，在鉛雲與枯樹的背景下，黃土以及上面的杜紅非常搶眼。仔細看，才知道這是一個穿橙色衣褲的孩子在堤壩上滑行。

我很感動，好像體會到一種深遠的寓意。想了想，又好像見過這場面。一路上，回憶在哪裡見過此景：黃土大堤上的橙衣小孩兒，沒有。我很奇怪，記憶似乎又與什麼東西串籠了。

那天隨手閒翻一本油畫集，有幅畫差點兒讓我跳起來。

《唯一的桔子唯一的燈》，作者是奧地利的衣貢．席勒。這是一幅鉛筆水彩。畫面簡潔，床、牆壁及鬧都未敷色，淡黃調子，在赭石色的襯布上放一只桔子。席勒將這只桔子詩意地稱為「燈」。我第一次看到這幅畫時，曾感歎作者的內心多麼岑寂，珍惜著來自外界哪怕是一點點的溫暖。這種感受進入記憶之後，竟然一直活躍著。它一旦與生活實景的相似場面相遇，就會跳出來，如北陵大街橋頭的一幕。我在橋頭看到緩緩下移的橙衣小孩兒，心裏也生出無端的傷感，彷彿替這孩子的寂寞憂傷。可見藝術品潛入人心的時候，場面中帶著情感，不同於實景。

席勒短命，不到三十歲便邁入天國。他是表現主義鼻祖克里姆特的學生，具有卓越的線描才能。他筆下的人或物一反克里姆特的唯美，線條在驚人的準確中艱澀、打結、抖顫，表現人物的手與臉時尤如此，活畫出人心深處的焦慮。也許是維也納心理學派的影響，席勒比其他畫家更逼真地反映了人類具有神經症特徵的內心驚懼。席勒又是一個受到東方藝術影響的畫家。正如克里姆特深浸於日本的浮世繪，席勒筆下偶爾會有中國畫的意味，他的《帶金鍾花的李樹》與《向日葵》（布上油畫，一九〇九）畫面上可以看出朱耷的意味與張力。當然，在澹泊寧靜的中國畫的領地裏，席勒只是身影一閃的旅人。他的內心太不平靜了，與東土的筆墨意味並不相容。席勒以粗放的繪畫語言真率地表達的敏感與困惑，讓觀者內心久久不能平靜。在《唯一的桔子唯一的燈》裡面，你可以感到那只桔子在呼吸。它渴望過、憧憬過、哭泣過，像他純真美麗的妻子伊迪絲。

翻畫時，我對未來寄寓過一個幻想，希望有一天會遇到黃土大堤上的橙衣小孩兒，把這幅《唯一的桔子唯一的燈》送給他，說當年的感想。也許那時我已衰老，而他健壯年輕。這人拿著畫驚訝地說：「是嗎？當年會有這樣的事……」

生活所以值得留戀的理由之一，是我們能夠挽留並重溫一個已經逝去的舊夢。

黃土

世上我所珍愛的，今天才知道包括黃土。

我說的黃土，是那種新鮮的、無憂無慮仰臥在無垠大地上的——什麼呢？親戚、朋友、長輩或夥伴？——總之是黃土。鮮潤的黃土比鮮潤的女人更惹人愛。人們走過它們，彎腰，以十指插入土裡，攥一把，捏出個形狀，放在眼前看。黃土好呵，清潔。樸實而又清潔，這不令人神清目爽嗎？好黃土一點不髒，像糧食那麼乾淨，但排列得更緊密。你如果把黃土放在鼻下吸嗅，說「香」也許矯情，說「土」彷彿什麼也沒說。但這氣息的確有一種直抵丹田的力量，不飄亦不滯，可以撲面而來又依偎著你。黃土的氣息和麥子、高粱以及楊樹的味道均有親屬關係，高粱把土氣變甜了，楊樹把土氣變苦了，艾蒿把土氣變香了。但黃土是寬容的大神，不在乎這些，仍從氣息裡透出廣闊的微笑。

黃土，我想用詞語華麗你，譬如「金色的雲呵」，但眼睛一看到你就猶豫了，土地不可美飾。

我可笑地認為，只有農村才有黃土。應該說城市也有，但被樓房和馬路壓在地下了。我喜歡在一望無垠的黃土上踏步走路，走到哪裡都無妨，不拘林邊或河邊。黃土陷我，是拽我作客；黃土平坦，是喻我整肅。我還想在一溜白楊樹帶的邊上，以十指為鏟，噌噌向下挖掘，把帶有新鮮氣息的土揚出來，土和我手指的接觸何等愉快呀。我望著自己掘出的小丘，想像田鼠原是幸福之輩，在黃土裏鑽衝，分洞穴為上下鋪，置藏花生玉米，閒暇時瞪著烏溜溜的大眼張望世界。

近日，我家樓下重修下水道，挖至一米深，堆起許多黃土。我見故人，欲親近卻無章法。不能和黃土貼臉，也無法與黃土說「你好」。看著它們堆聳如丘，小孩子爬上爬下，默然而已。

再想起以往皇上出巡，基層單位「清水灑街，黃土填道」，我曾為之矯情感到可笑。細核計，黃土鋪滿大道，白楊夾迎，的確是最高禮遇了。誰不說清水和黃土都是最好的東西？

又有「哪裡黃土不埋人」之說，所謂大丈夫死不擇地，五湖四海可見。黃土不僅埋人，尚掩埋一切生長一切。人對死者的態度，古今都取掩埋一法，即他們死了，就宜於陽界消失。埋沒使活者看不到他們，樹個墳包紀念，這是一種尊重，如同曝屍是一種懲罰。土地埋人，是因為只有土地能夠埋人。黃土埋人，講的是此物乾淨，與沒有靈魂的肉身極契合，只是過於深重。

鄉村

「鄉村裡倉房的大門打開了，準備好一切／收穫時候的乾草載上了緩緩拖曳著的大車／明澈的陽光，照耀在交相映襯的銀灰色和綠色上／滿抱滿抱的乾草被堆在下陷的草堆上。」

這是瓦爾特・惠特曼的詩（楚圖南譯）每次讀到這裏，我都急於披衣穿鞋，到門口去迎這樣一輛大車。

鄉村的豐饒與芳草，被這樣一輛大車滿載著，搖搖晃晃而來。所有的譬喻，在這兒都可以成為現實，節日、早晨、露水、星星、父兄、故鄉。它們都是可以「滿抱滿抱」的，不會使喜歡這些詞語的人失望。

我是一個在城裡長大的人，但無比喜歡鄉村。我常常為別人指我為「一個在鄉下長大的人」而感到寬慰，彷彿又呼吸到了乾草的甜蜜的香氣，頭上曾經頂過無數的星星。

我認識一些人，在鄉村長大卻急於批評鄉村。他們為貧窮而可恥，為自己童年沒有上過幼稚園而羞愧，貧窮固然可恥，但光著腳在田野裡奔跑，不比在狗屁幼稚園更益智更快樂嗎？在鄉下的河邊，雙腳踩在像鏡子一樣平滑的泥土，十趾用力，河泥像牙膏一樣從趾縫清涼細膩湧出，豈不比在幼稚園背著手念「b、p、m、f」更高級嗎？

鄉村可以改變人生。我驚異於兩年的知青生活對我的顛覆性改變。這樣的改變在開始並沒有顯示出來，隨著年齡的增長，「鄉村」像一個次第發佈指令的基因程式一樣，越來越使我為一個標準的文本。從照片上看，我的身態骨架，包括表情都像一個北方的農民，好像手裡已經習慣拿著鐮刀或趕車的鞭子。而堅忍、吃苦、好胃口以及頑固的幽默，也由鄉村深深地浸入我的確良骨子裡，這使我在今天無論遭遇怎樣蹇促，還都能夠忍下去，並保持明淨的心境。我感謝鄉村接納了我這個孩子。

有人認為知青懷想鄉村是一種矯情，是貴族式的淺薄地歌頌田園風光以妝點無聊的生活。對我來說並非如此。我不知道是否每一個知青都在內心默想過鄉村的土地。對知青來說，苦役無異於噩夢。我在鄉村經歷過的生理上的苦楚，到今天仍然是唯一的。在夏日正午近四十度的高溫下耪地，人變成了一個剛剛能呼吸、能機械移動的動物，腦子裏一片空白。而冬季的寒風可以把人臉凍得用手一碰就是一道血口子。然而我還是懷念鄉村。當我在電視裡看到農人到糧站排隊賣糧的表情，我同時憶起了糧站周圍莊稼發出的氣息，那是葉子寬大的玉米的氣息，比草多一些甜味，比河流又多出一些土氣。在夜裡，在蛙鳴和蛐蛐的歌唱中，這些氣味會和落日、馬糞與炊煙融合在一起，變成令人難忘的甜蜜而憂傷的印象，久存心底。

農人言語簡淨，一語多頭，透著十足的幽默和狡黠。使人感到寬調中的曲迂，如饗享村民的宴筵一樣。你感到他們的語言中具有永遠學習不盡的豐富雋永，意味深長。聽他們説話，像走在鄉村大道上，像一路覽閱草尖上的露珠、高粱穗瑪瑙般的密集、白楊樹的樸素和渠水的清涼一樣。

鄉村無盡。只有上帝能夠創造鄉村，而人類創造了城市。雖然蟄居城市多年，我始終沒有聞到鄉村早晨、中午、晚上和夜裡的氣味，聞不到烏米、烤馬鈴薯、井水的味道。而我下鄉那個大隊米麵加工廠那頭小毛驢發出的親切的噴嚏聲，也是近二十年來我在人群當中從來沒有聽到過的。

人流如龍

我不知道，月亮在天上觀察夜行的火車是懷著怎樣的心情。正月裡的塞北漠漠無言，沒有葉子的樹枝一律向天空伸展著手，它們在月色下仍然是黑的。火車龍行，而月華一瀉千里，再好的火車也開不出月亮的光暈之外。

正月的旅人都是歸客。

歸客如一個瓷盤裡的水銀珠，從這頭滾向那頭。故鄉是根，他們明明知道回家過年是一次疲憊而倉促的行次，但還要回。歸客並不愚鈍，他們生長在樹梢上，甚至作為果實被摘摟了，但還要回到根的邊上歇上一歇。這甚至不能夠叫作「歇」，過年是心情與體力的大擠榨。那歸客就頂算割自己的漿汁擠出來灑在根上了。

鐵路被這種噴射式的鄉情運動嚇得喘不過來氣。

我昨夜在家鄉的小城上車時，車站的鋼柵門竟被擠掉了軸。車站的職工和維持秩序的軍警無不目瞪口呆，他們面對嗖嗖而過的黑色人流說不出話來。這是踏上歸程的人。當鐵門「咣啷」一聲摔倒在冰冷的水泥地上時，已是二十年未見的景象，最近的一次是在「文革」中。誰也不能相信，擠倒鐵門的人並不是孔武大漢，是普通人，包括紮紅圍巾的鄉下打工妹。

火車開動的時候，車廂的人一瞬間集體交換一種眼色：開車了。眼色裏的包含物極複雜——終於上車了，離開家鄉了，年過完了。年過完了之後，月亮在火車的頭頂俯視著人們。不論人奔赴哪裡，月亮都不言語。從火車上仰望正月十七、八的月亮，高而白，有一些顛簸感。它好像浮在海上。

上車的時候，大家像喀朗施塔德要塞的水兵攻打各宮，這種爆發力是一輩子很少遇到的集體爆發力。人們要幹什麼呢？

人們只是要——走。

走，在人類的衝動中是顯見的大動作。摩西領以色列人出埃及，秦始皇遷天下三十六郡十二萬户填咸陽，都是走。「文革」中最壯烈的景觀也在於大串聯，走。

人的流動，尤其是流動的加速，是進入時代大變化的象徵。

鐘聲

在音樂中，離生活最近的是鐘聲。換句話說，在生活與勞動產生的音響裡，唯有鐘聲可以進入音樂。

人常常把鐘聲當作天籟，它悠揚沈靜，彷彿是經過詩化的雷聲。在城市上空，在由於煙塵環繞而使太陽一輪金紅的晨間，鐘聲有如鋼琴的音色，讓半醒的奔波於途的人們依稀回憶起什麼。像馬斯涅的《泰依斯沈思曲》，不是敘說，而在冥想。人們想到鐘聲也剛剛醒來，覺得新的一天的確開始了。在北方積雪的早晨，鐘聲被鬆軟的、在陽光下開始酥融的雪地吸入，餘音更加乾淨。有時候想，倘若雪後之晨沒有鐘聲，如缺了些什麼。索性等待，等鐘聲慢慢傳過來。這就像夏日街上的灑水車駛過，要有陽光照耀一樣。

鐘聲可親，它是慢板。它的餘音在城市上空迴蕩，比本音更好聽，像一隻手，從鱗次櫛比的屋舍上拂過，驚起鴿子盤旋。如果在山腳聽到古寺傳來的鐘聲，覺得它的金屬性被綠葉與泉水過濾得有如木質感，像圓號一般溫潤，富於歌唱性。當飛鳥投林，石徑在昏暝中自得醒目之際，鐘聲在稀薄的回音中描畫出夜的遙遠與清明。在山居的日子裡，唯一帶不走的，是星星，還有晚鐘。

在晚鐘裡，星星變大了。每一聲鐘鳴傳來，星星一如激盪，像掉進水裏，又探出頭。那麼，在天光空靈的鄉村之夜，光有星星而無鐘聲，也似一種不妥，像麥子成熟的季節，沒有風拂積浪一樣。

如果用人群譬喻，鐘聲是老人，無所謂智慧與滄桑，只有慈藹。那種進入圓融之境的老人其實很單純，已經遠離謀劃，像老橡樹一樣樸訥，像鐘聲這麼單純。自然，這是晚鐘，是孩子們準備了新衣和糖果，焦急等待的子夜的鐘聲。在晝日，鐘聲是西裝尚新、皮色半舊的男人，邊走邊想心事。總之，隨你怎麼想，鐘聲都能契合人的心境。

一個沒有鐘聲的城市，是沒有長大的城市。在喧雜之上，總應該有一個純和的、全體聽得到的靜穆之音。

過青龍橋

青龍橋車站位於燕山長城的豁穀之間。如果說長城是龍，在青龍橋看長城，不如說此處的山是龍。山的這邊那邊就是塞外與中原。山勢起伏如痛苦掙脫，像把腳踝磨出白骨來淌著血水的大鎖鏈。長城修在這樣的山上令人驚心動魄，或者說只有這樣的山上才應修長城。修了長城，就像天神一鞭子抽到北方的脊背上，這疼痛永不消失。靜下心看青龍橋的長城，在彷彿連山羊都攀越不過的山上怎麼能修出這樣高峻的城牆呢？畫家黃永玉說：「歷史一般都由兩種人寫成。譬如秦始皇寫一部，孟姜女寫一部。」看了長城，就知道由官府寫的秦史必不可信了。

旅客在換車頭的時候下車徜徉，月臺邊上堆著一垛垛方正的青石條。這時，天上飄下小清雪。在蒼涼雄峻的群山城堞之間，小清雪們極其羞怯，落在地上躡手躡腳，彷彿怕驚動了什麼人。然而，猶猶疑疑的小清雪還是結成疏鬆的白網，灑在地上，毛絨絨的。有的雪花化了，也只是濕了那麼一小點的地方。

這裡面確實有一些不尋常了。上車往前走，我才知道不尋常之處在哪裡。

那是在山坳中，有兩株杏花開了，一紅一白，我大為驚奇。在北方，杏花不同南方的梅花，與雪絕不同一時令開放。雪中看杏花，令人說不出話來。杏樹只有人的肩膀那麼高，是灌木似的山杏樹，枝椏橫逸。杏花只有十幾朵吧。溫婉的清雪在樹幹上融化了，樹幹變成濕潤的深黑色，而仰著臉的杏花顯出嬌貴。這都是列車掠過那一瞬的印象。

在這雄渾的流了幾百年的血的山裡，彷彿應有鋒鎬過耳，馬蹄把石塊踏出火星。讓蒼涼的胡笳聲飄在俯身而死的戰士們的脊背上久久不散。在這裡看到清雪中的杏花，令人觸目驚心。

再次停車的時候，窗邊的石壁已變為乾燥的土崖。這是一個忘了名字的小站，土坡上露出新鮮的黃土，那是莊稼人用馬車拉走填豬圈積肥用的。在沒被挖走的土坡上，長著一片片寸把長枯乾的小草。草色黃得如油畫一般典雅，毛絨絨的。有一塊草被野火燒了有磨盤大的地方，野火熄滅處一圈鋸齒似的焦黑。似欲進欲退，那黑色非常觸目。

玉米之名

袍帶繾綣，是玉米中的情人。玉米綠袖長廣，期待不識字的農夫俯身寫下一些字和念想。隸書、草書、楷書，有關河流、晨昏、露水和山坡的日誌。

到了七月，在北方看到了什麼？遍地玉米。其實看不清哪一株玉米是什麼樣子，滿目莖葉汪洋。玉米的海由它們的葉子或者說袖子紛拂而成，擁擠澎湃。有一點風，高粱葉子出語「沙沙」，月夜聽似「殺殺」。而玉米在風裏回身轉袖，呼喊深遠，像要從夏天傳到秋天。風再大，玉米譁然似水泄，不知堤壩開了多大的洞穴。倘若塞尚來到塞上一觀，北中國的陽光在玉米身上灑下的是蔥綠、墨綠、灰綠和帶那麼一點紫痕的綠，飄搖不定，晃眼。

玉米海的單位是壟。深秋，站在壟背上的老玉米的根像雞爪緊攥著土地。人光膀子穿越玉米地，葉子割破肌膚，是被汗水鹽分塗抹過的銳痛。

「玉」和「米」，均屬漢字裏最好的字，合帝王之尊與社稷之本。何米為玉，何穀為金？何石為燧，何玉為璧？命名的時候，先民把手按在這件事物上，加入多少遐想。在糧食裡，玉米的地位粗傖，和高粱相當。在老百姓嘴裏，它叫棒子、苞米、包穀，「玉」不知跑到哪裡去了。它的化學屬性是澱粉。一位藥廠的朋友告訴我，在×噸玉米澱粉中加入×公斤×素，攪和勻了（不勻也無礙）就是人們吃的×片。人們擰開藥瓶蓋，取出×片丟入嘴裏，含水仰脖下嚥，我想，他吃了一粒玉米。

玉米一如男人風格的女人。東北老娘們兒中這種類型的不少。雖然姿色招搖，還是很土。玉米生育能力強，抗旱能力強，不曾夢想化為一朵茉莉花。玉米喜群居、喜議論、喜趕集、喜紮堆、喜呲牙、喜鋒銳、喜在成熟的種子頭頂掛兩撇流蘇。東北老娘們兒走路蹬蹬的，屁股拽拽的，罵人的時候表情入戲，嫵媚倒讓人有一點不安。玉米包含著東北女性特質：廣闊、連綿、鬥爭、村、樂觀以及易逝的姿容。

玉米葉子向陽的一面光滑，再寬一點就像煙葉了，背後有小絨毛，長在起伏不平的葉面上。無論夏秋，太陽未出之際，露水順葉子滾入玉米的腋窩，東北話叫「嘎支窩」（滿語）。而玉米在初夏長出半尺高時，看著也不幼稚，像小小子早晨出操。它們占的地太多了。東北如此之大，也被玉米占滿。像農村丫蛋兒土生土長，都有一個好名。二丫叫李桂蘭，三胖叫劉淑芝。桂、蘭、芝，何其清芬。東北的包穀也有一個好名：玉米，何其優雅！

玉米抽穗的時候，肋下掖著像竹筍又像包在被子裏的嬰兒一樣的小玉米，頭上吐一穗嬌嫩的簪纓，頑童摘下夾在鼻唇間充鬍子。玉米在跟旱象和雨水的吵鬧中拔節，周身斜插著一個個做了流蘇記號的玉米棒。棒上有牙齒一般晶瑩的顆粒，等著灌漿，等著秋天，等著農民在場院用兩根乾透了的玉米棒雙手搓絞，米粒嘩嘩流淌。

火車衝向温柔落日

我到五愛市場買什麼東西，好像是車臣匪徒愛戴的那種黑毛線帽子，忘了。騎車回返，想，何不走一條新路？瀋陽這麼大，餘生何時走完？走。風雨壇街、西順城街、廣宜街——瀋陽南北之道全稱街——小北關街、柳條湖街……約莫走十多公里，被新開河攔住。這就是我的目的，一直向北看於何處見不到路。過橋，順河沿推車走，窄處扛車走，走過一個橋洞，實說，走過七、八個橋洞。

橋洞上鋪鐵軌，通往某廠。我貼邊而過，身邊落日照水，頭頂車輪隆隆，水的光影在橋墩上晃，覺得美極了。問自己，是什麼使我審美？天空藍得有幾分幼稚，樹枝脫葉直立，餘暉漂泊水上。這沒有什麼奇異。好看在於，橋把空間分割，形成天上地下。火車駛過，衝向温柔的落日。建築和自然在此處相遇，意味難言。工字鋼灰漆的橋樑像放大的蛛網封鎖天空，下有流水竟如鄉間。過橋洞，走進一處工地（過去的工地），滿目是生鏽的儲油罐、龍門吊車和舊鋼軌，只是無人。我在這兒徜徉，像電影中被誘入騙局的人。在看這些設備的時候，覺得多麼空曠。這裡讓我不知看什麼，看油罐？還是看吊車？我把帽子摘下，攥在手裡——好像電影裡的人就是這樣。

往回走時，腦子裏突然冒出一個詞：工業。有如我從來沒接觸過的詞，一個深奧的新詞。

工業——腦子想，並在嘴裡說這個詞的時候，蹬車子比平常快，齒輪、橡膠車胎這些東西都有了一個去處。小時候，我去看火車頭，站在月臺上，袖子短到快要露肘，前襟縫兩個明兜裝滿石子，景仰火車。黑得冒油的火車頭噴出銀色煙團，滾滾不絕。它腳下紅漆的四個輪子躉一根橫鐵掣拉，然後冒煙。那時想，全國的白雲八成都從這個車頭噴出，流散各地。

墒

這時候，扛一把鐵鍬走進地裏，一腳踩下去，「哢嚓」，鋒刃切斷了土地的肉。土壤若是緻密的，就是活的，有血管神經，也痛。假如它們散漫飛揚，便死了，像窗臺馬路上的浮土，鬆手了。它們去世之後，可以不負責任，到處亂走。地不是這樣——有生命的土，手腕扣著手腕組成的家族。把鍬插入春天的地裏，隨著「哢嚓」，握著榆木鍬杠的雙手，分明感到地的戰慄，一激靈。

我蹲下，捧起土。自打去年秋天分手，又一年沒見了。土用濕潤的寬掌和你握握，最近怎麼樣？一想，真是春天啦，土潮乎乎的，大地都黑黑的滋潤了。地也會運氣嗎？抵住地心引力，把珍藏一冬天的水分提到嗓子眼兒。我把土放回去，踩實，不然一會兒水分就蒸發了。農民知道這個，最心疼地表這層水氣，這叫墒。

莊稼人對土地叩首，說您真是大德，這點水分自己捨不得用，讓五穀生長。地垂下眼簾微笑，心想人怎麼老不開竅呢？我讓莊稼生長，也讓你們認為沒有用的青草生長。

土地的法則是生命的法則，只要有生命，就讓它活。這裡無功利。

再過幾天，地裡會長出蔥郁的禾苗和各種各樣的草，沒有限制和甄別。土地的寬容不止於此，它上面還活著吃草生存的牛羊。草是土地的子孫，當牛羊吃掉它的生靈，土地不心疼嗎？不心疼。人類不也吃掉莊稼的種籽嗎？牛羊和人類也是土地的子孫。對土地來說，被人收割的莊稼沒有白白生長，沒白長的理由也並非它養育了人類。

我聽到了土地廣闊沈緩的呼吸。

（按：墒ㄕㄤ，北方方言指土壤含有適合種子發芽和作物生長的溼度。）

蕎麥花與月光光

有一年上秋，我在刀把子地機井房住了一個，就一個人，看機井。因為「水利是農業的命脈」，防止地方富農破壞。「文革」中的地富分子，也許是當年最馴良最健壯的人了，他們見人則把路讓開，低著頭。由於勞動強度遠超過貧下中農，因而更健壯。譬如我們隊裏老劉家的壞分子、老武家地主和老胡家富農。

我算把他們看透了，再健壯，他們也萬萬不敢破壞機井，甚至連一棵莊稼也不敢碰。

一天的後半夜，我急起撒尿，跌跌撞撞衝到屋外。人醒了，但除了腿腳和撒尿的機關外都睡著，即古人所謂「寤」之狀態，搖搖晃晃地緩釋頁擔。尿時，睜開眼，一驚；閉上再大睜，竟害怕了。我發現機井房周圍落滿大雪，白茫茫無限制。我收尿遽奔回屋。躺在炕上想，下雪了，啊？這時候全身都醒了。先想現在是幾月，這不才九月嗎？中秋節還沒過呢。再説也不冷啊，窗户開著，屋裏也沒有火盆。不行，我躡足下地，趴窗户一看——大雪，毛茸茸的，約摸一尺厚吧，隨著地勢起伏。漸漸地，我明白了，披衣出屋，來到當院的土坪上。

蕎麥呀，這是蕎麥地。它們迸放繁密的白花，花瓣密得把地皮都遮住了。在白花花的大月亮地裡，就是一場大雪，嚇退夜半撒尿者一名。我在機井房住了一個月，當然知道屋前左右都是蕎麥，開花了。但想不到在月夜，茫茫如此。我站著，然後又蹲下了。我相信有「月魄」一說，即月亮的靈魂，常在靜謐之夜出竅。這時候，月色細膩柔美，地上的坑坑窪窪無不承受到這種白麵似的撫摩。當然，月亮不會無故出醜，倘它在地上有情人（比如在刀把子地附近），必是蕎麥花無疑。蕎麥花在傾瀉的月光下，微仰著臉，翕張口唇，感泣而無力言說。無風，藍琉璃的夜空，小星三五在東。白花花的蕎麥地如此專注於一件事，這太感人了。想不到世上有如此美景，可以由於內急而得以窺之。我知道老天爺會下雪，但不知它還會造設烘托一種非雪之雪，酷肖。文人所稱「梨花似雪」，頗覺勉強。梨花在疏枝上擎舉，地上黝黑，即使在月夜，也覺得這麼高的雪不易。蕎麥花卻雪白無疑，那種樸實的村婦氣，在月下淨去，宛如城裏美人了。

我感到，月光和蕎麥花的神秘交往還沒有結束，它們跟人不一樣，在靜美中傳遞更廣泛有力的資訊。我以肉眼當然看不出來，但也不礙什麼事。突然，我後悔了，當一個人厭倦白天的種種單調景物時，誰知道造化在夜裡製出許多奇境呢？我不知錯過了多少機會。

節氣近於秋分了，腳下一蓬綠草的修長葉子上，果然沾滿露水。秋蟲的鳴唱此起彼伏，如唐人（如白居易）說的「霜草蒼蒼蟲切切」，或「早蛩啼復歇」。我不知道唐朝時「切切」之音怎樣讀，白居易又是陝西渭南人。我聽此蟲聲乃是「滋兒滋兒」。

看了一會兒，覺得有件事未做。想一想，認為應使另一半尿復出，然此物已不知去向。又呆了一會兒，心裏難受，想家了。也許是眼睛被雪白簇密的蕎麥花逼出了酸楚，我今日想家，只是惦念父母，可用一個「憂」字結。二十年前想家，是想念包藏著童年與少年的遠方的城市，實際是「憐」己。冷不禁想起，我怎麼跑到這遠離人群的刀把子地機井房前的土坪上蹲著呢？況且是半夜。

現在又交秋分，離中秋節還有兩天。我的願望是想看一眼月光下的蕎麥地。天地間，月在上，蕎麥地在下，我披衣蹲著。

蕎麥地在山坡上，而非城裡，因而我的願望仍歸於夢想。

雅歌六章

1

山坡上，有一棵孤獨的高粱，它的身邊什麼也沒有，山坡的後面是幾團秋雲。高粱腳下的芟跡證明，夥伴們被農人割下，用牲口運走了。

那麼，農人你為什麼留下這一棵高粱？這是善良抑或是殘酷，說不清。

高粱很高，兀自站在秋天的田野，樣子也高傲。它的葉子像摺紙一樣自半腰垂下來，又如披掛羅帶的古人。葉子在風中嘩嘩商量不定。我想它可能是一位高粱王。

山坡下面是一條公路，班車不時開過。這是高粱常常能看到的景物。看這樣的景物有什麼用呢？對高粱來說，此刻它最喜歡躺在場院裡了。

觀看一棵孤獨的高粱，能真切地看出高粱的模樣。我站在它身旁，拉著它腰間的葉子握了握，想到它的主人，那個割地的農人。

我手握著這棵高粱向山下看，如同執紅纓槍的士兵。撒開的時候，心情有一種異樣，怕它跌倒，但它仍站立著，很奇怪。

我連連回頭，下山了。

幾年後的一日，下午閒坐，忽然想起這棵高粱。急欲買車票去看它，並為此焦躁。像這樣一件奇異的事情，我怎麼能夠才想起來呢？那一年的冬天，北風或飄雪的日子，高粱不知怎麼樣了，這確實是一種後話。

我想，我若是一個有錢的雕塑家，就在路旁買下一塊地，什麼也不種，只雕塑一棵兀立的高粱。不久，就會有許多人來觀看。

● 2

我希望有機會表達一個願望，然而這願望很快被忘記了。今天的路上，我想起了它，並因此高興。

讚美公雞。

我很久沒有見過雞了，城裏不許養雞，菜市場一排排倒懸的白條雞，不是我想看的那種。

古人願意為世間萬物詮釋，即哲學所謂「概括」，並找出它們與人之間的聯繫。他們說，雞有四德：守信，清晨報曉；鬥勇，鎩羽相拼；友愛，保護同類；華飾，通體漂亮。

我妻子屬雞，在本命年時，我把「雞之四德」抄下送她。她除了「鬥勇」一條之外，其他「三德」兼備，加上家政勤勉，也湊成「四德」。

我猜想「四德」的撰者在讚美公雞而非母雞。那麼我再為它添上「一德」：好色，妻妾成群。

我原來漠然於公雞的存在。小時候，尤戒懼於鄰家籬笆上以一隻瞎眼睥睨我的公雞，它常不期然撲來啄我。

後來我暗暗佩服上了公雞。

公雞永遠高昂著頭，即使在人的面前也如此。臉龐醉紅，戴著鮮艷的冠子，一副王侯之相。它在觀察時極鄭重，頸子一頓一挫，也是大人物作派。公雞走路是真正的開步走，像舞臺上的京劇演員，抬腿、落下，一板一眼，彷彿在檢閱什麼。當四野無物時，公雞也這麼鄭重，此為慎獨。

說到公雞羽毛的漂亮，更為人所共知。「流光溢彩」這個成語可為其寫照。尤其是尾羽，高高聳起又曼妙垂下，在陽光下，色彩交織，不啻一幅鐳射防偽商標，證明是一隻真公雞。

公雞身邊環繞四五隻母雞乃尋常事。它只要雄赳赳走來，自然降服了母雞的芳心。用不著像男人那樣低三下四地求愛，還不一定成功。

當然公雞也有缺點，雞無完雞。做愛前，它將頭垂在地面，張著雙翅，爪子細碎踏動，喉嚨裏雜音吞嚥。我不忍睹，肉麻。

前年我去新賓，見到了一隻美麗的大公雞。新賓是努爾哈赤的故鄉，風情迥異別處，大氣蒼茫。那裏，山勢龍形疾走，山下河水盤繞而過，水質清且淺兮。人們的相貌多具滿州人的特點：寬臉盤，紅潤健康。

我在集市上發現了一隻大公雞，漂亮極了，體形也大於同類，羽毛霞映。我真想買下來，但不知怎樣處理。我身擔公幹，而且涉及警務，不宜抱著這樣一隻美麗的公雞拜謁長官，回到家裏也不易撫養。

這公雞無懼色地看著我，頷下的紅肉墜一顫一顫。高貴呀，同志們！這是一隻高貴的公雞。

估計此雞早已入鑊。主人遠它而去，不是嫉妒其貴族氣質，而在於它不下蛋。人類對於雞類的邏輯是重女輕男。

3

我喜歡這樣的句子：「四個四重奏」。

我希望在交織與錯落中完成一種美。

比如，我願意有一幅與喜鵲們合影的照片。在我看來，光是一個「鵲」字就比「雀」字高級，如同「雁」比「燕」遼遠一樣。

在這樣的情境中，我希望用「合成」來表達這種需要。不僅與喜鵲們合影，又同它們「合成」一種意蘊。

在月臺上，我等待一位久久未歸的友人時，希望身旁有兩隻喜鵲。它們站在我腳下，或在離我不遠的樹上都行，構成同一畫面。為了熱腸的感覺，我膝下要有一隻黃狗，它的嘴與眼俱黑，蹲在暮色的月臺上。

就這樣，我渴慕喜鵲。

曹孟德蒼涼吟道：「月明星稀，烏鵲南飛。繞樹三匝，何枝可依」。詩好，但我對用「烏」來狀鵲有些不滿。

我喜歡過比亞茲萊黑白畫的裝飾味道。此刻知道，喜鵲才是高超的黑白版畫。

在克什克騰，目睹喜鵲在枝上落下，無疑屬於吉兆，喜鵲的尾巴像燕尾服一樣，在枝上翹了幾翹，優雅。

美麗的喜鵲，版畫的喜鵲，我們來合一個影吧！我已厭倦了人與人之間站立一排、咧著大嘴的合影。

● 4

西班牙音樂中的響板。

安德捷斯用吉它彈的《悲傷的西班牙》，旋律深情婉轉，旋律線下行並頓挫，拉丁風格往往戛然而止，女人驟展裙裾，男子轉腰亮相。令人想起他們對於古羅馬雕塑的景仰。

在這首曲子中，兩段之間的過渡是一串響板，嗒嗟啦嗒。最後的一個「嗒」音，如靜夜醒板，似畫龍點睛，沒有它是萬萬不能的。

嗒嗟啦嗒，旋律再次演奏。

我反覆聽這首曲子，是為了與這一聲響板遭逢。佛家所謂「醒板」，是為了使人開悟。我悟了，嗒嗟啦嗒。

● 5

三相是我朋友，他是北京人，祖父和父親都是名醫，後來蟄居小城。

三相漂亮，臉膛白裏透著淺紅，黃而略灰的瞳孔散發著俄羅斯式的熱情與豪放。當然，他是北京人。

我們小時候在一起玩過。交情卻不深。後來他喜歡上我了，其中原因我不清楚。他很純潔，而我孤獨。一般地說，人們不喜歡我。

這其中有一個原因在於，三相是聾人。他小時候，常用彈弓射擊燕子。他奶奶告誡過他，不能打燕子，不然有災。但三相還是把屋檐下的燕子打下來了。

「這是母燕子。」他對我說。母燕的遺骸在手上微温，羽毛的黑色裏閃著異樣的綠寶石般的光彩。

後來他聾了，說是游泳時耳朵進了水。這病連他爺爺都沒給治好。

三相聾了之後，很少跟別人交流，因而他奇蹟般地保留了北京口音。在我們那裡，說普通話是受人譏笑的事情。然而，三相耳朵聽不到別人的聲音，依然滿口京腔。

三相因為聾了，依然保持著兒時的語言系統，他不會罵人，因為他沒聽過罵人的話。我們說「果家」，他說「國家」；我們說「三卯」，他說「三毛」。我們很佩服他。

在冬天，我和妻子迎他進門，他從頸上繞著摘下紫紅的圍巾，那雙黃而略灰的眼睛炯炯閃爍，講述他關心的事情。

三相跑得極快。在學校的運動會上，他聽不到發令槍聲，看到別人跑出去之後再躍出，往往跑到第二名。

我搬家的時候，好多家具都處理了，但我沒捨得那個書櫥，這是三相打的。長大後，三相是一個木匠，我在大雨天推回這個書櫥。它至今仍在我的房子裏，成了女兒的書櫥。

我希望三相到來，說一口北京話，眼睛炯炯有神。但是，到哪裡去找他呢？

三相姓張，其兄為大相與二相。他姐二朵，是我姐塔娜的朋友。他小弟四相，堂弟五相。

6

我居所鄰近有一所小學。

每天上午九點半或下午三點，孩子們從教室擁出遊戲，我的耳邊便灌滿歡呼。在這片歡愉的聲浪裏，許多聲音匯在一起而變為「啊」的潮音，偶爾有一兩聲尖叫，也是由於喜悅而引起的。

孩子們必在校園裏奔跑環繞，他們不吝惜使自己的聲音放肆而出，感染著街市，感染著像我這樣坐在屋裏的人。

鐵軌

我送阿如漢回赤峰，走過車站天橋的時候，從綠漆的木壁板的窗户裏，看到了通向遠方的鐵軌。從這個窗口看，鐵軌像白箭的河流，從腳下鑽出去。

我喜歡看鐵軌在遠處轉彎的樣子，這使它更像一條道路。如果彎過去的鐵軌被樹叢遮蔽，感覺更有趣。火車將要開到一個很好的地方，那邊應該有河與浮水的白鵝，老人站在石砌的院牆裏的棗樹下，向火車凝望。

車站只有兩處地方闊氣，一是站前廣場，另一處是佈滿密密麻麻鐵軌的站臺。其間亮著紅燈綠燈，糙聲的喇叭裏傳來鐵路的神秘指令：洞拐洞進8道，然後是沙沙的雜訊。我小時候，父母領我在午夜的新立屯下車，寒冷。我們高抬腳，橫穿鐵軌到站臺上去，城市裡沒有燈火。喇叭裏突然傳出男聲，說一串古怪的話，我學不了又忘不掉。大約是「喔嚕喔哩，哩咚鏘咚，咚，瓦里鏘咚咚」。在冬夜裡，顯得十分突兀可怖，而且說完再也不語。我問父親這是說什麼？他沈吟少頃，說「跟火車司機説事呢。」

眼下這座天橋還是日本人修建的，木製。踏上去，「咚咚」地抖顫，卻未垮，真使人感到歲月倥傯。六十多年來，有多少人埋頭從這兒疾走，去遠方或臨家。

鐵軌銀白是車輛頻馳的標記，而下面的枕木邊上，仍有一蓬蓬的綠草。它無視於頭頂隆隆的車輪，安閒地舒枝展葉。有些鐵軌，只經一夜的雨水，就泛出黃濛濛的鐵斑，好像說該歇歇了。在我的印象中，雪後的鐵軌裡黑軈軈的，是一道道包裹大地的繩索。

阿如漢現在已是一名商人，扛著沈重的貨物在蟻密的人群中裡躲閃衝鑽。然而他還是一個小孩兒，當說到貨與款有所出入時，竟嚇得臉色發白。

「舅舅，走吧。」阿如漢說。我們扛著貨，到四站臺等候開往赤峰的二〇八次普快列車。

蔥與洗澡的女人

北方秋季晾蔥，供一冬食用。蔥莖高而粗的較好，當然要實成。人們晾蔥，蒸發水氣，三五個聚成一束，將葉子挽成一個結。結也如髻，吾鄉叫抓髻，是老婦人腦後的疙瘩鬏。蔥們一束一束列於簷下。

我想起剛洗完澡的女人。她們在腋間端著塑膠臉盆，裡面有拖鞋、洗髮膏等，臉面紅潤光潔，頭髮在額上挽一個髻，如秋天的蔥。

蔥與女人還有某些聯繫，這種聯繫是文人造的。十指如蔥，是誇讚女人的一雙美手。蔥白使人想起大姑娘的胳膊，光潔與凝脂感，水分盎然。當然非洲大姑娘的胳膊並不是這樣子。

伸手可得的蒼茫

我有一個或許怪誕的觀念，認為霞光只出現在傍晚的西山，而且是我老家的西山。我沒見過朝霞，而在瀋陽的十幾年，亦未見過晚霞，或許這裏沒有西山、污染重以及我住的樓層過矮。

晚霞是我童年的一部分。傍晚，我和夥伴們在炊煙以及母親們此起彼伏的喚兒聲中不挪屁股，坐在水文站於「文革」中頹圮荒涼的辦公室的屋頂上觀看西天。彩霞如山巒，如兵馬之陣，如花地，如萬匹綢緞晾曬處，如熔金之爐，氣象千變萬化，瑰麗澄明。我們默然無語，把晚霞看至灰藍湮滅。有人說，晚霞並不湮滅，在美國仍然亮麗。在「文革」中，此語已經反動。美國那麼壞，怎會有晚霞呢？說這話的大綹子臉已白了，我們發誓誰也不告發，算他沒說。而他以後彈玻璃球時，必然不敢玩賴。

觀霞最好是在山頂，像我當年在烏蘭托克大隊拉羊糞時那樣。登上衆山之巔，左右金黃，落日如禪讓的老人，罩著滿身的輝煌慢慢隱退。我抱膝面對西天而觀。太陽的每一次落山，雲霞都以無比繁複的禮節挽送，場面鋪排，如在滄海之上。在山頂觀霞，胸次漸開，在伸手可得的蒼茫中，一切都是你的，乃至點滴。

此時才知，最妙的景色在天上，天下並無可看之物。山川草木終因靜默而無法企及光與雲的變幻。此境又有禪意，佛法說「空」並不是「無」，恰似天庭圖畫。天上原本一無所有，但我們卻見氣象萬千。因此，空中之有乃妙有，非無。然而這話扯遠了。

昨天我見到了晚霞，在市府廣場的草地上方，那裡的樓群退讓躲閃，露出一塊曠遠的天空，讓行人看到了霞舞。當時我陪女兒從二經街補課回來。我對孩子說，你看。她眺望一眼，復埋頭騎車，大概仍想著課程。

一行字

去年有一場雪很大，雖然掃過了，路面還是結了冰。結冰的路面是黑色的，那是一種極薄然而不容易被冬日曬化的冰。

我每天上班都從公安廳的大門前路過，一次發現門口滯留的冰上，鑿有一行字：「愛一個人是很難的事情」。

我以為看到了奇蹟。公安廳機關大門晝夜都有武警戰士站崗，誰能鑿上如此浪漫的留言呢？

另外在公安廳的門口談到「愛」，與它的威嚴相比，也是有趣的事情。

這一行字每個約有香瓜那麼大，即與南國的柚子彷彿。我疑心這是寂寞的站崗小兵在深夜中細心刻劃的。

同時又想到，此事說出來就如謊言一般難以置信；雖然事情的確如此。

車窗風景

火車的窗口是一部多卷的美術冊頁。行在江南，有墨水淋漓的米家山水；走於塞北，是用瘦勁的手執刀刻出的版畫。

每次旅行，可觀幾幅以窗為框的畫。有的時候並不理會，所謂行色匆匆。偶爾想起來，卻悠悠心動一回。

我乘的火車駛在群山的懷抱裏，暮色漸藍。這回行次，從哪兒到哪兒現在已經忘記了。月上東山，山的投影撫摩著一座孤獨的小院。用石片壘的牆在夜色裡很清晰，土屋亮著燈。那種煤油燈，光暈罩在白紙糊的窗櫺上桔黃忽閃。當時火車上坡，而且繞著這個農家小院緩緩轉彎，我因此看得很從容。院裡的木樁拴著兩頭牲口，從體形看，似一驢一馬。馬的毛色很白，在月光裡如溶過一樣，動也不動，像玉雕，想來它已習慣火車的行走聲了。

幾日前，忽然想起這座小院，很想進一步看清院裡的東西。那裡有沒有闊步的白鵝、磨刀的青石？引人回想的尤在桔黃的窗子、燈下該有年輕的農婦縫補衣裳。或許過一會兒，男主人要踱出屋來，咳嗽一聲，給牲口添料。這種山居生活應該極安閒，也極苦。這是尚沒有通電的僻鄉。我隱約記得，房木苫枯草，後院有幾棵不高的樹。

不久前回家省親，睡不實，向窗外看。在朝暾沒有浮騰之前，天際無疑是紅霞萬朵，如萬匹綢子鋪在天際，靜候太陽抬腳走來。我發現，最早醒的是一片白楊樹，剪影疊印在地平線，茁壯筆直，像等待檢閱的哨兵，也像牽著手去朝拜的信徒。冬天，白楊盡去葉子，乾淨極了，枝條似鐵戟，瘦勁而肅穆。

這是在車窗裏看到的風景，平時，人們沒有機會，除非旅行。

鞋

很久沒看到一邊走路一邊嗑鞋的人。

除非在鄉村大路。高高的楊樹如同用鴨蛋青綢子裹住軀幹，在土色和薄薄的藍天下，點染靜謐的繁華。

道是走不完的。鄉間的行者不像城裏人雙手插在兜裡，他們手裡總要拿一樣東西：鋤頭、鍬、一籃雞蛋。這些東西無論在他們肩上肘彎手裡，總催人快行。

說不准哪時，有人站下，扶樹，脫下一隻鞋嗑土，把土甩出來，勾著腳，手掌托鞋，平端眼前，看裡面還有沒有土。

鑽進鞋克郎裡的，是新鮮濕潤的活土。這人貪圖近道從麥地裡走過，從渠水低語、蝴蝶翻飛的菜地走過。暄軟、被太陽曬得洋洋得意的土，被白露驚醒的土鑽進了鞋子，給他洗腳，跟腳趾捉迷藏玩兒。土香，有肌有肉，不像死土——城裡隨風旋走的浮塵。鄉村的土在鞋克郎裡被踩成泥箔，這是嗑鞋的人眼裏看到的，裂成片兒，嗑出鞋外，灑在砂石的鄉村大道上。過一會兒，鳥兒在樹上盯著這些土片驚訝：你們怎麼上這兒來啦？而行路人的身影遠了，和莊稼融混一起。

嗑土的鞋不會是皮鞋，也沒有阿迪達斯。家做的，由母親或嫂子一錐子一線納出來的鞋，才常常鑽進黃土。她們用錐子在鞋底鑽眼兒，是一個女人所用的最大力氣。在鄉村，你看哪家針線笸籮裡的錐子把不像白金一樣閃閃發光。麻繩穿過鞋底的時候，以手拽，用牙咬。所以，鞋底子寫滿了密密麻麻的字。這些麻的字，閃著棕白色的光，像三春撒麥種，沙場秋點兵。最終伏在莊稼人的腳底板下。你說莊稼人怎能不本分，怎能不風雨如儀、汗出如漿？這是親人給你掛的一副掌。

舊日的遊子，遠行驛路，行囊只有斜繫在背的一雙新鞋。腳下一雙，背上一雙，天涯就這麼走了過來。睡覺時，他珍惜地脱鞋，對合枕在頭下入夢。夢裡有蟈蟈聲、蛐蛐聲、公雞打鳴聲、柴火嗶剝聲和老母親沒有攏住的那綹白髮。

狐狸皮帽子

在春天的黃河大街，我看到一個穿短裙的女人戴著狐狸皮帽子騎車飛馳。我見而興奮，自從告別童年時代，再也沒見到戴狐狸皮帽子的人，況且是穿裙子的女人。

我騎車攆她，用目光表達我的敬意。在花紅柳綠的春天，戴狐狸皮帽子飛行，這是多麼好的創意，時代的變化令人目不暇接，大膽、新潮又有民族特色。在我的印象中，戴狐狸皮帽子的多為兩種人，一種是英雄，如楊子榮同志，他身入匪穴，戴的就是狐狸皮帽子；另一種是東北的車老板子，他們也算英雄，駕馭四匹矯健的馬，在冰天雪地之中飛馳。只有頂級的車老板子才戴狐狸皮帽子，尤以紅狐狸皮為勝。其毛用氣一吹，微微顫動，戴在頭上威風凜凜。不管到了零下多少度，狐狸皮帽子戴在頭上比頂一個鴛鴦火鍋還要熱。我雖然對穿戴動物皮毛的人歷來不恭敬，特別是穿裘皮大衣牽狗的女人，但戴狐狸皮帽子的似可原諒。

狐狸皮帽子在我眼前越來越清晰，帽子大而圓，好像沒繫帶，在風中一顫一顫的。後遇紅綠燈，帽子又遠了。比狐狸皮帽子遜色的是狗皮，毛不蓬鬆，亦不鮮艷。還有人可恥地戴貓皮帽子。我小時候，有個人摘下皮帽子告訴我：「這是狼皮。」一色灰，又帶點草黃。我沒信。那人說：「這是我在林西打的。」我更不信了，林西盡莊稼，哪有狼？那人看我不信，歎口氣，戴上帽子走了。

綠燈，我接著追狐狸皮帽子。我奇怪，路上為什麼沒人紛紛向她投以敬佩的目光呢？在一個審美多元化的時代，穿短裙、戴狐狸皮帽子豈不「哇塞」？人們太遲鈍了，忙著趕路，想著工作和事業上的事，壓力太大。

騎，騎，到跟前了。此女著石磨藍牛仔裙、玻璃絲襪，挎帶子很長的紫色小包。再看狐狸皮帽子——嗯？她這帽子全是毛，沒帽耳。再看，嗯？毛帶捲的，讓火燎了？不對，仔細看——這女子焗發，紅而蓬鬆如狐狸皮帽子。

我目睹假狐狸皮帽子在視野中漸遠，最後變成虛假的小紅點。我納悶，偌大一個瀋陽，七六〇多萬人口，竟然找不出一個戴狐狸皮帽子的人，其情於我有戚戚。

精靈逃逸

我覺著好東西分為兩種，一種好而本分，始終如一；另一種，在好中脫身，變成另一種的好。

譬如，桃子是第一種好東西，後一類如葡萄。葡萄在水果中本來就屬異類，漿果藤生，如眼睛一樣擠在一起，累累成串。小時候的圖畫課，我愛畫葡萄。密集的圓圈由上到下構成葡萄串，第一排五個，第二排六個，第三排七個，然後遞減，五、四、三排，最後畫二個和底端的一個圓圈，添兩片葉子。葉子像牽牛花的葉子。這是什麼？大家都說——葡萄，可惜不能吃。丟一粒扔進嘴裏，嚼嚼，「噗」地吐出皮來。

葡萄不僅是葡萄，還是酒。說，它有精靈附體，由此物逃至彼物，比原來更神奇。土豆的命運是被洗乾淨，切開，與雞與豆角與牛肉共燉一鍋，或加盟肯德基的土豆泥聯盟。它能逃走嗎，逃走後變成了什麼？土豆酒？當然不能。桃子雖然也能釀酒，但沒有葡萄這麼飄逸，可干邑，可威士卡，干白而干紅。你覺得葡萄是酒國的王孫，到處作秀，所向披靡。它把地中海的陽光藏起來泡在酒裏，把波爾多的露水藏起來摻進酒裏。葡萄其實是一個小偷，在酒裏藏了好多偷來的東西。它不僅偷東西，還不貞潔。不貞潔也算是一種偷吧——葡萄酒和橡木桶幽會，生出孩子交給路易十幾寄養。看呀，葡萄幹了這麼多佻薄事，人們卻說，其味繞梁三日，縈曲心懷。這就是精靈，做了壞事卻不受責備。

安塔盧西西的詩人希梅內斯寫道：

「從魯塞納、阿爾蒙特和巴洛斯來的驢子，它們馱著金黃色的液體，排著長隊，一小時一小時地等著到釀酒作坊卸貨。葡萄汁流了滿街，女人和孩子拎著瓦罐、土甕、小壺跑來。

那時候，酒坊裏充滿了歡樂，普拉特羅。尤其是狄斯莫的酒坊。你瞧，大核桃樹下那家酒坊，人們一邊用水洗刷，一邊高興地唱著民謠。工人們光著腳，扛著一桶桶葡萄汁，時而晃動，流出泡沫。遠處傳來桶匠的敲打聲，剛剛刨下的木屑散發芳香……我從阿姆斯壯的前門走入，從後門出來。兩扇門快樂相對，在釀酒人的愛撫下，各自光彩煥發……」

我的引文有一些長，可看出葡萄的精靈如何從這裡逃到哪裡。葡萄不過是水果，而酒——酒是什麼？它有靈魂與風格——成為葡萄的不沈之舟，它們藉此又活了一生，現在的話叫「提升」。在酒裏，人們悉知葡萄的性情，它們調皮、任性、縱欲、安逸、高貴、狹促、温暖、體貼，像有人習慣說的：想不到，原來他是這樣的人啊！葡萄就是這種精靈。

四季

● 秋天

用讀《論語》的眼光看秋天，它乾淨而簡潔，枝條洗練，秋空明淨，這是誰都知道的。老天爺只在秋季拭手一擦晴空。白楊樹，幹直而枝曲，擎著什麼，期待或其他；河床疏闊，一眼望盡。

秋天，場院豐盈但四野凋敝——由於人對土地的掠奪。我不願意看到玉米葉子自腰間枯垂，像美人提著褲子。割去吧，用鋒利的鐮刀把玉米自腳踝割斷，它們整齊地躺在壟上，分娩一樣。穀子尚不及玉米，斬過又讓人薅一下，頭顱昏沈墜著。

在鄉下，我愛過我的鐮刀。不光鋒利，我在意刀把的曲折，合乎「割」的道理。鐮刀把握在手，是一種不盡，一種生存與把玩的結合。

在北方的秋天，別忘了抬頭看老鴰窩，即鑽天楊梢上的巢。細枝密密交封，裏面住著老鴰的孩子。老鴰即烏鴉，雖然不見得好看，小老鴰喙未角質，鵝黃色。

拎著鐮刀抬頭看老鴰，或拾土塊擊其巢（當然擊之不中），是秋天的事情。老鴰扇翅盤桓，對你「呱呱」，沒責備，也許算規勸。

若說場院勝景，最好的不是飛鍬揚揚——糧食在風中吹去秕糠，如珠玉落下；在集體的場院裡，電燈明晃高照，和農村老娘們兒剝玉米才是享受。電燈一般是二百瓦的，紅綠塑膠線沿地蜿蜒。這時，地主富農坐一廂，知識青年和貧下中農坐一廂。談話最響亮的是大隊書記的年輕媳婦，她主導，也端正，手剝玉米說著笑話。夜色被刺眼的光芒逼退了，剝出的新鮮玉米垛成矮牆風乾。

鄉道上，夏天軋出的轍印已經成形，車老板子小心地把車趕進轍裡行進。泥土乾了，由深黃轉為嚴為白堊色。芨芨草的葉子經霜之後染上俗艷的紅色。看不到螞蟻兒了，雁陣早已過去。怎麼辦呢？我們等著草葉結霜的日子，那時候袖手。

總有一些葉子，深秋也不肯從枝上落下，是戀母情結或一貫高仰的品格。然而，當它們隨著風聲旋轉落地時，人們總要俯首觀看，像讀一封遲寄的信。

●冬日

在這個時候，我父親出門前要提繫褲子再三，因為棉褲毛褲云云，整裝以待發。

這時，我在心裡念一個詞：「凜冽」。風至、霜降、冰凍，令我們肺腑澈澈無比。冷固然冷，但我們像胡蘿蔔一樣通紅透明。真的，我的確在冬天走來走去，薄薄的耳朵凍而後疼，捂一捂又有癢的感覺。鼻子也如涅克拉索夫說的「通紅」。但為什麼不享受冬天？冬天難道不好嗎？

冬天！這個詞說出來就凝重，不輕浮。人在冬天連咳嗽亦乾脆，不滯膩。窗上的霜花是老天爺送你的一份薄禮，笑納吧。當你用你的肉感受一種冬天的冷時，收到的是一份冰涼的體貼。比較清醒，實際比較愚鈍。因為冬藏，人們想不起許多念頭。我女兒穿得像棉花包一樣，在冰上摔倒復起，似乎不痛。

想我的故鄉，我的祖先常常在大雪之後掏一條通道前往其他的蒙古包。在這樣的通道上走，身邊是一人高的雪牆。他們醉著，唱「A ri Ben Ta Ben Nie Sa Ri……」走著，笨拙卻靈活的愛情，相互微笑舉杯。

冬天聽大氣的歌曲，肖斯塔科維奇或騰格爾。不讀諸子，反正我不讀諸子，因為沒有火盆，也沒有紹興老酒。唱歌吧，唱外邊連霜都不結的土地，連刨三尺都不解凍，而我們還在唱歌，這不是一種生機嗎？

冬天的女人都很美麗，衣服包裹周身，只露出一張臉。我們一看：女人！不美麗的女人亦美麗。愛她們吧，如果有可能。她們在冬天小心地走著，像弱者，但生命力最強。

● 春時

春天無可言說，汗液飽滿，我們說不出什麼。如果我們是楊樹枝條，在春天就感到周身的鼓脹，像懷孕一樣，生命中加一條生命。

說「春——天」，口唇吐出輕輕的氣息，想到燕子墨綠的羽毛，桃花開放的樣子，不說了。雖然人們在春天喜悅。我暗想又添了一歲生齒。不說了。

●夏季

夏天在那邊。

我感到夏天不是與冬季相對的時令，如棋盤上的黑白子。我知道夏天是怎麼回事，它累了，如此而已。在四季中，夏天最操心，讓草長高，樹葉迎著太陽，蜜蜂到花蕊裏忙活。剛到秋日，夏天就說：我不行了。

夏天是毛茸茸的季節，白日慵懶，夜裡具有深緩的呼吸，像流水一樣的女人穿著裙子。跟春天比，夏天一點不矯情也不調侃，走到哪裡都是盛宴。

如果我是動物，就在夏天的叢林裏奔跑，跑到哪裡都可以，用喉音哼著歌曲，舌尖輕抵上顎，渴了停下埋頭飲泉水。啦——啦——啦，我認真地準備過一個夏天。

樹靜夜闌

夜裡的一切都美麗，我是說大地與植物。

假如搞不清中國畫「墨分五色」的道理，要到黑夜的植物園揣摩。太陽收走白晝的七色，夜裏還有光。從軟弱的月亮上飄來的微光，把植物變成線描與版畫的黑白插圖。紅花委屈得變成黑花與深灰的花，於是花也不怎麼嬌矜，轉為嫻雅。在夜裏，植物們成為安靜高貴的種族，用黑白灰穿插映襯，白天的喧鬧與色彩爭奪就此隱退。而我們，退化為缺乏色彩識別能力（錐狀視覺細胞）的動物，如狗、鹿和老鼠。這樣看東西更好，寧靜柔和。而白日自然恢復色彩視力。

走在黑夜的植物園如看黑白電視，月光所照之處皆不真切，像塗一層毛絨絨的薄霜。它把水泥路照得太白，讓人不忍行走，怕弄髒。在高大的植物中間，如皇太極陵樹齡二百多年的松林間，月光照不進來，卻仍然看到許多東西，它們變了樣。灌木像鐵絲網，青苔像雨澆過的氈片，廢磚如石，只有樹還像樹——它們像英雄，松樹更像。楊樹是沒文化的功臣，連級；榆樹是離休老英雄，抗戰前的；松樹是按劍待決的將軍。只有柳樹像女人，春天的柳樹更像女人——撒魅力大網罩住天下男人。

植物園的夜裏，周圍深處似有歌聲，聽不清旋律和伴奏，如教友彌撒。是風穿過樹葉蠟光的綠手掌嗎？風吹過松樹身上斑駁的盔甲，發出聲音。風和月光梳理草的亂髮。風在水面小步奔跑，留下魚鱗般的腳印。我看不到松林的頂端，頂端是一朵朵肅靜的冠冕，它們仰望月亮，懷想清朝的舊情，想孝莊文皇后——一個善良的科爾沁女人，輔佐滿清中興。

在植物園聽到自己的腳步聲有些奇怪，啪噠、啪噠，不算好聽。只有人或熊才這麼走路。狗與貓均輕捷無聲。我帶著我的腳步聲走過落葉，走到有燈光的地方。這麼晚了，四處奔走的只有人類，鳥類樹類早已安歇。

花有話

五一長假時，從早晨起，桑園次第出現晨練壓腿的人、耳貼半導體聽新聞的人、下棋人、無所事事的茫然人。陽光照暖後，出現最積極的人：小孩。

眼前的孩子約一歲多，剛學走路。他雙腳像敲鼓一樣用力拍打地面，節律卻不勻，趔趄而快，見什麼便一陣風跑過去，抓起來看，甚至吃一吃。小孩認為，天下之物兼有看、摸、吃三種性質。因此，大人料理孩子，主要在防範他的摸與吃，其次是別摔著。

孩子東西奔走，忽在黃花滿枝的刺玫前停下。花和他眼睛同高，看完，伸手抓。大人攔住（有刺），示意他聞嗅。孩子以為是吃，張嘴咬花朵。大人重新示範——聞，吸氣，表情微醺。孩子察覺這是新玩法，嗅之，香味入腦，神色悅然；跑開，過一會兒又回來聞。刺玫的香沒因吸嗅而少，還香。小孩子聞了跑開，再聞，大為開心。少頃，孩子示意讓邊上繫花絹的叭兒狗聞香。狗是人家的，不好辦。孩子哭鬧，於大人懷抱後仰，如「不想活了！」大人和狗主研究過，抱叭兒狗聞花香。狗乃嗅覺最靈之物，受不了這麼貼近的氣味熏陶，這像罵狗，像人吃芥茉。叭兒狗怒竄，抗議大吠，委屈小叫。孩子看了大笑，以為狗在逗他，指使大人抱狗再嗅，狗主領狗急忙走開。孩子困惑，看人狗俱遠，回來再聞小黃花之香。挺香嘛，跑啥？刺玫的枝條如一團包裹，綠枝探出，花朵在外，像繫鈴鐺的小帳篷。孩子揀石子、樹葉依次讓它們聞花。

孩子成為使者，讓石子和樹葉和刺玫交朋友，因為她香。花在枝上孤單，不能下地走動。

聞過了，孩子扔掉它們，找新東西聞香，玻璃、紙盒和風乾的狗糞。孩子的父親觀棋入迷，由此，狗糞平生聞到了花香。

孩子比大人仁慈，有好東西讓衆生分享。以後，他一點點長大，會自私。在五月的空氣裏，花香是禮物。我在遼大操場跑步時，風——如徐志摩所說——「不知從哪個方向吹來」，遭逢槐花香氣。人猛地聞到這麼纏綿的香氣，遲疑或怔忡，像有人喊你的名字。風中花香，是無意間聽到的婉約的私語，聽到的人也想——回答它們。

各個方向吹來的風，在空氣中飄灑温軟的傳單，從早上到夜晚，這比在樹邊聞花更飄逸——不見花樹，卻有香來。

在桑園，開花的只有刺玫，高大的碧桃樹已被伐倒。花裏有話，對孩子、石子、樹葉和玻璃一一說過。

孩子這時又對瓶蓋發生興趣，他把瓶蓋放在垂直的牆上，掉下；揀起，再放上去……

動植物和塞尚的色彩觀

舊小說寫人相貌，除去五官特徵還要上色（不上色成黑白的了）。白裏透紅，兩色，綜合的叫法是粉紅。黑裏透紅，也是兩種色，說莽漢、漁民或鐵匠。論階級成份，是好人。對壞蛋，如打入革命陣營的鐵匠，黑裏再透紅，也不送他這一描寫，怕擾亂讀者心志。說誰的臉「煞白」，不是受了驚嚇就是在雨裏澆了一個鐘頭。而醫學的表達是：皮膚遇外界刺激，血液回流心臟，毛細血管關閉所致，透不了紅了，兩色合二為一。人的臉上，沒有其他的雙色複合效果。黑裏透白，沒有；白裏透紫，也沒有；藍裏透橙更沒有，除非京劇面譜。而我發現了一個新現象，說出來告給小說家寫用。

這現象是：紅裏透綠。說的不是蘋果，而是人面，即吾面。吾今朝攬鏡照吾面子，見紅裏透綠，喜悅。吊一句狗屁書袋，說「吾生也晚」，沒見過紅裏透綠的面孔，好看！我看了很長時間，體味不同角度與光線下的紅綠效果，具體彙報如下：

紅，是跑步讓春風吹的。北方，草木開花吐葉這晌兒，有風吹，嗚嗚地，不舍晝夜。吹半個月吧，而後花紅柳綠（也是紅綠）。有精神病史的人，這晌兒心煩。

風吹到人臉上，臉幾天就紅。而綠，我臉上的綠分佈於眼窩、鼻側和其他說不上來的地方，當然不是翠綠，和白居易說的「綠如藍」差不多，但不是黑。我一看就明白了，過量，即跑步量大了。我自己並沒覺得量大，只覺得睏，睡覺流哈拉子。眼窩的綠指出，量大了。我不是專業跑步者——美國人稱「奔跑者」，也沒為奧運備戰，只喜跑。海倫・凱勒有詩說：「沒有鞋，我哭泣。哭啊哭啊，直到發現一個人連腳也沒有。」讀過，我更加愛跑。還有個原因，讀報知小布希的三英里（四八二七・九米）成績為二十一分鐘，厲害！我披肝瀝膽的最好成績（五千公尺）才到二十一分，而且不是每回。我一考量（這個詞比考慮受聽），布希五十六歲，屬狗，比我大一輪，跑得真快。不跑步的人可能搞不清二｜一分啥概念，這麼說吧，在人的視野裡，這是在四百公尺跑道快速奔跑十二圈半，每圈平均一分四十秒。這個成績，在遼寧省政府直屬機關春季運動會上，可取中年組第一名（當然，有單位花錢雇槍手比賽是另一回事）；瀋陽市登彩電塔（　三五〇級）比賽，可進入前十名並獲印字背心一件。克林頓每週跑四次，布希天天跑，每天都進二十一分，不簡單。證明這人肺肝腎心脾臟特好，不像五十六歲。他晨脈四十八次／分鐘，跟王軍霞差不多。頭些日子，布先生在聖疊戈海軍基地醫院體檢，結論登到報上（這也新鮮），總膽固醇、甘油三酯等等全在正常值內。我把這項指標和一個普通的中國人（我）的對了一遍，還是他高明，特別在高密度脂蛋白這一塊。布希肯定進入偉大的總統之列，理由不是他跑步，也不是甘油三脂比我好，是這個談吐不甚清晰的——伊拉克新聞部長薩哈夫說：我的英語比布希這個兔崽子講得好——曾被小食品噎昏的、年輕時吸毒酗酒在垃圾箱睡過一夜的美國人的偉大表現在對抗專制主義方面的堅強。布希愛說一個詞：邪惡。什麼叫邪惡？最大的邪惡莫過於專制。就這樣，布希成了我的榜樣（這回說的是跑步），他這麼忙，我這麼不忙；他那麼大歲數，我這麼大歲數。念茲在茲，我拿腿就想往外跑。只可歎，遼大因為非典緣故已經不讓閒散人等進入，跑步者也不例外。

什麼人的詞說「紅了櫻桃，綠了芭蕉」，集於一臉是什麼樣子？忽又想起，看過一張肖像，臉上紅中帶綠的。想啊想，誰的來著？終於想起，塞尚。他畫的《聖維克托山》、《普魯旺斯的房舍》、《玩牌者》差不多都是紅綠相間。其《溫室中的塞尚夫人》（一八九二），一個傻頭傻腦的鄉村女人的半身畫像，似乎只用了兩種顏料，紅與綠（衣裙黑色，手套白），綠眉毛、紅顴骨、紅鼻樑、綠鼻翼（塞尚夫人也跑步嗎？）。一句話，塞尚用紅色提高部，暗部用綠色，奔放奇異。有人說塞尚是色盲，不分紅綠。我認為此說不一定對。塞尚是一個痛恨素描而無比依賴色彩的人。他說，色彩不光是面積，同時是結構。紅與綠搭夥，有力量。難怪有人買塞尚一幅畫不敢帶回家（怕老婆說），假裝遺落別人家，又被送回來的。高更也愛大紅大綠，《大衛之山》、《布列塔尼的村居》都有紅有綠，純色。《你將何時出嫁》的紅香蕉放在綠桌子上。他還畫過紅狗（也沒聽說），為的是讓綠色的塔希提風光更嫵媚。不能說高更也是色盲吧？

有人說，只有人類和猴頭（靈長類）有彩色視力，我琢磨了很長時間，並為動物們惋惜。小花貓、小黃貓多可愛，貓眼看到的竟是黑白貓和小灰貓。大老虎的花紋多威風，在動物眼裏成了斑馬？我不太相信。有一天，我想明白了這件事。拿鳥類說，其色覺一定是最優異的，有絢麗的羽毛為證。後查書，證實，並相信動物和塞尚均無色盲。

秦兵馬俑的專家說，剛出土的兵俑衣褲為紅綠兩色。陝西農婦手縫的兜肚也是紅綠兩色。紅與黑、紅與白容易讓人接受，莊重典雅。紅與綠，在招人矚目之餘，讓人有一點點不安。這是為什麼呢？我不清楚。在人類的視網膜中，紅顯出穩定，綠也許有偏差。幾天前，我去遼大跑步，樹還沒放葉，遠看疏簡泛青。在操場上揀到一節楊樹斷枝，細看，枝上葉苞漲滿，像人豎起大拇指。再細看，葉苞的最外層金紅如甲蟲的殼，葉苞透一星嫩綠。原來造物主也喜歡紅綠相配，和塞尚一樣，只是人類窺不破其中的道理。

灌木

你看那灌木，在雪裡捧著大大小小的雪團。

我第一次看到灌木胳膊會有這麼長，比北加里曼丹猿猴的胳膊還長，怨不得它把金黃的迎春花開得那麼簇密。春天，桑園裡面的這棵迎春花樹成了金花的鐵絲網，或者說用帶瓣的黃絲帶一圈圈捆紮起來的包裹。要寄到什麼地方去呢？不寄到哪裡，那就先放在這裡吧。

雪後的植物，無論楊樹、柳樹，誰都沒有像灌木這樣興高采烈。它們如同演雜技的，讓雪從左臂順肩膀爬到右臂。你是擔雪者嗎？灌木夫人。我問它們。而它們指著自己身上的雪說：你看、你看、你看……

是要看一看。這些小心堆在灌木肩上、頸上的雪，好像會掉下來。孩子們每做一個驚險的動作之後——比如上凳子——都要大喜而叫：你看……。灌木也如此。

灌木在雪後的可喜，不止於枝杈間白雪堆積，還在於雪斑駁錯落地映出枝條的黧黑，堅韌、修長。如果敝二外甥阿斯汗看到此景，一定大呼：「哎呀！那些樹長棉花啦！」那些細枝上較小的雪團，已在陽光下融化，變成孱弱的小冰凌，立著一條腿瑟瑟。而大朵的雪則毛絨絨的，縮著脖子睡覺，早上睜眼看一看，然後再睡。

我在北方長大，卻剛剛發現雪後的灌木有這麼好看。假如生命是由目睹許多奇觀組成的話，那麼我不知錯過了多少這樣的機會，屬於無知者。如果自然之美對人來說只是一種感動的話，那麼成群結隊去黃山等地旅遊已顯出有一些虛妄了。生命（不只是我們的生命）每時每刻都在悄悄地展示美麗，哪裡都有美。而上帝呢，多麼有耐心，把曾經熟視無睹的雪中灌木之美再次推入我的眼簾。上帝對任何人都沒有失去信心。

而灌木之美只是小小的、微不足道的美景。那麼，我把看到它的這一刻稱之為今天的良辰。

綠釉百合

下班路過北陵的橋頭，是一婦人賣鮮花，滿天星、玫瑰和百合。她的自行車上掛著紙板，用墨汁歪歪扭扭地寫著：「情人節」。這幾個並不好看的字顯然認真描過，像在汽燈下準備登臺的盛妝的鄉村演員。

在她的花攤旁，有人看，有人買，但從情態觀察，購者未必為情人所購。我也想買一束，沒有情人，想送給家裡那尊東漢廣腹綠釉陶瓶。

我看中了百合。過去沒見過白百合花。故鄉的山坡上，到了六月星散耀眼的紅百合，像妖嬈冶遊的舞女，蒙古人稱之「薩日朗」花。它們村，也近於野，放在案頭太鬧。我買了兩株白百合，三朵微垂的花兒靜嫻於綠葉頂端。回家，我從櫥的高處小心捧下「漢綠釉」，親切地告訴它：「高興吧！我給你帶來了情人」。綠釉陶瓶是見過世面的使君，也靜穆著。我家的所有，只有它在漢朝勾留過。瓶內添入清水，捧察有頃而未見漏水，不失瓶的本性。

這樣，純潔矜美的百合與古樸大度的綠釉陶瓶依偎一體，我則目睹了一幕感人的邂逅。百合捲髮似的花瓣幸福洋溢，又像少女在花的映襯下鮮潔許多。穿越歲月，欲剝的釉色泛出雲母似的光暈。凝注片刻，我退下了，感到自己的多餘。

在詠百合的詩文中，讀過較多的是德富蘆花作的。他住在東京附近武藏野的鄉下，有許多的機會觀察自然。他的《自然與人生》中，許多地方寫到百合——也是白百合，或許那兒沒有內蒙高原的紅百合吧。「後山腹背長滿蔥蘢的萱草，中間點綴一兩棵山百合。白花初放，猶如暗夜的明星……有時遇到背草的兒童，草籃上也插著兩三枝……趟著齊膝的露水將它攀折，花朵如一只白玉杯」（《山百合》）；「天黑，從山上下來，夾徑青茅，蒼碧一色。點點百合……暗香盈袖」（《晚山百合》以上均為陳德文譯）德富蘆花傾心於百合的隱逸操行與美人掩面的淒美。對草木的素白，他天生珍憐。如寫芒草、月下白菊或富士戴雪。

話拉回來，我案頭的百合出身不詳，想必不是幽谷品。而這尊東漢綠釉陶瓶，依常識，也不過是漢代百姓盛米之物，當時幾乎家家都有。但它們的結合，對我仍有英雄美人百代一逢的驚喜。

易凋的百合現今在一千七百多年前的古瓶中寂美暗放，它們千載難遇，但畢竟一遇。而人的逢遭，過短也過於局促了。

樹木有夢

樹在冬天驚訝著人的美麗，他們彩色的衣裝使樹顯得粗傖。這是在北方。樹在冬季變成了身穿統一制服的士兵，青或褐都罩在烏濛濛的灰裡。它們不知人類用了什麼樣的辦法，仍然像夏天那麼鮮艷。

樹是冬天的窮人，葉子被秋天收走了，不知存到了什麼地方，以後能不能送回來。夏季的泥土搶走了樹的花朵，雨水把花瓣衝到遠處，連鳥兒都找不到。

小鳥懷念綠蔭，那裡有許多秘密。鳥兒仔細觀察葉子的手掌，為它們算命。許多葉子嘩嘩伸出手，讓小鳥看自己的愛情線。

冬天只有人類美麗。他們在皮衣和羽絨服上佩以彩色的圍巾和手袋，集中了好多花的顏色。他們在街上停下來，說話，然後笑。如果哪一株樹這麼鮮艷，也要笑，用樹葉弄出聲響。

街上，絢麗的小孩毛衣掛在兩株樹當中的繩子上，袖子在風裏擺動，像跳舞。這是下崗女工賣的，批發價。樹們不懂，這麼好看的毛衣，為什麼沒有人買？它們已經掛了很多天，而且行人並不看這些毛衣，連小孩也不看。樹驚訝，就像它們不懂什麼是下崗一樣。

然而，冬天的太陽很暖，樹們抵禦睡意是很難的事情——夢像天邊的雲彩一樣悄悄走近。當鳥兒飛下來的時候，常被尖尖的樹杈嚇著，怕扎了自己的腳。再說，鳥兒也不喜歡掛在樹梢上的嘩嘩響的塑膠袋，比麥田的稻草人還嚇人。鳥兒覺得還是在屋頂棲居比較好，包括大煙囪的鐵梯和沒有學生上課的教室的窗臺上。樹在暖日熏陶之下入夢，雖然它們不承認自己睡，說聽到了賣菜人吵架的聲音，但它還是睡著了。天太藍，睜眼看一會兒就睡了。在夢裏，它發現蚯蚓鼓鼓搗搗準備鏟子和水桶，螞蟻開會佈置春季防汛。有兩個小鳥在談話：

「我要用明年的桃花做一個最好的巢。」

桃花？哪裡有桃花？樹想睜眼看一下，但睜不開。

另一個鳥兒說：「我要用樹上的露水嗽口，這樣，有助於練習美聲。」

樹懵懵懂懂地想：這些鳥兒在做夢吧。當然，露水和鮮花都是好的東西，僅次於人類那些美麗的衣服。

第二輯　水

雪地賀卡

今年瀋陽的雪下得大，埋沒膝蓋，到處有胖乎乎的雪人。

下班時，路過院裡的雪人，我發現一個奇怪的跡象：雪人的頦下似有一張紙片。我這人好奇心重，仔細看，像是賀卡，插在雪人懷裏。抽出來，果然是賀卡。裏面有字，歪歪扭扭，是小孩寫的：

雪人：你又白又胖，桔子皮嘴唇真好看。你一定不怕冷，半夜裡自己害怕嗎？餓了就吃雪吧。咱倆做個好朋友！

祝願：新年快樂　心想事成！

瀋陽岐山三校二年四班　李小屹

我寄出也接受過一些賀卡，這張卻讓人心動。我有點嫉妒雪人，能收到李小屹這麼誠摯的關愛。

我把賀卡放回雪人的襟懷，只露一點小角兒。回到家，放不下這件事，就給李小屹寫了一張賀卡，以雪人的名義。我不知這樣做對不對，希望不至於傷害孩子的感情。

李小屹：真高興得到你的賀卡，在無數個冬天裏面，從來沒人送給我賀卡。你是我的好朋友！

祝願：獲得雙百　永遠快樂！

岐山中路十號三單元門前　雪人

我把賀卡寄了出去。幾天裏，我時不時看一眼雪人。李小屹是否會來？認識一下也很好。第三天，我看見雪人肩膀插上了一張賀卡，忙抽出來讀：

雪人：我收到你的賀卡高興得跳了起來，咱們不是已經實現神話了嗎？但我的同學說這是假的。是假的嗎？我爸說這是大人寫的。我也覺得你不會寫賀卡。大人是誰？十萬火急！告訴我！（十五個驚歎號）你如果不方便，也可通知我同學，王洋電話六二××××一〇；張努電話六八四×××七七。

祝願：萬事如意　心想事成！

李小屹

我把賀卡放回去，生出別樣心情。李小屹是個相信神話的孩子，多麼幸福，我也有過這樣的年月。在這場遊戲中，我應該小心而且罷手了。儘管李小屹焦急地期待著回音。

就在昨天，星期日的下午，雪人前站著一個女孩兒，背對著我家的窗。她裝束臃腫，胳膊都放不下來了。這必是李小屹。她癡癡地站在雪人邊上，不時捧雪拍在它身上。雪人桔子皮嘴唇依然鮮艷。

我不忍心讓李小屹就這麼盼望著，像騙了她。但我更不忍心破壞她的夢。不妨讓她驚訝著，甚至長成大人後跟自己的男友講這件賀卡的奇遇。

一個帶有秘密的童年是多麼的幸福。

西，或八點鐘方向

養胡溝的溪水純得有如空氣，石子枚枚可見。這麼乾淨的水，別說喝，輸入血管也心安。

坐在水邊巨如龜背的石上，濃蔭籠罩，四野無聲。隨手揀一粒石子擲水，一群蝌蚪筆直逃逸。

此景令人著迷。蝌蚪各個朝一個方向飛遊，東南、正北或西，必定有一個蝌蚪喊號：西！用飛行員的術語，叫「八點鐘方向」。但蝌蚪的口號一定簡潔，石子才入水，口號已響起，不然它們怎麼會箭一般朝同一方向脱弦而出？這情景很優美，小蝌蚪的尾巴像奔馬那樣拉直。你也可以想像這是群鯨的衝鋒。

動物昆蟲們傳遞資訊的方式永遠是謎。譬如我們認為螞蟻勤勞到不可理喻的程度，其實它只是一個虛無的載體。它用下顎儲存、接受和傳播同類的資訊，如下樹。

觀螞蟻走，它兩三步便停，如與同伴晤談；仰面擊掌，像中國女排打了一個好球，實則交換下顎的資訊。

太陽在冰上取暖

雪後的寂寞無可言說。

如果站在山坡上俯瞰一座小城，街道上雪已消融，露出泛亮的黑色，而房頂的雪依然安然如故。遠看，錯落著一張張信箋，這是冬天給小城的第一份白皮書。

當然這是站在山坡上看到的。毛澤東常常喜歡在山坡上放眼八極，看黃河鐵橋或廬山暮色。

雪地上，小孩子的穿戴臃腫到了既不能舉手，也不能垂放在肋下的程度，其鮮艷別致卻如花瓣紛繁開放。當一個孩子赤手捧一隻雪球向你展示的時候，他的笑臉純真粲然，他的雙手也被凍得紅潤光潔了。孩子手上的雪球已融化了一半，顯出黑色，掌心上存著一汪雪水，有些渾濁，透過它仍看得清皮膚的紋路。

孩子站在雪地，為手裡捧著的雪而微笑。這的確值得歡笑，遊戲的另一方是上帝。孩子通過雪與上帝建立了聯繫。

在冬日的陽光上，最上層的雪化了，又在夜晚凍成冰殼，罩在馬路上。這時的行人雙腿直視舉步之處，許多人因此改掉了喜於馬路遍覽女人的習慣。如果哪個人腳底一滑，手臂總要在空中揮舞幾下，決不甘心趴下。倘是向後摔倒，胳膊向後劃如仰泳者。向前倒屬自由泳式。我看到一位女性右腳一滑，雙臂向右上方平伸，我心裏熱呼呼的，這不是舞蹈「敬愛的毛主席」嗎？君不見，當唱到「我們有多少知心的話兒（深沈有力地）要對您講（昂一昂）」之時，雙手攥拳向右上方鬆開前途，頭亦微擺，表示舞者有向日葵的屬性。

在雪路上行走，摔跤富有傳染性。比如離你不遠的行者以迅雷不及掩耳之勢摔在地上，你往往也照此姿勢摔在地上。預防導致不平衡。

最好的雪景是帕斯捷爾納克寫的「馬路濕漉，房頂融雪／太陽在冰上取暖」。微融的冰所反射的陽光，是桔紅色的，在南國看不到。

前奏

雪在天地間不疾不徐地漫揚，彷彿預示一件事情的發生。

雪的靜謐與悠然，像積蓄，像醞釀，甚至像讀秒。我常在路上停下來，仰面看這些雪，等待後面的事情。雪化在臉上，像蝴蝶一樣撲出一小片鮮潤。這時最好有歌劇唱段從街道傳來，如黑人女高音普萊絲唱的柳兒的詠歎調，淒婉而輝煌，以鍛金般的細美鋪灑在我們身邊。這時，轉身仰望，飛雪自穹廬間片片撲落。這樣，雪之華美沈醉就有了一個因緣或依託。一九二六年四月五日，托斯卡尼尼在米蘭斯卡拉歌劇院指揮《杜蘭朵》的首演，在第三幕柳兒唱畢殉情之後，托氏放下指揮棒，轉過身對觀眾說：「普契尼寫到這裏，偉大作曲家的心臟停止了跳動。」說著，托斯卡尼尼眼裏含滿了眼淚。

跟雪比，雨更像一件事情的結束，是終場與盡興或滿意而歸。包括雨滴刷刷入地的聲音。而雪是一種開始。我奇怪它怎麼沒有一點聲音。我俯身查看落在黑衣上的雪片，看到它們真是六角的晶體，每個角帶著晶瑩的冰翼。原來它們是張著這種晶翼降落人間的。在體溫的感化下，它們緩緩縮成一滴水。而樹，白楊樹裂紋的身軀，在逆風的一面也落滿了雪絨。那麼，街道上為什麼不響起一首女高音的歌聲呢？「金礦」蘇莎蘭唱的蝴蝶夫人——「夜暮已近，你好好愛我」。

我看到了一個小女孩，裹著綠巾綠帽，露出的臉蛋胖如蘋果，更紅如蘋果，與她帽頂的紅纓渾然一色。我從她外突的臉蛋看出，她在笑。我為這孩子的胖而喜，為其面龐之紅而喜。倘若是我的女兒，必為她起名為年畫，譬如鮑爾吉・楊柳青・年畫。紅紅綠綠的年畫在毛絨絨的雪裏蹣跚，向學校走去。

雪就這麼下著？

就這麼下著。

入夜，把小窗打開，飛入的雪花滑過臺燈的桔色光區時，像一粒粒金屑，落在稿紙上，似水痕。紙乾了之後，摸一下如宣紙那麼窸窣，可惜我不會操作國畫，弄一枝老梅也好。

在雪的綿密的前奏下，我不知會發生什麼事情。事實上，生活每時每刻發生著許許多多的事情。但願都是一些好事，我覺得這是雪想要說的一句話。

冰凌

車棚的屋檐，是綠色石綿瓦的斜坡。當陽光越過樓脊照到棚頂的白雪時，綠色開始一點點地露出來。未化的積雪在陰影中沈默，而濕漉漉的綠瓦，在陽光中恣意鮮艷。

融化的積水，在背陰的屋檐結成一排冰凌。

冰凌像倒懸的羚羊角。它像螺絲一樣，一圈一圈的。這麼好的冰凌，閃閃發光，真是可惜了。我覺得，彷彿五分鐘不到就應該有孩子手舉竹竿跑來，稀哩花拉，打碎冰凌，聲音如鐘磬一般好聽。

人總是不能看一些東西。有垂柳的湖邊，假如沒遊人經過，或經過的人目不斜視，湖與柳都可惜了；月夜杏花樹下，若無一對男女纏綿，好像也是對花的浪費。這樣的例子多了。一個人手忙腳亂地喝酒涮鍋，滿面淌汗，你覺得他朋友不夠意思，甚至恨他的朋友，為什麼不來對飲？虛擲了這麼多熱氣、汗和該說沒說的言語。

人愛把心思牽扯到不相干的事情上，像小蟲無端被蛛網黏住。我看到這些冰凌在融化。現在是午後，陽光漸漸照在它們身上。孩子們還沒有舉著陳勝、吳廣的大竹竿子吶喊著殺過來。此刻他們在課堂裡學那些無味的課文。放學後，冰凌全沒影了，天下又有一樣好東西無疾而終。

無限水

喜多郎音樂《氣》裡邊的一節，名《無限水》。什麼是無限水？水即無限。

水無處不見，無限延伸。北京的北京裡面，故鄉人在故鄉，貢嘎雪山在貢嘎雪山那搭兒。而水，此處有它清亮的面孔和柔軟的手，坐飛機到遠方，如昆明，一開龍頭，它又出現，一模一樣，比你來得還快。

水無二致。山有山相，或崢或嶸，而天下的水是一個娘的孩子，沒有昆仲之別。水系寬大，不分種族地域，水不自外於自己的兄弟。

水跟水親。水一生急急忙忙，為了尋找同道，什麼都擋不住水找水的真切。萬丈高崖，一躍而下；大山擋路，蜿曲穿行。水何流？它們母尋子，兄找弟，妹呼姊，兒投父。水什麼時候不流，什麼時候安靜。它們聚流成湖，匯為大江之後，才以從容的步履緩入海洋。路上，鮮花綠草都不會讓水停下腳步，不管遇到多麼好的風景。水只想著走，行至天涯也把散居的弟兄拽進懷抱。

水流無情。情者何？放下抱負去做另一個我，改弦更張。眼前之情道不得，不許人走，只讓人留。水亦瀲灩，也會溫柔，但決不停留。滔天浪做給天看，決地河讓道改變。水若生情，盤桓延宕，早就乾涸。

水包容。水不捐細流，水不拒污濁，水甘低下，水至柔至剛，水不重覆常形常態，水運動，水映射星月，水漂木沈石，水飽人飲禾，水寓身萬物之中，水風光，水袒裸，水施恩於任何生命，水存於方器則方，圓器則圓，水遁形為氣為雪為冰，水不可製造，水溫張力為攝氏一百，水隨處可見，水從天而降，水自地而出，水不懸空，水無眼耳鼻舌身意香味觸法，水無首尾，水不回頭……

水無限。

水既「是」又「不是」，身有人人得而見之最平凡的神奇，水從不透露自己的秘密。在泉邊，只見水流，對其餘，人們一概不知。

海倫・凱勒說：「水在我手上寫滿了『水』字，不用別人教我也知道，這是何等巨大的喜悅……」

為孩子降落的雪

雪在初冬落地鬆散，不像春雪那樣晶瑩。春天，雪用冰翼支撐小小宮殿，彼此相通。在陽光下，像帶著淚痕的孩子的眼睛。春雪易化，好像說它容易感動。冬雪厚重，用樂譜的義大利文表達，它是 Adagio，舒緩的節奏；春雪是 Allegretto，有一點活潑；Cadenza，裝飾性的，適合炫技。

一個孩子站在院裡仰望天空。

孩子比大人更關心天，大人關心的是天氣。天空遼闊，孩子盼望它能落下一些東西。這些東西表明天是什麼，天上有什麼。雪花落下，孩子欣喜，不由仰面看它從什麼地方飛來。

飛旋的雪花像一隻手均勻撒下，眼睛盯不住任何一片。雪片手拉手跳呼拉圈舞，像冬天的呼吸，像故意模糊人的視線。雪落在孩子臉上，光潤好比新洗的蘋果。孩子瞇眼，想從降雪的上方找出一個孔洞。

雪在地上積半尺深，天空是否少了同樣的雪絨？雪這麼輕都會掉下來，還有什麼掉不下來呢？他想，星星什麼時候掉下來，太陽和月亮什麼時候訪問人間？

雪讓萬物變為同一樣東西，不同處只在起伏。房脊毛絨絨的，電線桿的瓷壺也有雪，像人用手捧放上去。

孩子喜悅，穿著臃腫的大衣原地轉圈，抬頭看雪。

沒有人告訴這一切的答案，科學還沒有打擾他們。就像沒有人告訴他們童年幸福，孩子已經感到幸福。

黑河白水

在東北，有許多地方以「黑水」命名。三十年前，《人民日報》發表社論「東北的新曙光」，在這篇用革委會成立喻示某種新紀元到來的文章中，也以「白山黑水」作為地域的指代物，標明這便是東北，而非西北，更不是西南與東南。

黑水？那麼黑水是什麼呢？我不知道有誰目睹過黑水（水源污染不屬此列）。然而我清楚。

北地，當白雪覆蓋河岸的時候，黑色的河流深緩流過。這麼冷了，我不知道它為什麼不結凍，嫋嫋升騰白霧。這的確是一條黑河，凝重而堅定地前進，雖然並不寬也不激壯。在冰雪世界，任何有動感的事物都令人感動，況且是一條河流。

這樣一條黑水流淌著，在白雪的夾裏下充滿蒼鬱，讓觀看的人心軟了，坐下來歎息。

而所謂「白水」，也難見。德富蘆花稱：「日暮水白，兩岸昏黑。秋蟲夾河齊鳴，時有鯔魚高跳，畫出銀白水紋。」水白不易見，水清與水混則常見。對「水白」之景，我曾困惑過，後來在回憶中想起來了。的確是在「兩岸昏黑」之時，天幾乎黑透了，穹廬卻還透散澄明的天光，無月之夜，星斗密密甫出，河岸的樹林與草叢織入昏暝裏，罩著蟲鳴。這時，河水漂白如練，柔漾而來。在遠處看，倘站在山頭，眼裏分明是一條曲折的白水。

雪中的黑河像一群帶鐐的囚徒，水流遲滯，對天對地均含悲憤。像弦樂低音部演奏《出埃及記》。雪花穿梭而落，卻降不進河裏。人不禁要皺著眉思索，漫天皆白之中，這條黑河要流到什麼地方去呢？這是在初冬，雪下得早。若是數九之後，此地所有的河流都封凍了。

觀白水，如靜聽中國的古琴，曲目如「廣陵散」。在星夜密樹間，白水空濛機靈，如同私奔的快樂的女人。白水上難見波紋，因為光暗的緣故。這時，倘擲石入水，波紋擴充，似乎很合適。在此夜，宜思鄉，宜檢舊事，宜揣測種種放浪經歷。如同站在緩重的黑河前，應有報仇雪恨之想。

黑河與白水，我是在故鄉赤峰見到的。他鄉非無，而在我卻失去了徜徉村野的際遇。人生真是短了，平生能看到幾次黑河與白水呢，雖然這只是一條普通的河上的景色。

（按：數九，俗稱冬至後九九八十一天後方春風送暖，寒意全消。故自冬至起稱為數九。）

在雨中跑步

在雨中跑步的困難不是雨。雨量大小不過是水量大小，就當跑步時有人在你身後舉一個淋浴噴頭，水量或急或緩，水流的方向忽東忽西。在雨裡跑步的困難是敵不過避雨人的一雙雙眼睛。

街上避雨的人，躲在樹底簷下，衣裝乾爽，沈默地看我跑步。跑步可以諒解，在雨中跑步就不容易被諒解。我推想自己不被諒解的理由，邊跑邊想——頭髮濕成一綹，像破抹布一樣趴在腦門；眼角瞇著，因為進水，要不斷擦去臉上的水珠。而衣服貼在身上，鞋裡面也進了水，呱呱響。這個人在幹什麼？哼！跑步。

水，僅僅身上掛滿了水，在街上奔跑就受到蔑視。彷彿我是欠別人錢被罰在雨裡跑步的人，是趁天氣不好從精神病院逃出來的人，是想做秀上不了電視的人。

在雨中跑，跑相有點狼狽。但我覺得豪邁，可惜別人沒看出來。白箭似的雨水急急鑽地，兩三米之外看不清東西，像一塊塊裂了紋的玻璃。雷聲此起彼伏，在天邊搞心電圖。我大步奔跑，腳下激起水花。我想，這就是為爭奪八三四高地而奔襲的攻打太原尖刀營戰士的雄姿。

而路人的目光在說：跑吧，傻子，跑到太原去吧。我每天搞冷水浴，最難忘的一次在松潘，那裡的水把每一根神經都冰得抱怨不已。五大連池的冷泉也非常涼，骨頭凍得好像變成了鋼管。而平常的冷水澡沒什麼詩意，遠不如大雨。雨水有一點溫暖，因為雨前的天氣總是很熱。雨水流到嘴裡沒什麼異味，當然不要把雨水嚥進去，裏面有多種污染元素，喝下去沒準身上會結紅鏽與藍斑。

雨天跑步比較討厭的是睜不開眼睛，應該戴上游泳鏡。是的，下回跑一定戴上。雖然戴游泳鏡跑步更加像怪物。第二討厭計程車。一見有積水，計程車假裝是一艘火輪船，加大馬力開過，輪下濺起一人多高的水牆，濕你全身。然而我渾身濕透，已經不在意這個了，計程車司機能缺德就缺一下德的品性在人民群眾面前又暴露了一下。

在雨中跑步很舒服。如同說一個人搞冷水浴時跑了五公里，一舉兩得，德藝雙馨（究竟什麼叫德藝雙馨我也不清楚，好像跟古代人有關。我認識的好幾個人都獲得了這項政府獎勵），速度可快可慢。想，雨水帶著我的體溫匯入大街的積水中，流進地溝。那些撐傘的、穿雨披的人在逃離這場雨。而跑步的人在享受著雨，多麼愉快。而雨不服，拼命下，惱怒於我的悠閒。沒啥，雨再大就改游泳，豈不更好。

在雨中，我穿梭於人們的白眼之中。但也遇到了崇拜者，即孩子。他們瞪大眼睛看我，如視英雄。那麼，我就把這次跑步看作是送給孩子們的傾情表演。

眺望冰河

在冰河上走，像走在一條蜿蜒無際的哈達上。透明的、淺綠的、檀黑的冰帶在正午陽光的照耀下，化成白茫茫的光帶，晃得旅人把眼瞇起來。

冰河是一條不大的河，名「金英河」。兩岸的柳樹和榆樹已被伐光。樹林原是伯勞、黃雀和朱旦紅這些鳥兒的故里，現今河岸堆積著建樓房而掘出的沙堆和水泥管子。

正月出奇的暖和，冰河的表面融化了一層。若貼著河面眺望，水氣嫋嫋升騰，對岸的景物在白霧裡扭動變形。在冰河的最薄處，結冰不過一指，看得出下面汩汩的黑而透明的河水。用雞蛋大的河卵石拋去砸冰，鑿成小孔，河水冒出一巴掌高。用更大的石塊砸，冰面片片坍塌，碎碴漂在水面上互相撞擊。順著這條薄冰的水流走，得知這股水由城市的下水道井流出，因此不凍。而河本身沈默堅固地凍著，在一個懸瀑式坎兒處，看出冰層凍了一米多厚，像潔白光滑的鐘乳石。把岩石似的冰鑿下來蓋房子，想必整個冬天也不會灘化。

冰河兩岸是好看的沙阪，柔軟浮光的沙粒已被北國的勁風吹得無踪影了。這兒的沙阪是堅固的，被風刮出松柏的紋理，如一波水紋凝固。從沙紋伸展觀察，風吹的方向一律由西北而來。

岸上的窪地倒伏著金黃的蓑草，它們乾透了，碰一下窸窣生響。我拿出火柴做一個燒荒的遊戲。在明亮的陽光下，火焰似乎透明無色，其邊緣在風勢中掙扎撲騰。火像早就饑餓於草了，一瞬，草葉消失變黑。在火勢大的時候，見出紅與黑的密不可分，紅的火一舔，一切都黑了。燃燒原是一幕高雅的典禮。

雪白的冰河曲折來去，雖然是凝固的，但河岸曲線依然，還保留著奔流的樣子。

冰河並不懼憚陽光，它只淺淺地融化了表面的一層，彷彿給太陽一點承諾。內裏依然凍得堅實，人行走不妨，拖拉機開過也不妨。

流水

流水的聲音好聽，從小溪穿過鵝卵石，乃至水穿過人的喉嚨鑽入肚子裡的聲音，都好聽。跑步之後，口渴如弱禾，仰面飲水，我聽到「咚咚」的水聲，極為敬佩。這是什麼聲音？水砸在腸子上，還是喉嚨像活塞一樣收縮？

夏季跑步之後，我大約要喝一二四六毫升的水，其中漏出來一些，化為汗。運動結束，人的皮膚如同漏斗。喝過水，你盯著自己的胸脯看，每個汗毛眼都冒出一眼泉，互相投奔，化為大滴的汗流下，還拐走了我體內的一些鹽份。回頭多吃一個鹹鴨蛋就成了。

喝過水，我想像水在身體裡面的神秘旅行，經過胃，在小腸排空，進入血液當中。我拍拍大腿、胳膊，和那些水打個招呼：到了？都到了。其中最活躍的水，已經跑入微細血管，即身體的表層，所謂皮膚。

我喝過的水，有龍井、可樂、偽裝成蘋果顏色味道的碳酸飲料，還有礦泉水、自來水。它們在血裡流淌，如果把聽診器放在脈搏上，所聽到的就是流水的聲音，咚咚，跟喝水的聲音差不多。

水的聲音，是水的喊叫與詩歌。水流的時候，一點點的阻遏、不平、回轉都要發出聲音。如果在三里之外聽一個瀑布的喊叫，急促的吶喊變為低緩喉音，像弦樂的大提琴聲部。而滴水之音，是孩子的獨語，清脆而天真，像念課文一樣。屋檐的瀉水是女人的絮叨，漫長而缺少確切的意義。而風中的雨水，像鞭子與潑墨寫意，是男人的心聲，在夜裏聽到尤為峻切。

在北方的冬季，河床的冰下會傳出流水的聲音，像笑聲，不由讓人想趴在冰上尋找一陣。冰下的水流黔黑，浮漾白霧，庇護著黑脊的游魚。如果人耳的聽覺範圍再擴大一些，還會聽到水在樹裡流淌的聲音、在花盆的土裡滲透的聲音：呼啦啦、嘩啦啦，像在龍宮裡一樣。

石頭流出泉水，心也能

石頭裡流出泉水，心也能。

心裡的泉水兜遮不住，灑了滿懷。人卻拿它們沒辦法，不知道放到哪裡。

在有的人手裡，泉水變成了詩。

「滿頭鬈發的蒼茫薄暮，在山後揮動著雪白的手」。這是哪裡？是謝爾蓋・葉賽寧的故鄉。

他的故鄉，月亮是被淘氣的小孩子扔上天空的外公的帽子，太陽「在遠山後，正滾動著金燦燦的車輪」，星光「像解開的腰帶，在一股股泡沫中飄蕩」。

葉賽寧到了巴黎，穿過美洲大陸，但還是一個俄羅斯鄉村的詩人。他的耳裡，有沼澤地蒼鷺撲哧撲哧的蹬水聲，甚至能聽到灌木叢一滴露珠的滾動聲。

這汪水是葉賽寧的故鄉，捧在手裡無處置放。他走進城市之前，要「站在落葉繽紛的白樺樹間，參加它們訣別前的祈禱」。

每個人手裏都捧握東西。常常地，是放下這個，又拿起新的。許多人捧自己不需要的東西，奔走四方。

葉賽寧雙手空空，只有故鄉。他說「我的俄羅斯，木頭的俄羅斯啊！」語間不盡悲傷。離開了故鄉之後，也離開了裸麥、公雞、家釀的啤酒，最後他自絕生命。他說，他首先殺死的是一個酒徒和悲觀主義者。離開了故鄉，葉賽寧不知如何樂觀，如何療傷。

每個人都有故鄉，到處都是故鄉。在生物的 DNA 之外，人還有地理 DNA，它是故鄉。地理的 DNA 排列組合，構成人的好惡、喜憂、悲歡情長。這是一組無法置換的程式，讓人顯赫也讓人卑微。像石頭裡流出的水，不大，卻不斷，像玻璃紙一樣哆哆嗦嗦地閃光顫搖，洗刷肝腸。

不受思鄉之苦的人是幸運的，像灰塵一樣浮游無根，在光線裏面甚至亮爍爍的。沒牽掛則去留無踪。坐火車遊行，沿線已經看不到多少村莊了。在缺乏青壯年的農舍，歷史老人收回了孩子們成長的道具，包括碾子、土炕，甚至活生生的伴侶——喜鵲、魚和毛驢。全球一體化伴隨著繁榮君臨每一處角落，很快地，人們只有身份證而沒有故鄉。

沒有地理 DNA 的人是時代進步的產物。他們同時還會蛻去文化的 DNA，包括口音和表情，只有膚色之累。一些落伍的人——譬如我——會怪怪地看著他們，他們也這樣看我，如傻瓜對視。

石頭裡怎麼會流出水呢？真讓人搞不懂。我也搞不懂為什麼身體會被故鄉的音樂激動得旋起細胞之舞，被衣衫褸襤的孩子、屋檐下的空筐、磨刀石、餵貓的破碗、墊風箱的磚，激動得眼濕。

泉水流下來，薄薄地貼著心房，用手擦不盡，跟著腳步走遍大街小巷。

夜雨光區

雷聲響時，像空鐵罐車軋過鵝卵石的街道，這是春雷。響過，引發遠處的雷，呼應、交織，像骨牌倒下。鄉村的夜，只有狗叫才引發其他的吠聲。雨水應聲而下，彷彿晚一點就讓雷聲成為謊言。聲音唰唰傳來，街道擠滿雨水行進的隊伍，它們帶著鍋碗瓢盆，走起來嘩嘩響。雨來，春風休息了，窗外不再刮進春土。這些新鮮的黃土細膩，顯見不是本地的，來自巴丹吉林沙漠以西。

現在是夜裡兩點，雨把街道全占了，沒有人行。而窗外有唧唧咕咕的聲音。我開窗，見屋檐下的變壓器下面站著一男一女。男的用力解釋一件事，做手勢，聲音被雨沖走。女的在雨中昂立，也可叫昂立一號，額髮濕成綹，高傲傾聽。男的講完一通，女的回答，一個字：

「你！」

男的痛心地解釋，做手勢。隔一會兒，女的說：

「你！」

這個字響亮，雨拿它沒辦法，被我聽到。這是什麼樣的語境呢？男人說：「我……」，回答「你！」他翻過頭再說，返工。比如：

男：「我對你咋樣？你想想。哪點對你不好？難道我是一個騙子？」（手勢）

女：「你！」

水銀路燈淒涼地罩著他們，光區掛滿鮑翅般的細絲。男的上衣濕透，像皮夾克一樣反光，瞇眼盯著女的不停言說。女的無視於雨，頸長，體型小而豐滿，無表情。我想起艾略特《四個四重奏》，最後一首《小吉丁》寫道：

「又是誰發明了這麼一種磨難，
愛情。
愛呀，是不清不楚的神靈，
藏在那件讓人無法忍受的
火焰之衣的後面。」

此時，人都睡了。睡眠雖然重要，但畢竟是一件平庸之事。有幾個人能享受在夜雨中吵架的幸福？這需要激情和愛，需要與眾不同的精神狀態。今天夜裡，只有他們是春雨的主人。

河在河的遠方

對河來說，自來水只是一些稚嫩的嬰兒。不，不能這麼說，自來水是怯生生的，是帶著消毒氣味的城裡人。它們從沒見過河。

河是什麼？用「什麼」來問河，什麼也得不到。河是對世間美景毫無留戀的智者，什麼都不會讓河流停下腳步，哪管是一分鐘。河最像時間。這麼說，時間穿著水的衣衫從大地走過。這件衣衫裡面包裹著魚、草和泥的秘密，衣領上插著帆，流向了時間。

河流覽歷深廣。它分出一些子孫締造糧食，看馬領著孩子俯身飲水。落日在傍晚把河流燒成通紅的鐵條。河流走到哪裡，空中都有水鳥追隨。水鳥以為，河一直走到一個最好的地方。

天下哪有什麼好地方，河流到達陌生的遠方。你從河水流淌的方向往前看，會覺得那裡不值得去，荒巒、有砂礪，可能寸草不生。河一路走過，甚至沒時間解釋為什麼來到這裡。茂林修竹的清幽之地，亂石如鬥的僻遠之鄉，都是河的遠方。凡是時間要去的地方，都是河流的地方。

河流也會疲倦，在村頭歇一歇，看光屁股的頑童捉泥鰍、打水仗。河流在月夜追想往昔，像連續行軍幾天幾夜的士兵，一邊走一邊睡覺。它傷感自己一路上收留了太多的兒女，魚蝦禽鳥乃至泥沙，也說不好它們走入大海之後的命運。也許到明天，到一處戈壁的故道，河水斷流。那是一個無人知曉的地方，河流被埋藏。而河流從一開始的意氣決絕，斷流之地就是故鄉。

河的辭典裡只有兩個字：遠方。遠方不一定富庶，不一定安適，不一定雄闊。它只是你要去的地方，是明日到達之處，是下一站，是下一站的遠方。

常常的，我們在遠方看到河流，河流看到我們之後又去遠方。如果告訴別人河的去向，只好說，河在河的遠方。

第三輯　桑園的事情

啄露而歌

我在一篇文章中寫過：「雨後，桑園在許久的寂靜之後，傳來一句怯怯的鳥鳴。」

早上，我又在雨後的桑園聽到了這樣的啼唱。這隻鳥的喉間彷彿有豐盛的水珠，或者它在練氣功，津液滿頰。我擔憂的是，這樣歌唱，不會嗆水嗎？我童年的朋友三相，曾向我炫耀含水歌唱：抿一口花茶根，唱顫音的「美麗的哈瓦……」還沒等「那」，嗆了。一陣咳嗽，我把他脊背劈啪一通捶打。

雨後，樹葉上流漾水珠，小鳥感到樹上掛滿水滴的鑽石，驚喜自語。也許，它有意啄一滴水漱口再唱，像我唱蒙古歌之前須飲烈酒潤喉一樣。

行家說，這自是鳥的唱法，叫「水音兒」。畫眉、紅子都會此腔，尤其邢臺以南產的紅子，腔名「衣滴水兒」。

我寧願相信這樣的情景：初晴，鳥兒啄頭頂的一滴水，「涼啊！」它不禁喊出聲來。如果沒有污染和人類捕殺，鳥兒實在過著神的生活。

樹葉欲飛

每一片葉子都像一棵樹。

這是一位名人説過的話，如伏爾泰那樣的名人。據説這句話曾經啟發一個人開創了一門學科。

取一片樹葉端詳——如楊樹葉或榆樹葉——宛似一株佇立的樹，枝幹清晰，冠冕豐滿。或者説，此乃樹的相片的綠色底板。葉子在心裏紀念樹，像孩子紀念媽媽。對著陽光看樹葉的脈絡——即樹幹的微縮——實如通達的渠。水分多麼高興在透明迷宮的走廊裡跑來跑去。

樹葉還像搖擺不息的嬰兒的手掌。如此，每一棵樹都是一尊千手千眼菩薩。樹的確是樹菩薩，以清涼救人。

樹葉亦如一隻隻小鳥，伏在枝頭。它的紋路像披掛羽毛，在風裏，這些羽毛顫抖著，欲飛。當樹葉在你面前翻卷時，確如飛不起來的掙扎。

珠寶

我認為在雨後的桑園裡走，會揀到珠寶。

雨後的土地多麼乾淨。新鮮的黃土在雨水下滲的引力下，更緊密平整。白沙彙在一起，形成邊緣性的弧圈。仔細看，在白沙的邊緣，還有一線黑砂。

而逆光的樹葉更加蔥蘢，它有意無意地輕颺，甩下葉面上滾圓的雨水。這時，地面上的小石子特別醒目，雨水把它們變新鮮了。黑石子顯著珍貴，黃的有一股陶的味道。而小小的玻璃碎片，遠遠射來刺眼的光芒，一閃即逝，像魚雷快艇上開探照燈的水手。近看，「玻璃碎片」有時只是一顆水珠。

上帝的伏兵

有一隻粉色的小蟲子在空中旋轉，好像它是一隻小蝦，在空氣的水裡下沈。這是我在桑園練拳時看到的。但我知道，誰也不能擺脱地心引力，包括蟲子，它的頭部或尾部必有一根絲懸著。

我俯身，看它舞蹈。此物也是壯士，從口裏或腹內泌出繩索，且出且下，轉著圈兒，不懼腳下深淵，也不怕這絲吐半道不夠用。但我還是看不清那根絲，近視。雨後的太陽迸然而出，像把雲彩的棉絮掙破了。陽光灑過來，照見蟲子上方一根銀絲，閃亮。

我把樹枝小心抬起，看絲縛在哪裡。卻見：這個寬如老鷹翅膀的樹枝下面，懸藏著密密麻麻的雨滴。我驚訝了，這些雨滴向我閃爍千百之眼，而且圓圓地要墜下去，警告我鬆開手。是的，我發現了造物的機密，便戰戰兢兢鬆開手，彷彿掉下一滴水都是我的罪過。

它們是上帝的伏兵，正在監視那隻粉紅的小蟲往地面降落。

樹的彌撒曲

不是連天淫雨，也不是闔陣雨，我說的這種雨疾徐有致，像巴赫的雙小提琴協奏曲那種風格，時間也如放一張CD那麼長。半個多小時，樹，就放送出芬芳的氣息。這是今天我在空軍幹休所牆外感受到的。

樹憋足一口氣，向我哈過來，一絲一絲的芬芳。小時候，我爸去軍分區喝西鳳酒回來，把氣哈在我臉上，說多麼香。樹的香才是真香。它包裹著你，不僅香，還從胳膊的汗毛眼鑽進你的肉裏。倘不是在街上，我一定赤膊而行，讓肌膚體會這氣息的甜。

或者，這是樹在唱歌，人耳聽不到這種頻率。女聲，沈思性，像中世紀的彌撒曲。

這些樹的歌聲嗖嗖遠逸，於是我在牆外來回踱步。若有大象的長鼻子，就灌滿滿一鼻子樹香，回家一點點吸嗅。

如果我有錢，每天搞一場人工降雨，在樹叢裡，我叼煙頭光膀子穿行，傾聽樹的芬芳的合唱。

呼吸

喝酒的時候，打開瓶塞靜置幾個小時，它的味道才慢慢醒來，好像你不能強吻一個夢中的美人。初開瓶時，瓶裡的氣味令人不悅，躁而厲，亦像美人起床後尚未漱齒。

這是就紅酒而言，若是五糧液，開瓶即飲，同時攝入不少香味。但多數白酒仍須開瓶讓它和空氣接觸，行家叫讓酒「呼吸」。

酒有靈魂，開瓶之日即涅槃之時，赴死而永生。酒，引頸吸足了底氣，活動筋骨，然後大乾。

呼吸不止於紅酒，草木皆呼吸，於子夜最盛。一位小提琴大師告訴學生，把曲子拉好的關鍵是勻淨每一句的呼吸。這是一位俄羅斯大師說的，卻如通《易經》的國人的口吻。

剛才，我把廣腹高腳杯擦得晶亮，斟半杯酒來到桑園，放在石凳上，讀書。酒是法國產，據說屬「天王」一級。

桑園並沒有人經過，我喜歡射進紅酒裏的陽光。我想像，過一會兒，鳥兒會在頭頂盤旋，幾欲低飛窺視此杯醉人的光芒。

讀書時，我不時看幾眼酒，那種酡紅無可言說，像藏著極大的秘密。血，在女人腿上翻卷的金絲絨，小心劃一根火柴照亮的寶石。

我端起酒杯，輕輕晃曳，心想：你呼吸夠了沒有？啜一口嚥下，感到它的身體栽到胃裡，一路點燃溫軟的燭光；其魂魄上揚，在喉間繚繞，放出餘香，和你悄悄說話。

我端著酒，等待鳥兒飛來助興。

九月八日下午五點

凝望每一個地方，金色都在增加，房檐的舊木熠熠生輝——秋天。

秋天，只有在黃昏才出現在西邊的天際，這是九月。放學的孩子鼻樑和手拎的小壺都被勾上金色。戴墨鏡的女人、士兵、賣背心和賣葡萄的人頂著金色走路，眼窩很深。一個孩子蹲著撒尿，耐心地看著這股液體匆匆流向行人腳下。

宿雨使桑園的土地黲黑，夕陽又把它們變為金色。仰面看，萬支金箭從桃樹的枝葉間衝過來，好像一個人在畫好了的蒼翠花園的油畫上拿筆甩了許多晃眼的黃顏料。

秋天這麼明亮，使人憂傷。谷神戴著手編的草冠，拎一束莊稼站在天邊。本來可以聞到秋天的氣味，從池塘、草垛、鵝的食盆、玉米鬍子和子夜的大地上彙集的氣味，這裡卻沒有。

我突然感到，巴赫當年曾目睹過秋天突如其來的金黃，長久沈思。我覺得這麼一種景色和其中包含的上帝的語言，已顯露在巴赫的作品裏面。我剛剛聽過他的勃蘭登堡協奏曲之二：F大調第二協奏曲。亮晶晶的小號、優美的小提琴與雅緻的長笛，它們交織纏繞——從水面浮起然後下潛。巴赫十七世紀的傳記作者施皮塔說這首協奏曲的首樂章令人想起騎士揮旗奔走，盔甲閃亮。我感到其中「閃亮」的是秋天。

羽管鍵琴和大提琴如無邊的土地與森林，淳厚、緘默；雙簧管和長笛細緻地說出秋天的氣味、光線與溫度，彷彿說，在人的境遇之外存在著的永恆，靜美而讓人敬畏——巴赫的音樂常常浮現這一主題。儘管巴赫潦倒、暴躁，但他的音樂最為靜美。

為了傾聽管風琴家布克斯胡德的演奏，巴赫向所在的阿恩施塔特教堂請假四週，前往呂貝克——這是在一七〇六年的十月。路上，巴赫從北德意志的日出和日落之間獲得了與上帝交談的機會，天空、河流和樹木向巴赫顯示世界的和諧與靜穆。這機會如此之多，巴赫過了十六週才返回阿恩施塔特，並受到斥責。

從阿恩施塔特到呂貝克，距離是四二〇公里。巴赫步行往返。

德國作曲家策爾特在一八二七年六月向歌德談起巴赫時說：「無論你怎麼把他往壞裏想，巴赫仍然是上帝創造的奇蹟，一個既清晰又難以解釋的奇蹟！」

僅僅如此善走就是一個奇蹟。善走的原因是窮，巴赫雇不起馬。而巴赫的音樂又是如此之好。他在魏瑪的艾內斯特公爵的宮廷內擔任風琴師時，寫下了大量賦格、康塔塔和古鋼琴作品，件件足稱不朽，以至當巴赫一七一七年要離開時，公爵竟把他投入監獄。

聽巴赫的六首勃蘭登堡協奏曲，聽不到他對糟糕生活的抱怨，也聽不到明晰的讚美。只有人會對生活發出讚美，如同他們對生活的抱怨。在神那裏，只有和諧或由不和諧構成的和諧，巴赫即如此。

世上有一些似可跟時間抗衡的東西，如古羅馬競技場、長城、萬有引力定律以及巴赫的音樂。巴赫的音樂幾乎不能用「風格」來限定，它永遠不會過時。

我有時想，如果躋身人類能夠占什麼便宜的話，便宜之一就是與巴赫等等同類，可以分享他們的創造。因為無論怎麼想，牛頓與巴赫等人似乎都不應該屬於這一種群。而由於什麼秦始皇之流的存在，人類還是不佔便宜的地方多。動物、天空、海洋和植物由於人類的存在，更是一點便宜也沒占到。

時間像水銀一樣，向四方流走。而巴赫哪兒也不去，成為音樂的鐘乳石。夕陽的披風從桃樹間一點點上提，樹幹的金色攢於樹梢，最後暗了下來。在桑園裡下棋的人，愈發俯首，手下「啪、啪」地摔響。

桑園的雨

每一場雨，在桑園的小蟲看來都是汪洋。儘管是小雨，雨滴落下來，對小蟲來說也是可怖的事情。譬如，一個比你身體大三倍的水坨子啪嘰砸下來，很意外的。我想，即使如雨滴般大小，也是按人的身體比例設定的。它只有人的淚珠那麼大，只有半個耳垂大，千百滴於人身上，砸不壞也嚇不壞人。雨水即使多到讓江河決堤，也給人留有餘地。它下幾天幾夜，有時間讓你撤退。這裡面彷彿有上帝的恩典。

我不知道桑園的瓢蟲怎樣看待雨。雨水灌注它的洞穴時，瓢蟲是否用駝圓的背抵在洞口？雨在天上一看，瓢蟲你別沒大沒小了，下！一夜的光景，把瓢蟲衝出六道街之外。鳥喜歡雨，它以為這是水珠的落地比賽，而且自己羽毛不沾水，它早就想讓昆蟲之類知道此事了。但別打雷，即使是一分貝的噪音，鳥也很煩。鳥站在松枝上，看雨絲像門簾子一樣掛著下。老下，不見上來，不知雨後來做什麼去了。松樹在雨中睡著了——下雨它就睏——夢見自己穿上了黑禮服，偷偷散發著松香氣味，和後街的柏樹幽會。鳥看了一會兒，換一換腳。螞蟻前天就知道有雨，弄好了遮蔽措施。但洞裡很小，螞蟻們只好整齊地坐著，像赴前線的士兵。走慣了，螞蟻感到六足不適。後來，它們搞無伴奏合唱，用人類聽不見的六百赫茲的波長。

人不把雨放在眼裡，家裡外邊都能待，不搭你上帝的交情，什麼把雨點設計很小之類，不信。雨停時，我曾在桑園坐著，在許久的寂靜後，傳來一聲怯怯的鳥啼，彷彿第一個推門張望者的悄悄自語。這時，昆蟲躡足活動。風一吹，樹甩頭髮落下一層雨滴，它們嚇得往回跑，以為雨又來了。其實，陽光明晃晃的灑得哪兒都是。

金氈房

今天的雨，剛下時竟看不清它在哪裡。我以為是自己沒戴眼鏡的緣故，戴上仍看不清。這裡原來不曾下這種江南的雨，沾衣欲濕等等，讓人不好意思。此地人習慣暴雨驕陽或乾旱。

我撐傘到橋下，找一處沈黑的背景看雨。雨絲清晰了，每根約有半尺長，倏而鑽地。對人視網膜而言，雨滴如絲。落地的速度再快一些，此絲則有一尺或二尺長。

少頃，雨大起來，在黑色的馬路上濺起水花。看上去，千百之衆的年輕的雨滴在跳迪斯可，在街上使勁跺腳。

雨滴落下來，有的沈寂，有的宛然成泡——一座透明的宮殿，原來雨滴下凡造宮殿玩兒。水泡浮游，轉瞬被雨滴砸滅，很嬌嫩。這時，又有新的玻璃宮聳然水上。當水泡連成一片時，使人想起劉皇叔的八百里連營。

雨神下雨，也是不得不做的工作，不妨弄出些水泡自娛。說話間，西邊落日燦爛，把水泡染得如可汗的金氈房。

得意

近來，我會在每早五點四十五分準時醒來。生物鐘這麼準時，讓人不好意思。因為我並不是一位潛水艇的大副或執旗向過往列車行注目禮的深山小站的站長。精確是他們的天職。

起坐，搓湧泉穴，這時窗外會傳來顫音的呼喚：

「……二」，一與三呢？不清楚。這是在桑園練功的師傅的命令。

與「二」同時，麻雀在樹梢亂成一團。好像合力聲討一個可憎的人，但每隻都逕自說，不理會別樣的發言。

曙色漸漸濃了，陽光攜著火燒樣的色斑趴在窗户上。賣牛奶的拖拉機邊上，有一個不長的執瓶的隊伍。

在麻雀最吵的時候，高處傳來一聲流麗的鳥鳴：

「盧——」

此音清冷、純淨而悠然，自然比「二」好聽得多。麻雀立刻緘口，它們也知道優劣。我循聲尋找，感覺此鳥居於對面七樓人家。

雖然看不出它的模樣，但能體會鳥的矜持。它出一聲而後默然，一種讓周遭肅然的大師式的得意。過半天，麻雀們試探著嘈雜起來，接著又是一聲長唳，如天上劃過銀幣，彼等再次啞默。小時候，我們在課間爭得忘情時，身後傳來老師的輕咳，喧嘩立刻無踪。那時，老師雖漫不經心，但得意之色已經滿溢，如高樓那隻鳥兒。

春天喊我

街上有瀋陽的第一場春雨。

春雨知道自己金貴，雨點像銅錢一般「啪啪」甩在地上，亦如闊少出牌。

下班的人誰也不抱怨，這是在漫長的冬天之後的第一場天水；人們不慌張，任雨滴清脆地彈著腦門。在漫長的冬天，誰都盼著探頭一望，黃土濕潤了，雨絲隨風貼在臉上。但是在冬天，即使把一瓢瓢清水潑在街上，也灑不濕世界，請不來春意，除非是天。

然而在雨中，土地委屈著，浮泛腥氣，彷彿埋怨雨水來得太晚。土地是任性的情人，情人總認為對方遲到於約會的時間。在猶豫的雨中，土地扭臉賭著氣，掙脱雨水的臂膀。那麼，在眼前已經清新的時刻，凹地小鏡子似的水坑向你眨眼的時刻，天地融為一體。如同夫妻吵架不須別人苦勸，天地亦如此。

在下雨之前，樹枝把汁水提到了身邊，就像人們把心提到嗓子眼兒，它們揚著脖頸等待與雨水遭逢。我想，它們遭逢時必有神秘的交易，不然葉苞何以密密鼓脹。

路燈下，一位孕婦安然穿越馬路，剪影如樹的剪影。我坐在街心花園的石椅上，周圍是戀愛的人。雨後的春花，花園中戀愛的人即使增加十倍也不令人奇怪。我被雨水洗過的黑黝黝的樹枝包圍了，似乎準備一場關於春天的談話。樹習慣於默不作聲，但我怎能比樹和草更有資格談論春天呢？大家在心裏說著話。起身時，我被合歡樹的曲枝扯住衣襟。我握著合歡的枝，握著龍爪槐的枝，趴在它們耳邊說：

「唔，春天喊我！」

甦醒

瀋陽下第一場雪的時候，已經是十一月末了。人們換上羽絨服，小心翼翼地在冰雪路面上滑行，一如狐步。這時，草們——包括散草和草坪裏優雅的洋草，都埋在大雪裡。再見到你們，要到明年春天了，我對草說。

有時候，陽光也有充分的幽默感。今天，也就是雪後的第三天，陽光大力而出，何止於暖意融融，它們鼓足了馬力傾洩在雪上。彷彿太陽不想過冬天了，冬天沒意思。雪只好大忙，一層層塌陷著，安排小溝小渠把水流出去。屋檐滴滴噠噠。大街變為醒目的黑色，人們抱怨，深一腳淺一腳地踩在骯髒的冰激淩式的雪泥裡，上班或幹其他什麼。

我看到了最美的景象——

草們甦醒過來。它們剛要被凍死，就被陽光大佬搶救過來。或者說，它們在雪被窩裡才作了一個夢，被刺眼的陽光吵醒了。我看到，草的腰身比夏天還挺拔，葉片濕漉漉的，好像孩子們破啼為笑時睫毛掛的淚花。

大雪剛來，土地原本沒有凍透，還在呼吸，為草暖腳，往它們臉上吹氣。那麼雪一融化，就像在遊戲中你把一個藏著許多孩子的被單突然掀開，它們笑著喧嘩而出。大搖大擺地走在屋檐下面，磚垛旁和高尚的草坪上。

原來，我一直感受到草的謙卑。草在此刻卻傲慢而美麗，像身上掛著許多珠寶跳舞的康巴漢子。

最主要的——我覺得草們，至少是我家屋檐下的草——像我一樣愚蠢，它們以為春天來了。它們儀態的嬌羞與庸倦，和春天時分一模一樣。我指著手上的日曆表告訴它們，有沒有搞錯，還沒到十二月，怎麼會是春天？草，要不怎麼說它們是草呢？根本不理我，以為春天到了。

你聽到河水的聲音了嗎？

你看到大雁的身影了嗎？

我還是很感動。我覺得我對自己的生命的看法沒有像草那樣珍惜與天真。能活就活，每天或者說每個小時都旺盛著。死根本不會是生的敵人。那幾天，瀋陽真是美麗極了，在未化的白雪之間，一叢叢草葉像水窪一樣捧著鮮綠。而我，騎自行車吹著口哨檢閱了所有的草，穿行在它們的夢境裡面。

聞香

我從桑園裡偷來一枝刺玫，它新綠的葉子帶著嫩黃，彷彿可以蘸醬吃下。花色偏紫，不正規，像紮頭巾養奶牛的再婚農婦。

把花放在清水瓶內，置案頭，非但不幽雅，反添俗艷氣氛，也好玩。

讀書半晌，對這半開的刺玫引頸一嗅，香氣有無。謔，芬芳直入腦髓，也非常俗艷紮實，像農婦甩開胳膊挑水。

嗅過此花，如打三個噴嚏，心明眼亮，開了竅。如同聞了鼻煙。

我八歲時，去別人家串門仍能見到鼻煙壺，瑪瑙水晶的都有，以及古月軒的瓷壺。其中好看的是水晶壺的內畫，山水人馬，匪夷所思。據說此畫是聞煙人用牙籤剔壺壁而啟發了藝人創作。相傳最好的畫手是馬紹軒。搜集鼻煙壺是雅事，譚鑫培竭力收羅過官窯的「一百單八將」，但未如願。

掌故家說，鼻煙於明萬曆時，由義大利人利馬竇帶入中土，讓吾人提神。我們念念不忘向世界貢獻了四大發明，但洋人也沒斷了向咱們獻上小打小鬧的發明，多數是享樂的玩意兒。然而義大利的歷史課本估計不寫向中國輸入鼻煙的事。不光煙，連鼻煙壺據說也由郎世寧由外邦傳入。這些東西一旦輸入東土，立刻變得高度中國化，它與清朝人帶有腐朽氣的享樂癖一拍即合。因此，鼻煙壺在有清一代演化為精微複雜的文玩物件。它與頂戴花翎的王爺貝勒已很洽合，同它故鄉黃鬃其腮、燕尾其臀的洋人反成隔膜。

鼻煙已經聞不到了，賣此物頁名的天蕙齋亦於大柵欄消失近百年。若想得到由鼻而腦的醒豁，猛吃芥末是一道，聞花亦是一道。聽說國外有嗅花療法，閉目探鼻於花前，深嗅不止，如我們的氣功，是什麼花及治什麼病則未可知。最羨慕蜜蜂，在花蕊裡伸手踢腳打滾，亦不曾打過噴嚏。

光與棋

天黑透，桑園有倆人下象棋，在一個廢棄的辦公桌上。街上的路燈比一百年以前還黯，馬路那邊照不到這邊，當然也照不到棋上。

他倆彎腰觀棋，像默哀。他是他的遺體，他是他的遺體。

一會兒，馬路車來——綠燈後，汽車洶湧雪亮，一撥兒約二十多輛，下撥兒則要十分鐘後——車燈的光在棋盤上爬。他們飛手摔棋，手眼精快，不像下棋，反如搶對方的子。

車淨，棋靜，倆人頭對頭俯瞰，我覺得他們頭上缺犄角。雙方均不言聲，難道沒下錯的、悔棋的？看來沒有。他們也不抬頭等車。此街單行道，車自西而來。

盯著吧，我要回去，已練完九十六式太極拳（二十四式練四遍）。回家躺在床上，想：應該發明一種夜光棋。

夜的枝葉

也可說：夜的汁液。

夜，是草木飲水的時分。我坐在桑園水磨石的花池邊沿，看到樹葉和草飲水時的顫動。沒有風，葉子顫搖是水有一些涼。枝頭的葉子還沒有等到水。錯綜如迷宮的枝杈分走了水。水呢？水……頂尖的葉子不耐煩了。

土地被吸走許多水，顏色淺了一些。也可能月亮剛從雲中鑽出來，像在地上鋪了一層紙。月在雲裏的時間太長，就算吃一頓飯也不應該這麼長時間，除非喝酒。月亮也喝酒麼？也許。月光如萬千小蟲在地面爬動，毛絨絨的。月光爬不進榆樹外皮的溝壑。螞蟻覺得好笑，這麼寬的裂縫還爬不進去嗎？兩個螞蟻在裏邊並排奔跑，且碰不到相互的腳。月光被大馬路慣壞了。

夜的汁液把桑園兜在一個網裡，透明發達。在網裡，地裡的水往樹上跑，月光順草根往地裡鑽，花粉跌落在草葉上，拾也拾不起來。貪財的螞蟻還在往洞裡運東西，不管有用沒用。汁液最多的地方，樹杈「嗶」地折斷，鳥飛，繞了半天才找到原來那株樹。

草不停地吮水。實際用不著吮這麼多，它不聽。秋天來到桑園的時候，草的肩膀上掛著大滴的水——它不知道把水藏到哪兒，又捨不得扔掉。因此，水珠在草的手，在它們胳肢窩下面閃閃發亮。早晨，蝴蝶被這些水弄濕了高腰襪子，說這些草真是無知極了。

我曾想搬一架梯子，看桑園最高處的枝葉在夜裡做什麼。頂端的樹葉肥大舒展，顏色比別處的淡。我在樓頂看到槐樹冠的一團白花落滿瓢蟲。先以為是蜜蜂，但閃亮，還有瓢蟲飛過來。我愛看瓢蟲飛翔，跟鳥兒、蜜蜂不是一回事。它們像拽著細絲遊蕩的蜘蛛，一掠而過，不知所終，不優雅也不鎮定。瓢蟲的兩扇硬殼裏藏著幾片薄翼，這麼簡陋也能飛嗎？以後黃豆和紅小豆畫上黑點也能飛了。

枝葉不動。我估計槐樹，桑樹和碧桃樹頂端的葉子在開會——峰會，商量污染、水資源，鳥兒糞便的問題。碧桃樹提議趕走桃木食心蟲。隔一會兒，樹的頂端颯颯搖曳，舉手通過一項議案，譬如不許練功的人往樹上釘鐵釘掛衣服。

樹的生活從夜裡開始。它們在靜謐中飲水，沈思和休息。車輛消失了，樹們鬆了一口氣。可惜缺太陽，沒有就沒有吧，省得車輛商販往來。在月光下，除了不能讀書，其他沒什麼不好，多數的樹這樣認為。

陽光金幣

太陽雨的景象委實珍貴。在燦爛的陽光下，雨揮霍地下著，像有人站在樓頂灑下大把的金幣。

放學的孩子趕緊跑回家，取傘，在這美妙的亮雨裡扭著小屁股走。

我想起一句唱詞：「賭場裡下起金幣的雨」——出自田中角榮傳記，他在聚餐會上因為唱這句日本戲文受到攻擊。此書是我小時候看的，竟還記得。雨喚醒了記憶。

屋裏放著Eagles的「加州旅館」，吉他在勁手之下彈得落花流水，為雨伴奏。法國的讓·艾飛爾畫過許多關於雨的漫畫，所謂雨就是上帝在天上擰床單的水，上帝為夢中的小天使把尿。太陽雨大約屬於後者，因為它很快就停止了。即使是天使，也沒有過多的尿。而上帝為天使把尿的時候，竟忘記了拽雲彩過來遮住太陽。

告別桑園

搬家之後，我也離開了桑園。

桑園是我對它的稱謂，市政當局並沒有任命，石上刻著「青年園」。這一片綠蔭當中曾有一棵桑樹。我見過桑椹，由綠變紅，像魚籽一樣飽滿地擠在一起。就管它叫桑園。

樹木是城裡找不到的好朋友。它們多麼寬容。我為什麼使用「寬容」這個詞？因為它們始終接納我，似乎還知道我寫短文稱頌著它們，曰「桑園」。

有許多次，我幼稚地——幼稚的意思是扭捏——想和桑園做一次道別，卻不知怎麼做。它們，依然緘默、沈鬱、凡俗，讓人有話說不出來，應該說「人尤如此，樹何以堪」。彷彿樹比我們還能擔代：就走吧，沒啥。

即使閉上眼睛，我也能說出桑園每一棵樹的位置，說出樹種和它身邊常有的垃圾。桑園一共有五棵松樹，包括練功之人為掛衣服而釘鐵釘的兩棵松樹，有迎春花、洋荊木、碧桃樹、杏樹和被遛狗的人踩得狗屁不是的洋草坪。

有一天，我走過那條街，誤入桑園，沿著回廊走。之前瑞雪先降，樹們苒苒聳立，頂戴白雪之冠，於清明的夜色中楚楚生動。我說，多像仙境啊，並企圖和每一株樹拉拉手——大幹部和僚屬見面時，常自然而然拉拉手。樹於深夜的靜默，讓人無法輕浮。它們——我說的是樹，此刻收住了心跳脈博，把呼吸也摒回，只和天地交流。我和吾妻說，多像仙境啊，樹們站立黝然，邪不可幹。它們個個戴著棉花的白絨帽，雍容整肅，彷彿讓我們慚愧。我們慚愧嗎？只是離開了桑園。我還沒準備好和新的鄰居做朋友，在鄰居身上發現美。但桑園難忘啊，沒有置酒，也沒有各式的儀式，說離開就離開了。

當我再去桑園的時候，已覺察出異己感。樹哪也不走，人已搬遷。別指望它們諒解，植物比人還愛賭氣，不理就不理吧，我只好偷偷地懷念。

第四輯　南箭亭子往事

「噔」

「噔——」，理髮的大金牙用鐵釘在夾子似的鋼片中間劃過，悠然悅耳。他右肩背一木箱，從南箭亭子街道慢慢穿過。

聽到「噔——」，我們紛紛跑出來，不理髮，是看他金牙。

理髮匠的金牙特別長。我疑心他的牙並不需要這麼長，而為炫耀。他即使閉攏嘴，牙仍閃一點亮。說話，他儘量笑著，滿口光芒。

我們數他金牙。爛櫻桃說六個，我說十個。因為他下牙也是金的。

大金牙常說「壩上」的事。火勺，黑綿羊，吃鹿肉脯。

「啥是壩上？」爛櫻桃問。

「林西以北，」大金牙說「那是蒙古地界。」

「我以為糞耙。」爛櫻桃說。

大金牙假裝用剃刀割他。

大金牙過去是有錢人，後來把錢換成金子，再把金子化了，變成牙鑲在嘴裡，走到哪兒都丟不了。瞿四他大哥說完，補充一句「這是我分析的結果。」

杜達拉達對大金牙說，「你張開嘴，讓我們好好數數……」

他急了，追著要揍杜達拉達。追不上，罵：「要在年輕，宰了你小兔崽子。」

大金牙目露凶光，可能在壩上真宰過人。

蘋果籽

五月節，我吃了一個蘋果。消息傳到家屬院那幫兔崽子耳裡，他們靜穆了，也可以說敬慕了，表情像喝醉了一樣遲鈍地看我。人堆——剛才正搞搶帽子混戰，把誰的棉帽子搶來，像破狗皮一樣扔擲撕擄，直到稀爛——閃開一過道，讓我過。

他們沒吃過蘋果，但知道。小學算術1加2、2加3，課本畫的就是蘋果。三個蘋果加四個蘋果等於七個蘋果，而不說二個狼加五個狼等於幾，也不說三個糠菜團子加二個糠菜團子等於幾。不說嚇人與熟悉的什物。咱院小孩最熟悉糠菜團子。用它解說，學得更快。

我吃了蘋果後，他們從頭到腳觀察，吃蘋果的人有變化呢？胳膊變長，頭髮變綠像海帶那樣？沒有。

這個蘋果綠而皺，比雞蛋大一點，叫印度蘋果，那當然很甜，和糖精完全不同（有小孩舔過糖精）。吃，吃，剩一癟核。蘋果是不需要剩核的，核留給誰呢？所以我把核也吃了。吃完吐五個籽。小籽黑褐發亮，像田鼠的眼珠。我吃了一粒，白瓤，微苦，不及蘋果好吃。餘下的在桌上擺成橫線豎線，然後放入寶盒。寶盒是

「金雞」牌鞋油的空鐵盒，它口緊，用拐杖式的旋柄才能打開。蘋果籽放進去，裏面還有帶豁口的玉墜，銅別針和不知什麼鳥身上的黃色羽毛。

後來，有人用山楂籽換蘋果籽。不幹，山楂多便宜。彈弓、玻璃球和鬆緊帶都沒打動我的心，只有蘋果籽可以證明我吃過蘋果。當時我想，人的一生也許只吃一次蘋果。

七十年，家要搬到五七幹校，大人不許小孩帶東西。我把銅別針和羽毛送給了穆日根和馬兔子，蘋果籽種在水文站房後。在牆上給每個籽的位置作了神秘記號。

幹校有挺多好玩的東西，從游泳到捉刺蝟。我看別人用「金雞」牌皮鞋油的時候，會猛然想到蘋果籽。我認為它們已是開滿碎白花的蘋果樹。一次做夢，家屬院小孩像猴子一樣懸在蘋果樹的每一根樹杈上，狂吃大笑，不聽我的苦勸，竟哭醒了。如果回到赤峰，我要告訴別人蘋果樹是我種的。他們當然不信。太好了，我當即指出，東邊那棵樹身上箍一個玉墜。我知道會有人懷疑，就把一粒籽埋在環形的玉墜當中。

那時有大人回城，我請他們到水文站看一看。我告訴他們那兒有蘋果樹。大人們哼哼哈哈，好像誰都沒去。

後來，我忘記了這件事。再後來，我不幸得知一個知識：蘋果籽長不成樹，需要嫁接。我再也沒去水文站。學這個倒楣知識之前，我以為咱院的兔崽子每年都被蘋果撐得滿地打滾，像犯了羊角瘋。

司令呢？

頭一天上小學，放學前我已想好結束學業，一切均無趣。五十多名相貌各異的兒童坐在木製的、有小刀刻痕的桌子前大吵大喊，聽不清他們在說什麼。話說沒了，他們伸出舌頭在嘴邊涮——啦、啦、啦，很快有人模仿，全部「啦——」。而上課，老師說一些奇怪的話。然後排隊，我也不喜歡排隊。走路盯著前面同學的腳，怕踩掉他的鞋。還是不斷有人出列、提鞋。

放學了，我姐塔娜領我回家，她高我一年級。明天我不上學了——本想把這個好消息告訴她，但沒說。她太愛上學了，令人不解。塔娜和她的同學領我穿過運動場。這地方真好，我把遇到廣闊地域時的感受稱之為「好」。她們指著北邊說：「騎兵列隊從那邊過來，向司令敬禮。」

「司令在哪兒呢？」我問。

「在主席臺上。」主席臺空寂無人，上面有兒童堆的小土包，插著柳樹枝和玻璃碴子。

「司令呢？」沒人回答。我回頭看，塔娜她們已跑遠，追蝴蝶，裙袂飄飄。

站在主席臺上，我看到了消防隊灰色的瞭望塔。體育場對面的地方是長途汽車站，那地方也好，穹頂高，說話有嗡嗡的回聲。我們又到汽車站，有人坐在刷綠漆的木條長椅上，腳下是綁著雙爪的公雞和點心匣子。陽光從落地長窗射入，光柱裏微塵浮游。我喜歡光柱——特別是夕照光柱中的微塵，小而反光，不慌不忙地浮動，像在水裏。我們在各處的椅子上坐了坐，享受在椅子上擺腿的快樂。然後去賣票的窗口。林西、克什克騰、天山……這是各窗口上方寫的字，她們念誦，我不認字。因為個矮，也看不到窗口裡面有什麼好看的事情。她們抱我往裡探望——一個大板牙女人撥算盤，桌上放一疊硬紙片的車票。

塔娜她們竟有辦法隨上車的人進站——和收票員說好，一會兒再出來——我們走在公雞和點心匣子後面，入站臺。站臺有一個紅磚的花池，上邊站一個賣冰棍的老太太。她舉一根冰棍，「冰棍啊，冰棍。」半透明的冰棍快化了，像出太陽時玻璃窗的霜。我擔心冰棍「噗」地掉下來，落在土裡。

「快來——」塔娜喊。她們圍著一行花，正採花瓣，車站戴大沿帽的人在笑。「這叫指甲桃。」我姐說。指甲桃一尺多高，淡綠的粗莖像玻璃管，彷彿一碰就出水。花瓣或深或淺，然而全都紅。她們急急地摘花瓣，往兜裡裝。我也摘，但不知做什麼用。

「行了！行了！」大沿帽擺動卷紅旗的木棍勸我們走。她們跑到候車室的山牆蹲下，我也蹲下。她們拿花瓣在指甲上揉搓，指甲變成了紅色。趙斯琴舉起十指晃動，「哎——」好看，成花瓣手了。

不一會兒，我們全成了花瓣手。回家的路上，她們喊喊嚓嚓說別的事，而我始終看她們和我自己的紅指甲。

第二天早上，我媽推醒我，說上學。我回憶起學校情景，苦惱，說不上學了。我媽說怎麼能不上學呢？我欲辯忘言，以哭抗爭，淚水走出眼睛往下落。揩拭之時，看到指甲上的一點殘紅，想到體育場、車站以及長窗光柱中的微塵，說「上就上吧。」

大鐵門即使關閉，小門會開

水產站隔壁的院落，是我童年好奇的地方之一。我們站在水文站的破鐵船上，仰盡了脖子也看不到裡面的風光。院子裏有槍聲，每當一個人走出院子，立刻有人鎖上門。我見過的大鐵門即使關閉，小門會開著，比如盟委的門。這裡的小門也鎖上。

「會不會是渣滓洞？」我的夥伴馬兔子問。

「白公館！」三相說。

「哼！」比我們年長的杜達拉達仰面躺在船的甲板上，用鼻孔鄙夷我們，「沒看鐵門焊的五角星嗎？這是軍分區八一修造廠，修槍的。」

修槍的。我們更想進去看了。鐵門沒哨兵，只有鎖。馬兔子使勁咣噹鐵門，出來個人，第一句話是：

「小兔崽子，幹啥？」這人陰沈，穿黄工作服，戴軍人的軟簷帽，腰裏並沒有槍。

我們展示萬般笑臉，說讓我們進去看看吧，連撒嬌，帶行禮，三相隔著鐵欄杆捧上一把青杏。

「哼！」這人樂了，旋收笑容，揮手：「去！去！」

隔一會兒，我們又去咣當，陰沈人竄出，開鎖，腿邁小門，追上，拽馬兔子脖領，照後屁股當當兩腳。

馬兔子手摸臉哭了，說：「大爺，別打我，我爸原來也是當兵的！」

三相說：「他爸當過營長。」

這人對三相：「當你媽個蛋！」

「真當過。」馬兔子說。「你把我放了，我回家拿動章給你看。」

陰沈人沒說啥，放了馬兔子。我們感到有點屈辱兼及悲憤，坐牆跟沈默。杜達拉達說：「馬兔子，你拿動章去，證明你爸比他官大。」其實我們也想看看動章。

馬兔子雙由飛掠眼淚，跑回家。轉回，從兜裏取一動章，比桃還大，五角星背後疊著一個五角星。

「金子的。」馬兔子說。

「給我戴戴。」三相說。

「一分鐘。」馬兔子應允。

三相、杜達拉達和我各戴一分鐘，然後大搖大擺來到鐵門旁。沒敢咣噹，喊：

「動章！」

「動章來了！」

杜達拉達說：「一齊喊，一——二，動章——開門！動章——開門！」

那人出來，見馬兔子手裏拎著動章，他打開門，出來又鎖上（還是沒讓我們進去），接過動章，蹲地上看。我們陪蹲，等他評價。

「是營長戴的嗎？」三相問。

「這是解放獎章，不是動章。你爸不是朱德，不可能有動章。」

「高級不？」杜達拉達問。

這人笑了，像假笑。「高級？這獎章證明他爸打過仗，沒打死，活過來了。」

馬兔子問：「你有嗎？」

這人點頭，又問：「你爸現在幹啥呢？」

馬兔子最怕問他爸幹啥。他爸在煤場子卸車呢。他囁嚅：「我爸、我爸……」

「他爸卸煤的，右派。」

這人摸摸馬兔子腦袋。

杜達拉達說：「他爸可好了，盡給我們裝大塊媒。」

馬兔子咧咧嘴。

這人把獎章交給馬兔子，說：「收好了。丟了這個，你爸打死你！」

馬兔子看套詞成功，問：「我們能進去嗎？」

這人說不行，你是軍人的孩子，應該知道紀律，不讓做的事永遠不要做。說完開鎖走進鐵門裡邊，鎖上，不再看我們一眼。

那天下午，我們又去土產站倉庫偷了幾根牛骨頭，到游泳池對面的樓頂看人家游泳，五分錢一遊，我們沒錢。最後到菜園子分食一棵白菜，回家。

就那天，馬兔子把動章丟了。第二天一早，馬兔子臉色煞白，耳朵都在發抖，他說動章丟了。我和三相當即把他上下兜翻了一遍，沒有。這可完了，怎麼辦？我們三人沿土產站、游泳池和菜園子找了一圈，沒有。後來找了一整天，不知多少遍。三相在路上揀了二元錢，我揀了一隻手套，但沒有動章。天曉的時候，我們和馬兔子悲壯地分別。我真以為馬兔子會被他爸打死，再也見不到了。

第二天馬兔子還活著，第三天、第四天，一直過了好多天都活著，也沒有腿瘸或耳朵被拽裂的情況，但他不理我們。

我們問：「跟你爸說了嗎？說了沒有？」

馬兔子扭頭走了，不作答。

過了好長時間，我問馬兔子：「你爸知道了嗎？」

他點頭。

「揍你沒？」

他搖頭。

「你爸咋說的？」

馬兔子拿一樹枝在地上劃，半天說：「我爸說『留這還有啥用？』」他說的時候低頭，一會兒，地面上「啪噠、啪噠」落下淚水，把土打濕了。

沒過幾年，他爸在火車倒車時被軋死了。

有一年，我突然悟出，勳章可能被杜達拉達偷走了。我一見杜達拉達，就想質問他，忍住沒問——那張變化多端的臉，是一張小偷的臉。幾年前見到杜達拉達，他老了，在街上賣涼皮。見我，杜達拉克面露驚喜，我又想起勳章的事，看了看他，沒說話。

雞冠花

小時候，我媽告訴「這是雞冠花」時，我聽成「機關花」了。

盟公署栽了兩畦花，用紅磚的尖角砌出邊沿。掃帚梅比我還高。它孤零零地清高，葉子像茴香，僅有的花瓣離得很遠，如雜技人用棍兒支旋的盤子。滿天星的莖細，蜜蜂落上去，花朵彎腰如請罪，以至蜜蜂張開翅，合攏，再張開。它們都是機關花。離花畦不到一米的窗户，是我媽辦公的屋子。窗臺的空墨水瓶是我姐放的，裝蚰蚓。

這些花裡，我最喜歡雞冠花。它是植物裡最像織物的。绛紫的金絲絨捆繫一起，把上面拽開，像小扇子。其實它比小扇子好看。冠頂攢擠無數絨朵。遠看，雞冠花又像赤面的非洲大角羚羊，角從耳下彎上去，如珠寶墜。它沒有花瓣。我以為花一定要有花瓣，無論多少瓣。在童年，當一件事否定了對此事的通識時，會苦惱。我無數次問過媽媽：

「雞冠花怎麼沒有花瓣呀？」

我媽回答一律是「它沒有。」

星期天，我和姐姐到盟公署嬉遊，大多流連於花池。我們把喇叭花摘下來，放在嘴邊，用細小的聲音喊話：「繳槍不殺，你們被包圍了。」用指甲桃把手指腳趾全染紅，最後把架豆角桃形的葉子貼在前額，翹腳，到玻璃窗前照，看像不像妖精。

在花池，我只愛唱一首歌。「小燕子，穿花衣，年年春天到這裡。」為什麼唱這個，我也不知道。這歌纏綿，又矯情，像鳥喙被樹膠黏住了，像用誇話念一封信。有一點撒嬌，還有一點勸勉。勸勉誰呢？花，還有蜂子。那時，我會唱的歌太少。幼稚園的日暮唱「藍藍的天上白雲飄」，對著高牆。上學後，掃除時唱「高高的興安嶺，一片大森林」。運動會唱「人民海軍向前進」。好多情況下，沒歌唱。

在辦公室，我媽把文件夾進硬紙殼，用黑鞋帶繫上。硬紙殼的四角貼著紫布。我在每個椅子上坐一會兒，比較它們有什麼不同。看每個辦公桌的玻璃板下面的照片。這些黑白合影照片的上方多用花體字寫到——工農幹部速成學校畢業合影、熱遼軍區赴林西縣工作團留念。我主要看誰長得好看。他們表情同一，胖瘦同一，服裝同一，誰也不好看。我在辦公室嘗試咳嗽的滋味，拿條帚掃地的滋味，以腳蹬試桌下踏木的滋味。然後跑出去看花。

雞冠花傲慢，使有瓣的花顯得單薄。一次，我聽一個人說「雞冠子花」，困惑，會有「機關子花」嗎？小時候，我不識字，便聽不懂許多話。電影《東進序曲》，我以為是「東進西取」，按字音取得一個可以理解的意思。還有一首歌：「我當個石油工人多榮耀，頭戴鋁盔走天下」，一直聽成「頭戴李逵走天下」，過好多年才明白。

得知雞冠花正名之後，已經許多年沒有見到，或許跑的地方太多，或許忽略。我所在的城市，似乎什麼花也沒有。節日，政府門前擺一堆盆栽串紅，其餘的花集合於公園裏。今年，鄰居在樓下種了四棵雞冠花。他在自行車棚邊上開了幾平方米的園圃，用尼龍繩拉著，種小白菜，四角各有雞冠花，像站崗的。花已老了，脖頸密密的紅刺變白，頂冠仍然醉紅。花葉細長披紛，一如剛打完架的公雞。蹲下看這株花，看久了，不禁想從花裡找出雞的尖喙和一眨一眨的眼睛，期望它在某一天早晨「喔喔」地振翅啼唱，驚動左鄰右舍。

金子

認識一個牙醫之後，我請他為我鑲金牙，當然他沒有同意。我只想看一看金子什麼樣。

我認為天下的金子已經沒了，全部留在了古代。而古代人用過金子之後，比如自殺時金釵被嚥進肚裡，金刀在廝殺時砍豁了，餘下的被埋在墓穴和山洞裏。於是我十分留意有關山洞的消息。

赤峰南山有洞，多數是後挖的防空洞。我和夥伴們戰戰兢兢地探過險。人在洞裡，看到身邊土壁被鐵鍬鏟出的痕跡，感覺十分古怪。鐵鍬光滑的痕跡中，有時會刻著字，譬如我看過這樣的字：行人悵望蘇台柳，應為吳王掃落花。字認了很長時間才辨認出來，因為不明白意思，加之洞中潮濕，雙腿始終沒有停止哆嗦。這時有人說：反標吧？我們嚇得鼠竄出洞，大有虎口脫險之幸。後經分析，有著這樣陰險文字的山洞，至少住著一個蘇聯特務。再往前走，就有可能踢到蘇製空罐頭盒子。

因為找不到金子，我轉而敬仰銅。它應該與金子相去不遠，算金子的弟弟。如同鋁是銀子的弟弟，而銅不如金子的原因是光芒不夠。銅鎖、銅皮帶扣，我收藏很多，但心情依然落寞，因為無金。有人告訴我，如果你認識一位元將軍，就有可能見到金子——他們肩牌的星是金子做的。一次，我向一位元認識的軍分區政委扭捏傳達了這樣的意思，即想認識一位元將軍。他樂了，說咱們這兒哪有，將軍都在內蒙軍區呢。

原來將軍離我們這樣遠，金子離我們也這樣遠。那時，我感到了生活的凡庸。我沒有想到生活有一天到處可以看到金子，也沒想到有一天戴金手飾會受到鄙夷。我始終做著看金子的準備，它非常亮，光芒甚至會透過包裹的綢子與木匣，因而人要瞇起眼睛。當金子出現時，天邊隱隱伴著雷聲，風聲隱隱，人們不禁發起抖來。

洋井

洋井在米分培他家的園子邊上。晚上做飯的時候，衆人拎桶叮噹取水。米分培他老婆站在臺階上，看。

計劃經濟在南箭亭子盟公署家屬院的體現之一，是七八棟房子設一洋井。這井怪，壓水時，稍一慢，井水伴著嘶啞的長音縮回，像嘸氣。再注水引，嘎噔嘎噔，直至水花濺出井口半尺高。這時，米分培老婆輕蔑地笑一下。他家的人愛敞懷，孩子們衣裳沒鈕釦，一跑，兩襟如旗，從肋下飄起。米分培老婆不繫釦——用現今眼光看也沒襯衣——兩個奶子像裝豆漿的塑膠袋，在腰上晃。這是在夏天。

洋井也是公家配的。鑄鐵，葫蘆似的井身接管在地下吸水。井把兒彎如鳥身，鳥頭銜著井碗，手拄的地方像砍刀把兒。

米分培是盟公署會計，因此戴眼鏡。他家人嘴大。要有人在南箭亭子轉，見嘴大的人，就是老米家的。要是見到不大點兒的孩子，不認識是誰家的，如果嘴大，也是老米家的。他老婆老在生小孩，無暇掩懷。

冬天井臺高如小丘，水潑上，帶著流勢成冰。取水的人戰戰兢兢，怕摔。井碗在晚上由米分培老婆收到家裏。取水人要恭謹叩門，取井碗，再要點水引井。他老婆傲慢地掀開水缸的秫稭蓋，給你兩瓢。兩瓢水不夠，那不管了。

取水對我們小孩是快樂的事情。冬天，在白冰的井臺上壓水，井水在寒冷的早上飄著白霧瀉入桶裡，清澈淵深。我和姐姐用木棍擔著回家，兩人一起倒進缸裡，看水在缸裡又長了一截。

夏天取水澆園子，我爸在園子四周種一圈向日葵，它們像衛兵一樣揚著金黃的大臉盤子，蜜蜂飛舞。向日葵的短花瓣像胖廚娘繫一個帶花邊的小帽子。在園子裡邊，我讓我爸種香瓜，但長出來的是肥碩的大葉子。我爸的戰友看了，說這是菸。我爸很生氣，天黑全拔掉了。

米分培的老婆站在高臺階上看人們取水，這麼多水被別人挑走了，她可能感到心疼。她家的園子最好，蔥、蒜、菠菜，深深淺淺的油綠，都能佐餐。其實米分培家吃飯的碗都不夠，二胖和三笊籬在一個碗吃，他媽他爸各有一個碗。二胖弄斷一根筷子讓他媽打了一頓。過一年了，他媽想起這事又把二胖打一頓。

有一次，我們在井臺上玩。蛐蜓說，誰敢舔洋井把兒？那是冬天。大夥說，你舔我就舔。蛐蜓說，誰敢舔我管他叫爺爺。六猴子——平常最頑蛋——有點抖擻，拿眼睛轉大夥。我們袖著手，你舔，舔呀！六猴子咧嘴樂了，用舌頭在空氣中伸縮兩下，練練。他上去，摸摸井把。不許捂乎，蛐蜓說。那你得管我叫爺爺！六猴子轉過頭重申。他不叫就給他扒褲子，大夥說。六猴子低頭，把舌頭伸出來，又說，叫噢。然後舔。

「嗯——」

六猴子古怪呻吟。他舌頭黏到井把兒上了。粉紅的舌頭在黑鐵上拽不下來，六猴子哭，費力扭臉，可憐地看我們。大夥先是大笑，後來害怕了。六猴子轉而嚎啕。有幾個小孩嚇跑了。

糧本他爸聽到喧嘩跑出來，一看，痛斥：胡鬧！轉身回家端了一瓢水，慢慢澆在六猴子舌頭黏處。舌頭下來了，六猴子捂著嘴，飛也似的哭跑回家。糧本本名梁立本。他爸說話嗡嗡的，像肚子下面接著地洞。

米分培他老婆的臉，露在玻璃窗後面，好像剛笑過。

「誰弄的？」糧本他爸訓斥，我也嚇跑了。

六猴子有很長時間不說話。他們說，六猴子說話跟傻子似的，管「飯」叫「拌」。大夥也不提蛐蜒管他叫爺爺的事。

我跟六猴子說話，他光搖頭。

喋喋

壞人講話必然聒噪冗長，這是一個標誌——美帝、蘇修和各國反動派總在喋喋不休地説著什麼。我查字典，喋喋不休就是説話沒完沒了。當廣播引述從美帝到各國反動派的言論時，全冠以「喋喋不休」的修飾語。

有一個小小的不解，不清楚「各國反動派」是誰，它和「美帝國主義及其一切走狗」的「及其一切走狗」們一樣，不知是誰，於是問我爸。

「爸，」我爸在報社作編輯，「各國反動派是誰呀？」

我爸抬起頭，面色迷惘。

「是不是印度？」我好意提示。這不是瞎猜，而是俯在世界地圖上長久思索的結果，況且印度過去和中國交過火。

「胡説！」我爸把筆啪地摔在桌上。「各國反動派怎麼能是印度，不是明明告訴你各國反動派了嗎？」

我還是不解，嚅囁「各國都是反動派嗎？」

他嗖地起身，要過來揍我。家裡小孩如果説了反動話，殃及大人。我一溜煙跑出屋子，他的罵聲從窗裡飄出來：「再敢胡說八道，老子打斷你的腿！」

玩耍一陣回家，忘了此事。看父母激烈爭執，我心裡咯噔一下，想起各國反動派。

我媽把我拽到廚房，低頭問：「你說印度是各國反動派了？」

我點頭，母親的臉刷地白了。她又問：「跟別人說過沒有？」「沒說過。」「真沒說過？」「真沒說過。」

她臉色緩過來了。我爸憤怒的是我敢染指國際政治，我媽則擔心這件事傳出去。

此後，我更加深了對各國反動派的憎恨，雖然現在也沒有弄清他們到底是誰。然而我的政治修養在我爸的威脅之下提高了。我細心地注意到「美帝國主義及其一切走狗」乃是柬埔寨的郎諾、日本的佐藤榮作、越南的阮高其和南朝鮮的樸正熙，這是亞洲部分的走狗。至於美帝國主義還有哪些走狗，就說不詳盡。

廣播上繼續說，壞人們仍然喋喋不休地說一些壞話，這些壞話內容大致相似，都是極其可笑的言論。我不聽了。

人體的鹽

我見過喝酒吮一根釘子的人。釘子被鹽漬過。他喝一口酒，抿一抿釘子，神色快適。釘子半尺長，別人說是棺材釘子。我問：棺材釘子咋這麼長？說：短了釘不透，你沒看棺材板子多厚。

我見過棺材，一頭高一頭低，頂蓋有半尺厚。我對棺材的畏懼，由釘子而來。這麼長的釘子釘上，人（假如沒死的話）再也別想往外爬了。

這人在當院喝酒，搬一把椅子，坐中央。酒瓶放在右邊地上，無盅，釘子攥在手裡。人說，釘子也不是他醃的，偷放人家鹹菜罎子裡稍滯而成。他架二郎腿，穿毛背心，披中山服（四個兜），還留著分頭。像後來畫報裏的焦裕祿。那時我小，因而蠢，問別人：他就是焦裕祿嗎？被問的人（已高中）瞪眼訓我，他怎麼是焦裕祿？焦裕祿已經去世了。

我遠遠看他喝酒。喝的時候用力，有「嗨」這麼一個尾音幫襯。喝完，吮釘子。吮在吾鄉叫咂摸。他手執釘帽，在口唇間橫著一順，由左自右——「滋溜」。他順一下我跟著嚥一下唾沫，用現在的話叫心儀。我想，天下好事莫過於喝酒吮鹽漬釘子。滋溜、滋溜……

我跟我媽說——在秋天的時候，各家醃鹹菜——咱家也醃點釘子吧。

我媽嚇了一跳——「醃釘子?」

我爸說，「釘子還要醃嗎?釘箱子、牆上釘釘掛帽子，難道要提前醃一下嗎?嗯?」

「嗯」很嚇人，我爸一說這個，就要搞家庭暴力。我逃跑，不再提這個事。

後來，我媽小聲問我：「醃釘子幹嘛?是科學實驗嗎?」

科學實驗?我媽太高看我了。我沒說，說則招羞。他們形而下慣了，缺乏棲居詩意。臘菜纓子能醃，釘子為什麼不能醃?守舊。

後來——後來就是擺脫了童年時代，長大成人——喝酒的時候，我常奇怪地想起鹽漬釘子的事。甚至想，飯館突然加一道菜——鹽釘子，放盤子裡，滋溜、滋溜，也滿有創意。我跟一位飯館老闆說過這個創意，他笑笑未語，水平停留在我媽那個階段。創新很難啊!

故事說，哥倆進餐就一條鹹魚。「就」，乃佐餐，不是用嘴，而是眼光。其父規定，吃一口飯看一眼鹹魚——魚掛在房頂。弟弟多看了一眼，哥哥舉報。父怒：「鹹死他!」這是笑話，見於《笑得好》之類的書裏。而我看到的鹽漬釘子是寫真。我想，鹽啊，實在是至味。不說鈉與鉀對人體細胞壁平衡的道理，它是人離不開的東西。我小時候讀書，知紅軍給民眾帶來了鹽巴，窮人膜拜。我激動地取鹽粒含在嘴裏，分享他們的快樂。鹽是什麼？五味裡面，它是一種精神。甜者綺靡，酸者曠遠，苦者尖刻，鹹乃中正之味。鹽的味道如同講述一種道理。有一個人（紐頓）說，人和星星、小鳥的區別是什麼呢？這話把我問住了。星星和小鳥區別本來就很大，它們和人又有什麼區別呢？紐頓說，人體有鹽。好啊，說得多好。人的身體裡有鹽，人有了鹽則沈穩、不輕浮。鹽是多好的東西！感謝上帝，讓人需要鹽，然後有了鹽。

我聽說，藏獒原本不咬人，一旦咬了人，見人就要咬。為什麼呢？因為人的血液中的鹽刺激了它的「咬欲」。所謂嗜血，實為嗜鹽。專家說，像藏獒之類的動物從來沒有品嚐過像人肉這樣的美味，「美」的意思是有鹽份，吾鄉叫「鹹淡」，好像說，人是帶佐料而來的。但我不知道，在哺乳類動物中，只有人類的血液中有鹽嗎？祈高明人教我。想到這個，想一旦遇到藏獒的時候，當它箭一般竄出直撲我腿肚子的時候，誡之曰：我這有鹹菜。嗖地扔出一袋六必居鹹菜。你們（我說的是藏獒）既然這麼喜歡鹽，別掏人腿肚子，這多不好，吃吃鹹菜就行了，但別吃太多，影響血壓。

種子

沒有什麼比種植更吸引人。聶魯達的詩說：「……農夫，口袋裡裝著一顆顆種子，急急忙忙地耕地。」我把收集的種子放到一個鐵盒裡，盒有新疆人拍打的鈴鼓那麼大。我常舉起來晃一晃，其音也如鐘磬。裡面有桃核、杏核。而蘋果的籽兒和小麥只在裡面「沙沙」地奉和，很謙遜。

我常抱著種子盒到向日葵下鬆軟的泥土上觀摩。桃核像八十歲老人的臉；麻籽裡有果肉的絲長出來，扯不乾淨；杏核無論怎樣，都是一隻病人的眼，雙眼皮成就尤有工筆畫的意味；李子核與杏核彷彿，而面上多毫，乾了之後仍不光潔；麥子最好看，金黃而勻稱。我想上帝派麥子來，不是當白麵烙餅，而是作砝碼的。從掌心捏麥子，一粒一粒擺上，彷彿什麼事情就要發生了。我還收集過蕎麥的種子，因為弄不到，就把枕頭偷偷弄了個洞，搞一些出來。當然這只是蕎麥皮了，但我小時不計較這個。因此我讓蕎麥在盒裡當警察。我收集的種子還有紅色的西瓜籽、花豆、像地雷似的脂粉花的籽以及芝麻。

我在種植之前，多次召集它們開會，為它們選王。舉起盒子「嘩啦啦」晃一陣，表示肅靜。桃核常常有一種霸王的氣勢，但因為愚昧，很快就被推翻了。杏核表示無意於高位，而黑豆與綠豆太圓滑，玉米簡直像個傻子。最後麥子當選了，即最大的麥籽兒，我在它身上塗抹了香油，又按著桃核與杏核的腦袋向它磕了三個頭，讓小紅豆作他媳婦，芝麻作他的智囊，西瓜籽兒每天必須向他溜三遍鬚。

我不明白為什麼鮮艷多汁的杏肉會圍著褐色的核兒長成一個球。它們是從核裡長出來的呢，還是生長暗暗藏著核。而麥粒會向上長成一根箭。我在吃東西的時候，遇到種子就會停下來。蘋果籽像嬰兒一樣睡在莢形的房子裡，和其他兄弟隔一道牆壁，永遠也見不上面。而黃瓜籽活在黃瓜的腸子裡，密密麻麻像搞雜技的疊羅漢。而雞蛋就是雞的籽了。

種植的時候最讓人激動。當你把隨便什麼核或籽扔進地裡，看它孤零零地躺著，替他難過，又替它高興。它要生長了，也許被埋葬了——如果它不生長的話。我再也見不到你了，除非你明年長成樹。而長成樹我也見不到你了，因為你變成了樹。澆完水之後，立刻進入了盼望的焦慮裏。你坐在土地上，靜靜等待種子破土而出，是天下最寂寞的事情。

而我所種下的，除了幾株草花之外，多半都沒有發芽，幾乎個個欺騙了我。我扒開土觀察，於是又見到了它們。還是老樣子，但庸俗，沒有靈性。我只好放棄努力，去撫愛那些並非由於我的原因而自由生長的植物，如辣椒，如楊樹，如在屋檐下擠成一排的青草。青草甚至從甬道的磚縫裡長成來，炫耀著毛茸茸的草尾巴。我從書上看到，青草的種籽除了在風中播撒之外，還有一些是由鳥兒在身上夾帶到各處的。當天空飛過鳥兒，或電線桿的瓷壺上落著小鳥時，我就想，這傢夥身上帶來多少草籽，又把草籽帶到了多麼遙遠的地方。

焉優

焉優就是一種紫黑漿果，豆粒大，一吃甜而染牙。因此吃完了不能樂。兵工廠牆內雜草中有焉優，星期三下午不能去摘，他們打靶。

而焉優是賀太瑞鄰居家那個孩子的外號。

他傻，站當街對過往人說：昨天我爸又騎我媽身上了。人聽了一楞，焉優張著嘴「哈哈」樂起來，涎水像過年火鍋的粉絲一樣沾在條絨衣裳上。他知道說這個別人能楞。

焉優父母是研究所的，戴手錶，有褲線。他媽素潔，走道輕飄的，說話時腳往後撤一下，臉微紅。

馬杏核有一次偷偷問焉優：你爸咋騎你媽身上啦？

焉優振作了，「我爸啥都不穿，……」

「啪！」胡三給馬杏核一嘴巴，「操你媽！問這個幹啥？流氓。」

馬杏核右臉「唰」地鼓起幾道棱子，嘴唇哆嗦，費半天勁才把話嚥回去。胡三練摔跤，板帶把腰煞得精細。

焉優不明白馬杏核為啥挨揍，伸脖子看他的臉。

那天下班時，焉優又說「我媽褲衩是花的。」等著人們驚訝。正好他媽下班，拽著焉優就往家裏跑，一隻手罩在臉上，粉紗巾掉在地上也不回頭揀。

瞿四他奶奶常常瞅著焉優說：

「焉優啊，焉優，你可多可憐啊！」

焉優說，「我不可憐！我有黑棗。」說著從兜裏掏一把黑棗，嘛噠嘛噠吃。他兜裏總有黑棗，吃完把核給我們看，扁而黃，像一片魚鱗。隔一段，羅鍋子老頭挎小笸在焉優家門口喊：「棗啊，黑棗，黑黑棗！」他年年說自己九十歲。

蟲子長這麼大都沒吃過黑棗，也不跟焉優要。焉優一出來，蟲子就跟著，攢黑棗核。他洗乾淨棗核，在窗臺晾，用蘸水筆在每個核的扁面上寫一個「長」字。

秋天，蟲子把棗核種在水文站房後，這件事只有我一人知道。

錫箔的牙

一位學西班牙語的大學生被分配到盟醫院拔牙——怨他自己不會說話。軍宣隊問學啥的，他若說學外語，可能分學校去，牽涉到「牙」，就按身體的部位安排工作了。這人起初想反抗，軍宣隊拉下臉：不幹拉倒！西班牙語之人只好到牙科報到。後來，他以白求恩大夫為榜樣，刻苦學習拔牙、堵牙、鑲牙，終於成為一名頜面專家。文革結束，母校召他任教。牙科大夫死活不回去。母校以為有人迫害他，派員拯救。大夫指著滿牆的錦旗說：「這是迫害嗎？我幹一行愛一行。」而後，為母校老師做了一個齲齒修補手術，一直送上火車。

說這個，是由於我認識前面說那位元牙醫。除拔牙外，他還在褲子膝蓋處安兩個拉鏈，使褲子褲衩兩下由之，至今我仍未見過這麼有創意的下裝。他吸煙能從耳朵裡冒出煙來，會用鼻孔吹梆笛，是最讓人景仰的人物。跟他熟了之後，請他為我鑲一顆金牙，在門齒的位置。他婉拒，說工具不行。那時我不知金子多貴，就是太喜歡金牙了。我多次想像鑲了金牙之後，在大街上行走的情景——光芒從嘴裡放射出來，傳得很遠。就是站在南山上，也能看見我的一顆金牙在盟公署家屬院閃閃發光，敬佩的目光會從四面八方投來。我想，用舌頭舔金牙一定很光滑，吃窩窩頭也香；即使我睡覺時，也有人悄悄參觀我的金牙，手指著說：瞧瞧，金牙。除了賣櫻桃的老漢，我將是盟公署、包括軍分區以及遼河工程局家屬院第二個有金牙的人。

牙大夫不給我鑲金牙，並不能使我沈淪。有一天，福至心靈，我終於想到用香煙的錫箔做一付銀牙。銀牙也閃光。那時，帶錫箔的香煙不好找，大幹部抽。某日，我父親戰友來訪，從兜裡掏出一盒牡丹，哇！錫箔。我殷勤地向他勸煙，劃火柴敬之，讓他一根接一根地抽，而煙還有半盒。我問這位叔叔會不會兩根一起抽，他說不會。我說這有什麼不會的，拿兩根煙給他點上，他只好在左右嘴角一邊一根吞吐。我問會不會三根一齊抽，他說嘴麻了。麻也不行，我正點火，被母親喝退。他動身時，我提出把錫箔留下。叔叔通情達理，把散煙捲放進兜裡，煙盒歸我。

哈哈！我迫不及待地把錫箔箍在上下牙上，沿牙縫勒出印，神秘地閉緊嘴，突然一樂。父母嚇了一跳，想揍我。哼！不懂審美。

第二天，我戴著錫箔牙套遍遊家屬院，招搖微笑，受用欽佩目光。小孩們央求：給我戴一會兒行不？那哪行？我還沒享受夠呢。這玩意兒雖無金牙燦爛，也有搶奪眼球之妙。幾日後，家屬院小孩紛紛流行這一時尚。我們呲著銀牙，行於赤峰的大街小巷，在商店、游泳池給人留下難忘的印象，連牙大夫看了都說：好！挺好。

曹大營長

「小兔崽子！」我驀然一驚，回頭，不是喊我，一個老頭呵斥往他金魚盆裏扔石子的小孩。小兔崽子，我多少年沒聽到這個詞了。別人管我叫「原老師」。

小時候，我們玩鬧惹禍的時候，傳來的聲討就是「小兔崽子」。只有惹禍的遊戲才算好遊戲：踩碎別人家屋頂的瓦，從男廁所往女廁所（隔牆）滋尿，用粉筆往站崗士兵的軍大衣後背著「王八」，偷櫻桃。這一切的事情穿幫之後，一律是「小兔崽子」，然後飛奔，肺活量練得無比強大，堪比衣索比亞的長跑家什麼什麼塞拉西。

我們後院小賣店的書記（小賣店還有書記，嘖嘖！）是朝鮮戰爭時的營長，戴茶鏡，鑲鋼牙（牙縫灌滿不鏽鋼汁，鏽對身體不好），繫大皮帶。他沒什麼可人之處，但會講戰鬥故事。

「兔崽子們！」這是他的開場白。「黑人最不是東西。」他說的是朝鮮戰場上的美軍黑人團。「嚇人！你們沒見過黑人啥樣，嚇死你！黑人不怕死，這幫兔崽子，端著槍，呀呀地往上衝。我靠！黑壓壓的，湯姆槍、連發的，我靠……」

這傢夥牙光燦爛地講那些爛故事，也有離奇的。他說有一班人走著走著沒了，掉雪溝裡了（西藏平叛）。雪溝有多深？多深？牙營長說，立陡懸崖（挨，讀音陽平），比山澗還深。一聲都沒哼啊，現在還在裡邊呢。他晃腦袋，營長把腦袋連晃十多次。

營長（好像姓曹）手下兩個營業員全是女的，鷹鉤鼻子和瞇眼永遠在交頭接耳。配貨的老頭姓王，下肢與上肢之間伸不直，撅腚，是偽職員。曹營長不和他們說話，也不瞅他們。他站小賣店門口（這是國營買賣），在朝陽初升的時候，大幅度作操。作完操叉開雙腿，提氣，雙手插在腰間的皮帶裏，注視遠方。他一見我們的踪影就歡喜招手：「小兔崽子們，快過來！」

我們慢吞吞走過去，他說：「聽故事不？戰鬥的。」我們抱著膀，向四外看，表示不買賬——這是事先計劃好的。

「咋啦？兔崽子們？」曹營長問。

狗剩盯著自己指甲，懶懶地說：「讓我們聽故事，得一人給我們一塊糖。」

「這幫小兔崽子，糖是公家的，我能給你們嗎？」營長揮臂。

我等閉上眼睛，撇嘴，意謂非糖勿聽。

他翻兜，把零錢找出來，數：二分、五分，他還有一個高射機槍彈殼做的打火機。行！營長進屋，買糖給我們分發。

文革開始後，王撅腚戴上了紅胳膊箍，曹營長每天早上向商店的領袖像低頭認罪。王撅腚用鐵絲連一個筐掛在營長脖子上，裡面裝磚。曹大營長臉上的汗叭嗒叭嗒，而女營業員們往他臉上吐唾沫，呸、呸！她們比賽。最後，鷹鉤鼻子贏了，連吐二十六口唾沫。「我嘴都乾了。」鷹鉤鼻子說。

不知什麼時候，老曹在小賣店後院倉庫上吊了，地上有塊紅布，放著鋼筆、殘廢軍人證和獎章。我們問王撅腚咋回事。

「畏罪自殺！這是。」

「啥罪？」

王撅腚晃晃脖子，用舌頭在嘴裡呶了半天，吐出一屑菜葉：「啥罪？他說彭德懷有功，這不是找死嗎？」

我們聽了，想半天沒明白。狗剩說：「王撅腚，你個偽職員還抖起來了。」

王撅腚眼露凶光，說：「什麼？小兔崽子！」

狗剩拽他藍大褂的衣領：「你敢管我們叫小兔崽子？」琉璃貓在他後屁股踹了一腳，王撅腚剛回頭，小胖兒抓一把爐灰塞進他脖子裏，狗剩像拽門一樣拽他衣襟：「還叫不？」

王撅腚說：「爺們兒，爺們兒，行行好，我有眼不識泰山，我送你們糖吃！」

狗剩一把推開他：「誰吃你他媽臭糖！」

王撅腚四仰八叉躺地下不敢動，假裝特委屈。倆營業員，鷹鉤鼻子和瞇縫眼在小賣店玻璃窗後面偷偷地笑。

火柴

火柴多好啊，像一排戴紅帽子的孩子躺著睡覺。火柴在點著的時候，總要「哧啦」一聲，昭示開始。火，這麼神奇的東西，怎麼能像手電筒那麼平庸地亮起來呢？火在火柴棍上笑，晃著圓圓帶光的腦袋，做出紅焰和白焰兩種表情。如果我們到了一個沒去過的地方，比如說穆日根家裡的地下室，四周黑暗。那麼掏出火柴來，哧啦！周圍的一切便深深淺淺地暴露出來。黃漆的木箱。書，定睛看是《青年近衛軍》。篩子。籮。鎬頭和養蜂的箱子（他家怎麼會有養蜂的箱子呢？）我們總能找到我們喜歡的東西。這時，火苗搖曳著，這些東西的影子也跟著搖曳，像有腰。火柴熄滅了，骸體像一根迅速退卻的紅紅，燙得指尖疼。再點一根，這些東西又出現了。

我們不明白火柴頭和磷片一擦，為什麼火苗騰起，也不想聽這裏面的什麼科學道理，於是一根又一根的擦亮，扔掉，又擦亮。我們感到火苗是活的。

那種

那種修馬路的水泥管子，一人高，不知何故棄在遼河家屬院牆外。我們紛紛鑽進去賦閒，起初合力蹬踹，使它晃動，我們坐享自由，但蹬不動。

我們在裡邊蜷坐的時候，閒聊。一般說電影裡的事。李向陽，說到崗村寧次，又說到蔣介石，後來說到毛主席。

有個新搬來的小孩叫王志，從吉林來的。他說：「你們知道毛主席媳婦是誰嗎？」

毛主席媳婦？

我們從來不知道毛主席竟有媳婦，其實，我們都不知道他叫毛澤東，以為就叫毛主席。

瞿四鑽出管子，臉色峻厲，他指王志鼻子說：「你敢說毛主席有媳婦！」

我們漸漸想出媳婦裡面的不潔含義，這個王志簡直反動透頂，也為發現了一個反革命興奮。

王志也從管子鑽出來，面無懼色，指著瞿四鼻子說：「你敢說毛主席沒媳婦？」

瞿四微怔，說：「操你媽！你敢說毛主席有媳婦！」

過了一會兒，蚰蜒說：「蔣介石才有媳婦呢。」他扭屁股走了幾步。

大夥恣笑。說對，宋美齡。

蟲子說：「劉少奇才有媳婦呢。」

大夥說對，王光美。

瞿四惡狠狠地說：你等著！

王志不忿，你等著！

要是毛主席沒媳婦，王志就是反革命。先五花大綁鬥一頓，隨便揍，拿磚頭殘他腦袋也行。然後一般就槍斃。每年冬天，赤峰都槍斃好幾車反革命。他們光著頭，下巴摘了，鐺啷著，要不槍斃時他喊「毛主席萬歲」怎麼辦？槍斃都在最冷的天，解放軍穿戴皮衣皮帽背刺刀槍站在車上，兩人按一個犯人。有的犯人只穿襯衣，有的用眼睛在人群裡尋找。

「你等著！」瞿四說。其實瞿四他們家成份地主。

「等著咋的？」王志還挺橫呢。

王志的態度使我們遲疑了。他走了之後，我們在管子裡商量挺長時間，默默地想毛主席和媳婦的事，心裏感到罪惡，開始躁熱。瞿四說，其實革命英雄都沒媳婦，黃繼光、董存瑞、雷鋒。大夥說對。

第二天放學，我們來到管子時，王志已坐在那裏，不瞅我們。他拿出一塊糖，剝開，暗紅大塊，有一層薄膜，塞進嘴裏嚼。

「啥糖？」瞿四俯耳問我。南箭亭子的小孩只有過年才吃上幾塊甜菜渣子硬糖，二分錢一塊。

「高粱台（飴）」我說。大夥迅速傳誦這個詞。它是軟的，甜得辣嗓子。

王志又剝了一塊，塞嘴。

當王志吃第三塊時，瞿四和蚰蜒的臉色已由羨慕變得陰沈。這時，王志抬手給瞿四一塊，瞿四火速大嚼，牙齒像打鼓一樣。

「給咱。給咱。」大夥紛紛伸手。

王志一人給一塊，又給了瞿四一塊。但到了賀太瑞手邊，他不給。

「你管我哥叫瘸子幹啥？」王志問。

王志他哥的確是瘸子。

「你哥不是瘸子。」賀太瑞卑微地央告。

「誰是？」

「我哥是瘸子。」賀太瑞低聲說。給了他一塊糖。

大夥愉快地吃高粱台，瞿四吃了兩塊。特好吃，口腔，甚至舌頭底下都被甜水浸潤。誰也不提那件事了。

關於翟的片斷

我很小就隨父母去了幹校。幹校在水庫邊上。一次我和顧小敏在水庫游泳，衣服和鞋被人拿走了。那天我們搞的是裸泳，眼瞅著二排那個女人捲走了衣服。先以為她開玩笑，在水裡泡了一個小時後，才知道這個可惡的、起先是演員的女人不再回來。她存心傷害風化。小敏和我只好上岸，遮羞前行，亂石和荊棘紮傷了我們的腳。回到連部。見鐵絲上晾著床單，摘下裹在腰間，找女演員算賬。她流露風騷的笑容，說「咋回來的？小夥子。」我們看著她的臉，恨不能拿箭射過去，或吐一百口唾沫。

然而幹校愉快的事情很多。逢年過節，大人把桌子搬到當院，喝酒吃飯，爾後一定有人要酒瘋，比看戲還有趣。捕魚也好玩。有一條魚掛在廚房，比我還高，肚子豁開之後，一巴掌膘，這麼肥的魚哪兒找去？比豬還肥。

我們連裡有幾個「敵我矛盾」，一個姓王，原是文史館員。誰說話他都害怕，哭喪著臉說「不、不、不」。還有一個姓蒿，別人管他叫「蒿子」。按說「敵我矛盾」不宜跟大夥對話，蒿子專門跟年輕婦女打鬧，邊鬧邊樂邊擦眼淚。另外一個姓翟，他在日本學了八年德語，被定為日本特務。後來，別人都平反了，只有他平不了反。翟臉上帶著卑順的笑容去找工宣隊長。隊長說：我們也想給你平反，但沒證據。

那時定特務不需要證據，證明你不是特務則需要證據證明。工宣隊長也有「道理」，連裡的叛徒、土匪、三青團員和漢奸經過漫長的外調，證實或證偽，而翟不行。這裡解釋一下外調的含義：當事人向組織提供當年共事人員名單，組織派人坐火車赴全國各地找這些人求證。譬如我爸當年的戰友是總參謀機構長官，找他問，××四七年是叛徒嗎？長官說，他哪是叛徒？不是。我爸據此解放，回到革命陣營。翟的事為什麼沒法求證呢？因為他在日本讀書，外調的人去不了。

工宣隊長是和藹的人，對翟說：你自己想想辦法。翟苦笑，從隊長屋裡退出，連續鞠躬，雙手攥著帽子。鞠躬這個事把翟害苦了——他老向人鞠躬，別人說，他一鞠躬我就覺得他是日本特務，心裡沒鬼老鞠躬幹嘛？有人當著翟的面罵他，翟苦笑，然後又鞠躬。

翟常跟我在一起。他如果想說話的話，我是唯一聽他說話的人。一次，我發現他面對豬圈的黃貓背古文。黃貓是野畜，每天上午站在連部老母豬的背上曬太陽，目光炯炯。翟對貓說：

「淮陰屠中少年有侮信者，曰：若雖長大，好帶刀劍，中情怯耳。眾辱之曰：

信能死，刺我。不能死，出我胯下。於是信熟視之，俯出胯下，匍匐。一市人皆笑信，以為怯。」

翟對貓沈鬱地背了兩遍，貓以為翟來搶豬食，尾巴紮煞挺高。翟回頭見我，又對我背了兩遍，講解。後來我也背下來了。沒事的時候，我爬上院裡的木頭垛向遠方瞭望。松木直徑兩尺多，垛起高過屋頂，坐上面能看到水庫的波光。沙丘在西邊，長滿灰綠色的荊條，那裏有刺蝟和蜥蜴。北邊一長溜紅磚房是炸藥庫。翟吃力地爬上木垛，和我一起看遠方。他有風濕病，手指和膝蓋像鶴的關節一樣變形突出。和我並排坐著，他顯得很愉快。翟講述各種奇聞——牛頓為大貓小貓各開一個洞，就是我聽他說的。

他說，烏蘭夫最會照相，一見記者的相機立刻光彩煥發。翟當過內蒙古日報的攝影記者。

翟還告訴我，齊白石年輕時被縣太爺捉去打過板子。我問為什麼，他說好多人在研究還沒研究出來。他說，阿根廷的獨裁者馬丁內斯將軍為防止猩紅熱傳播，把街燈用紅紙蒙起來。翟說，他和日本導演黑澤明是朋友，他說黑澤明的父親是武士出身，母親出身於大阪的商人家庭。黑澤明的媽媽老是因為吃飯時放錯了魚的位置而遭訓斥。規矩是魚頭向左，魚腹向外。黑澤明的媽媽把魚端上來時，魚腹對著他爸。他爸說：你是讓我切腹嗎？翟說，武士切腹前要吃魚，魚腹向內、頭向右。

掌故講完了，翟陰沈不語，然後苦笑，他笑起來左側牙齒露得多，長而稀疏。翟說，工宣隊長讓我給日本特務機關去信，讓他們證明我不是他們的人。翟說完，看我。我不知怎麼回答他，但知道這不是很好辦的事。翟看我一言不發，歎氣不再說。

翟和我們在一個屋吃飯。一次，躍進他媽跟別人辯論，說「你純粹葉龍好龍」。翟捧笑臉糾正：您讀錯了，應該是葉（社）公好龍。躍進他媽是播音員，立刻翻臉，說翟××，你別忘了身份，一個狗特務插什麼嘴！翟臉變紅，又變白，端著碗退到門外去吃。

翟想教我德語，我問德語「上學」怎麼說。他說了一個挺囉嗦的單詞，我說不學。他問為什麼，我說這比漢語都麻煩，學它幹啥？他歎了口氣。現在，我覺得後悔。

幹校解散後，眾人重新分配工作。翟因為證明不了自己不是特務被分配到照相館擦地。他的手攥不住東西，跪在地上推拖布，這是我在照相館看見的。那次，翟看到我非常高興，請我吃飯。到了館子，我說不想吃了。翟問為什麼？我說哪有小孩坐桌子邊吃飯的。翟一瘸一瘸地走出飯館，到副食店給我買了半斤四片酥。我一邊吃一邊聽他說話。說什麼，現在已經忘了。我記得買東西時，他掏出錢，讓我揀出八毛錢付賬。他的手指拈不住鈔票了。

後來，聽說翟死了，死時五十多歲。現在算，翟死在四人幫下臺之前，沒看到自己問題的解決。要是活著，他也該是政協委員了。

箭桿

從高粱最高的莖上取一段桿，光滑雅潔，我們用它做箭桿。冬日，割下的高粱完全乾透了，變成象牙白那樣高雅的顏色，我們就有了箭桿。高粱也像半導體的天線一樣，越往上越細，彷彿是什麼人拔出來的，姑且說是司農的天神拔出來的吧。結穗的那一節莖，細而光滑，如美人的頸子。在莊稼裏，玉米怎樣看都像北方的多汗的男人，粗壯、喧嘩。雖然到了秋天，結了穀棒的玉米又開始像女人，但那已經是中年婦女，把衆多的子女一個個夾在腋下，由於擔心丟失，給孩子的頭上戴上紅流蘇的嬰兒帽。而高粱，始終像一位鮮潤的女子，青翠而不是翠綠，嫻靜而非豪放。

最初我們並不知道箭桿從那裡來，只看到在冬至前有趕馬車的農人一捆捆地出賣。一塊錢一捆。農人抱著窸窸作響的高粱，送到老太太家裡，當柴禾燒，我們便向老太太伸出手：把箭桿給我們吧。

用刀把箭桿削一個斜面，便是飛矢的尖頭。在土牆下，我們常常拿出自己的箭桿摩挲。它在如玉的光潤裏，浮有血紫的紋樣，彷彿真的穿射過敵酋的後背。尖頭的斜面裏，露出箭桿的瓤，綿密柔軟，吮一下，能嚐到一點點遙遠的甜味。若一路大嚼下去，會有許多甜。但我們捨不得，因為這是箭桿。

後來城裡來了賣甜高粱的人。這高粱不結糧食，只供人嚼，一毛錢一根。我們驚訝了，第一次看到翠綠的高粱，而它的「箭桿」在綠中蒙著白霜。這和我們的箭桿相差太遠了，我們不喜歡，並憎厭那些把高粱從頭嚼到腳的小孩。

箭桿還有一個秘用，就是把它的外皮剝下來，磨一磨，會像手術刀那樣鋒利。這在我們那裏叫「細篾兒」。對那些眼睛只有一道縫的人，便說他是「細篾兒拉眼」。意謂原本沒有眼睛，用細蔑拉出來的。

除了箭桿，我們還有各式的弓。這是用竹片繫上鞋帶、鬆緊帶製成的。在我關於童年的記憶中，常有一幫小孩平端著弓，瘋狂衝上一個小土包，或一堆麻黃渣子上面的場景，弓上搭著象牙白的高粱箭桿。

想一想，我們竟有些像古人了。

澡堂故事

進入澡堂，有人用大竹竿子把你的衣服挑起來掛在高處。我觀察屋頂下的一溜衣服，什麼衣服就是什麼人。有白府綢褂子，也有舊軍服。澡堂的人，一律看不出職務階級——大家像蘇格蘭的男人一樣，穿著裙子。這種裙子用毛巾被圍成，圍頭由左胯或胯間掖進去。毛巾被上印著字，譬如：「赤峰市地方國營第三浴池」。我有時盯著一個人瞅，看他拿手巾在鮮潤冒汗的臉上揩拭，看他喝茶或掏耳朵，然後把目光移到距他頭頂很高的衣服上，揣摩他是幹什麼的。小時候，我對軍官比較感興趣，對軍官繫的大寬皮帶尤其心儀。但一個光腚的漢子很難現出威重。我曾看過一個軍官，很白很胖，坐著喝茶水，舌頭在嘴裡努來努去，隔一會兒把茶梗噴出。我在心裏憂慮地想：他肯定打不過日本鬼子，連國民黨軍官也不幹噴茶梗這麼瑣屑的事情。但他穿衣時令我肅然，可以說穿一件令我的敬意憑添一層。當他把軍上衣的釦子慢慢地、一粒一粒釦上時，神態莊重，目光凝重。最後，他把軍帽（軟簷便帽）在手上拍了拍，戴上，正了正，自喉間響亮咳了一聲，我已佩服到頭了。文革時，軍人全著紅領章帽徽，和毛主席在天安門城樓檢閱紅衛兵的穿戴一樣。當官的是四個兜。這個軍官把下端的兩個兜蓋用手一拽，開步走了。我望著他的身影，對自己這身趟子絨衣服不禁歎了口氣。

澡堂都很大，不然就稱不起「堂」字。後來出現的只裝些噴頭的洗澡處，確乎叫「浴池」比較合適。澡堂都有鋪，能高臥。正規的洗客若不睡上一覺決不出堂。鋪與鋪有半米高的隔板。洗澡的人全穿木屐，我們那裏叫「趿拉板」。這種拖鞋，木頭有一寸厚，在水泥地上走起來跫然清脆，特別是穿木屐的小孩來回跑，踢哩踏啦。

這是澡堂外面的情形。

推開澡堂的門則別有洞天。綁有自行車紅色內胎作門弓子的大門在身後「嘭」地關上，眼前已是白霧茫茫。以這種能見度，就是誤入女澡堂也無礙。從天窗斜射而入的陽光中有無數水蒸氣的顆粒浮游。澡堂裡攏聲，有一點山鳴谷應的意思，有些老頭喜歡在這裡哼戲。牆壁斑駁得如古羅馬遺址，爬滿水珠。有時從屋頂墜下水滴，「叭」地落在肩上，涼得令人一顫。到了澡堂第一要義是泡，洗澡的樂趣主要由泡而來。人也像茶葉一樣，在「泡」的過程中漸漸伸展，只是水越來越黑。

人在進入池前，要小心翼翼地爬過白瓷磚的沿兒，不然會摔倒。身體切入熱水，一般人難免要痛苦萬狀一會兒。他們像跳芭蕾舞也像電視中的慢動作一樣，將足尖連動小腿輕放進滾燙的水裏，然後是另一條腿，用臺灣詩人洛夫的詩來形容，是「水深及膝／淹腹／一寸寸漫至喉嚨，浮於水面的兩隻眼睛／仍炯炯然」。他們雙手撐著池沿，看雙腿變紅，緊咬牙關，妙相莊嚴。在澡堂裡，越燙的水越乾淨，甚至有一種富於詩意的淺綠色。洗澡只有燙才舒筋活血，毛孔洞開，皴（讀音為村）下如雨。於是人們要把身體漸漸續入水裏，直至水漫脖梗子。當然老浴客用不著這麼鬼鬼祟祟地進熱水池子，從容一入而已。在熱水裡泡的時候，最怕周圍的人「嘩啦」一下站起來——熱水全在水皮上，一湧而來，如有萬針刺骨。

泡好了的人盤腿坐在二尺寬的池沿上，汗水滾滾而下，閉目若有所思，俟後開搓。搓，就是搓皴，皴乃皮膚表面的積垢。倘泡得好，搓處之皴如撒豆成兵，一卷一卷地落下。這時，搓澡人滿心喜悅。搓皴有技巧，把手巾擰去水，攤在掌上，左手攥緊手巾，以掌內緣（手相將此處稱為金星丘）搓，只往前搓，不要來回趕。

在池邊，人有各種各樣的表情。有人靠坐在牆邊，支著一條腿，雙目前視竟不眨眼。這不是泡傻了或有什麼悲哀，而是疲憊之後的寧靜。其實真正的娛樂就是寧靜。能夠使自己什麼也不想的地方，澡堂是一處也。有人一絲不苟地搓皴，由胸至腹至腿至後腳跟，此人此時也是心無雜念，只是認真地搓。這是，身體的潔淨與內心的愉悅是一致的。西諺稱：「貧困來自上帝，骯髒來自自己。」雖然貧困不一定來自上帝，聖子耶穌的貧困也不全來自上帝，但骯髒的確由自己造成。人與動物一樣，清潔自身是極愉快的事。據說唐朝的文成公主因為松贊干布先生不喜洗澡而發怨言，被松贊干布痛毆過。文成公主他們老李家的人喜歡洗澡是有名的，玄宗與楊貴妃在華清池裡一洗，頓成浪漫佳話。

澡堂也是體悟人生的地方。老年人在不穿衣服的時候是多麼衰老。看到他們身體的枯索，可知衰老並非僅僅是皺紋與白髮。他們背駝著，胸膛變成空癟的袋子，肚子卻外凸，胳膊佈滿老年斑。由於澡堂地滑，他們步履愈加蹣跚。赫伯特說：「人體是一隻沙漏，裡面裝著計時的沙子，最後沙漏本身也變成了沙子。」人如同植物，老了之後就變成空心的枯木，變成枯萎的蘋果，變成垂於架下的老絲瓜瓤子。而他們年輕時，哪個不是汁液飽滿的白楊樹呢？小孩子也是澡堂一景，他們天真無邪，充滿好奇。裸體的兒童肚子溜圓，肚臍多半不妥貼，他們烏溜溜的眼睛轉來轉去，企圖把澡堂變成遊戲場。男人的身體，好看的是小夥子，肩闊胸厚，臀部結實，像一頭公馬或腰身很細的狗。在澡堂，使人想起克里姆特關於人生的那些油畫，童年、青年和老年都由身體來表現所處的階段，如上帝手裡的一串鏈條。

澡堂是充滿肉體但不存在欲念的地方。時下有些地方的澡堂設立了「鴛鴦浴」男女不必憑結婚證，只用身份證晃一下就可以進去苟歡。舊時的澡堂是一個溫暖的小社會，花茶末泡出的茶水可以喝個夠，可以聊天，可以睡到天黑再回家，還可以刮臉。我仔細觀察過一位鑲大金牙的師傅給人刮臉，刮到咽喉處加倍小心，以手指將刀上的泡沫抹下彈出。澡堂的堂倌們嗓音洪亮，為人謙和。文革時，所有的公共場合都有毛主席語錄，其意儘量同環境貼近。如，糧站中的語錄是：「忙時吃乾，閒時吃稀，平時乾稀搭配，配以紅薯芋頭」；人頭攢動的火車站的語錄是：「凡是有人群的地方，都有左中右……」吾鄉澡堂的牆壁上，語錄大約有這樣兩幅：其一「人民，只有人民，才是創造世界歷史的動力」；其二「凡是反動的東西，你不打他就不倒。這也和掃地一樣，掃帚不到，灰塵照例不會自己跑掉」。兩則語錄顯示了選家的苦心，一是人民洗澡，二是打掃灰塵。

節日晚宴之魚肉篇

傍晚際，我、圖嘎和梅林三坐在連部門口的松木垛上，遠看西山晚霞，盼：快黑！天快黑！這天是中秋節，入夜即有盛大的宴會。而晚霞如徘徊臺上的坤伶，如一時無法撤離的隊伍，如濫用酒精者的面龐，不退。

這是五七幹校，時在七十年或七十二年，當然是上個世紀。而我們，是被當地工人農民稱為「幹校的狗崽子」的小流氓。

天終於被狗崽子們盼黑了。我們搬桌子——把桌子從屋裡搬到空場上，一個挨一個對好——擺凳子。有人舉手把電燈掛在柳樹上。其實我想知道那人怎樣把電燈從頂棚上拉到外面，忙蒙了，沒看到。大人們高興，無端相互嘻笑。我媽是二排的，我爸是四排的，文工團是三排，電臺是一排，博物館和機關學校是五排。而一會兒桌子上將擺滿平時吃不到的好東西。我們像兔子一樣竄奔於廚房和各排之間，把資訊報告給大人：炊事班在燉什麼、切什麼、炸什麼、蒸什麼、收拾什麼。

大人變得友好，低頭看我們，開口：「聰明啊，這幫孩子。」

他們饞得善良了。平時——就我能夠理解到的——他們互相揭發、批鬥。意思是這樣：老甲從老乙枕頭底下搜出一封信，撰信人乃老乙老婆，信中若寫「寂寞，生活困難，想你啊」一類的詞的話，老甲報告工宣隊，老乙就要白著臉篩糠、檢討、涕淚，因為這些詞在破壞「偉大的五七道路」。而過關之後，老乙自會搜集老甲的反動罪行，而且一定會搜集到。比如老甲用報紙揩屁股，老乙仔細觀摹此紙，如汙革命字眼，交工宣隊，老甲便篩糠。

我們呢，也不搞庸俗的戲耍了。這些戲耍是在山野與驢賽跑、觀驢做愛、勸驢做愛、捉刺蝟、看刺蝟那張豬臉、用柳枝抽水裡一蹦一蹦的蝦子。今天好啊，宴會。那天我第一次聽到「宴會」這個詞，宴——會，多好聽。過去只「會讌」。桌子擺出來，一百多人吃飯，上懸電燈。這是什麼？宴會。頭天晚上，我在廚房凝視一條一百多斤的花鰱魚，比我高，吊在樑下，脊背劃開一刀，白膘半尺多厚。肚皮因為風乾起了細小的皺紋。那魚看著特高貴，流線型，像古代的展覽品。後來它變成了碗裡傲慢的肉塊，跟豆腐燉，刺兒像骨針那麼粗。

電燈下，大人們互相敬煙、開玩笑，我們鑽桌子。說著，菜端上來了，用臉盆，各自以碗盛取。計有：

豆腐燉花鰱魚、油煎滑子魚、海帶燉草魚、蘿蔔燉鯽魚、洋柿子燉鯰魚、白菜燉鯉魚、芹菜燉鯧魚、韭菜燉鱈魚、菠菜湯、西瓜皮拌蝦米皮。另有什麼珍饌佳餚，因為是上一個世紀的事兒，記不太清。但記得上菜時，文工團那邊喊：烏拉！

我趕緊跑去看，以為「烏拉」端上來了，後來知道這是學蘇聯人，高興喊「烏拉」。不高興喊什麼呢？大人沒告訴我。

烏拉端上來之後，又端上許許多多的烏拉，紅洗臉盆、黃洗臉盆、白洗臉盆、綠洗臉盆，冒尖的菜餚轉瞬進入飯盒，轉瞬入嘴入肚。人們盯著飯盒唇齒翻卷，無一人言語。人若有兩張嘴、三張嘴、四張嘴，也倒不出空兒說話，均被魚堵滿了。一個人說話，手拿一張紙。有風，他用手按在桌上念，這是工宣隊長。說什麼，聽不清，最後一句是：「毛主席革命路線勝利萬歲！」

全連人停吃，把嘴裡東西胡亂嚥下，喊：「毛主席革命路線勝利萬歲！」接著饕餮。

最好玩的是兩個傢伙喝醉了。一個報社的，叫明春，平時衣冠儼然，愛念詩：「去年潼關破，妻子隔絕久。今夏草木長，脫身得西走。」老念，我、圖嘎、梅林三都會了，接續：「麻鞋見天子，衣袖露兩肘」。他聽了，說：「對，對。」那天晚上明春喝果酒，顴骨和眼皮全紅了，對著曙光他媽手微微伸出，說：「我愛你呀！」曙光他媽回：「你也不看這有多少人！」

另一個防疫站的人雙手撓自個兒胸脯兒，血印像鐵絲網刮的。

我們吃飽了，手摸溜圓的肚皮，尾隨二排的幾個人到水庫邊上。水庫闊大，高崖臨波。他們唱蘇俄歌曲《紡織姑娘》等，使我知道人在飽腹之後也有憂傷。波浪彷彿搶聽歌聲，一排排擠過來，觸石而退。我在想，明春竟會愛上曙光他嗎？他媽牙齒稀黃，播音員。

後來，幹校的多數人回城了。一天晚上，我和圖嘎坐在空場上看月亮。圖嘎突然仰倒，手捧頭，說：「宴會多好啊！」我也認為好，沒說。一棟棟房子空了，門窗敞開。不住人的房子像一群傻子在荒野行走，丟失了靈魂。

兄弟

我沒有哥哥，打起架來誰來幫咱報仇雪恨？我家前一棟的老孟家，哥四個，大虎二虎三虎四虎。家雖窮點，衣裳褂子不新鮮，可活力誰家也比不了。吃飯的時候，炕桌四周那麼多眼睛滴溜溜亂轉，誰說不是財富？

有哥好啊，在外邊挨了欺負，回家找上哥，在什麼什麼胡同堵上欺負你的那傢伙，躥上去「啪啪」兩嘴巴子。少頃，再朝他後腚來一腳。那小子踉蹌一下站定，以袖子擦鼻血，眼睛盯著哥看。沒言語，更甭說還手了。哥根本無須動手，抱著膀子一站，把臉子往那兒一擱就妥了。

這是我小時候看到的情景，為之心儀。雖然現在寫下來流氓氣重了點，但還是令人神往。特別是兩個嘴巴子——「啪啪」，簡直響徹雲霄。

打別人的臉是在打別人的尊嚴，正如踹他的腚是侮辱他一樣。為什麼要打臉呢？想一想，仇人最可恨的是什麼？臉，他的臉就是他。

產生這個想法的時候，我二年級，在南園子胡同觀看哥倆揍遼河工程局家屬院的一個小孩。南園子是一塊菜地，種的全是大頭菜，即捲心菜，吾鄉叫「疙瘩白！」這玩意兒黑綠泛白，像大腦袋似的一個個浮在地面。蝴蝶東躲西藏地翻飛，大頭菜的葉子假裝像玫瑰一樣層層疊疊地欲開又閉。實際上，它上面常常有和它顏色一致的大胖蛆在不分南北地爬。

打完架，哥兒倆走了，弟弟邊走邊回頭看他的戰敗者，興致勃勃。挨揍那小子的臉上，血手印子橫斜，欲哭無淚，急劇眨眼。我搓手，邊搓邊端詳自己的破手。

「你看啥？蒙古韃子……」挨揍的主兒突然罵我。我在場，使他感到羞辱，緩過勁來想拿我出氣。他氣正盛，我打不過他，只好背起書包飛跑。

我跟我媽抱怨：「媽，你太懶！不生我哥直接生我。」

我就是我哥，我的事都得我辦。

原來

原來我們跟翎子好。再說我跟翎子她弟弟鏡框也挺好。鏡框本名小東。他有一天把家裏鏡框卸下來，舉著，站在門口。他奶奶半瞎，說「這誰呀？張學良吧？」伸手一摸，鼻子嘴是肉的，嚇得跌坐在地。後來，他就成鏡框了。

翎子，什麼時候都是笑臉。黃眼珠子閃亮，臉粉白，說話聲低但笑音高亢，咯咯咯咯。

鏡框不滿地翻她，「你下蛋呢？」

翎子是初一的，比我們高三年級。夏天，我們在她家房檐下坐一溜，聽翎子念課文。她家的胭脂梅、指甲桃，還有波斯菊開滿畦子，蝴蝶飄飄。

翎子用一種特別的腔調，像給每個字都上了勁，念：

「小河清清小河長，小河兩岸是故鄉……」

我們都不敢樂，享受著很拘束的一種高雅氣氛。

然後，翎子給我們分指甲桃花瓣，一人五瓣，染指甲。英子、莎娜、我姐又跳安代舞，拎著手絹，登拉噠哩嘀，登拉拉噠登噠。

後來，聽人說翎子跟男的親嘴。真的？那人看我們不信，急了。「在遼河家屬院乒乓球室，我親眼看見的。他倆摟著，翎子翹腳。男的是一中的，鬈毛。」

大家心情黯淡下來。翎子竟然幹這麼噁心的事。翎子過來，我們假裝不認識她說話，我們扭頭。

還有一次，放學時見到了翎子。她那時一個人走，我們往她身上吐唾沫，吐到舌頭都麻了。

愛華、周小平間或說「……遼河，哼！乒乓球室……呸！」

我從側面偷看翎子表情。她一下下眨眼，攪散淚水，手拽書包帶，使勁往家走。

火棒圈

孩子們認為，夜與晝是兩個世界。他們相信白天的山巒、樹和房子會在夜裡遠行，像被移走的舞臺上的佈景一樣。因此，夜對於孩子像海洋那樣神秘而動蕩。他們在夜裡學獸叫或鬼叫，然後諦聽。孩子們喜歡在黑夜的柳樹下議論星星，議論河水——聽有沒有人掉進去。議論抽煙鍋老漢的火星明滅。他們大睜眼睛想像白天那樣看清數以萬計蛐蛐蟈蟈究竟怎樣歌唱。在夜裏，孩子們的聽覺和視覺十分敏銳，又由於無法利用夜只好分手回家睡覺。睡覺真是對美麗夜色的浪費。

好在穆日根巴特爾發明了一種遊戲。

他把乾枯的向日葵桿點燃，桿裡的芯像棉花一樣，遇風紅亮。我們站在水文站那艘破船上，掄圓了胳膊劃圈。火圈多麼美麗，像金鏈，像燒紅的鐵條，在黑得如金絲絨般的夜裡疾舞。

「發信號！」我們說。用火圈向所有一切發信號，向大樹，向銀河，向清真寺的尖頂，也向蛐蛐、蟈蟈，向藏在軍工廠倉庫裡的那隻貓頭鷹發出信號。它們可能會以為我們是大部隊或妖精，我們哈哈大笑，雖然臂酸。後來，我們又發明了用火棒寫「8」字，當然不是為了發什麼。火圈的兩個頭，緊挨著，鬆開又連上。如果貓頭鷹看到了，難道不害怕嗎？

我們希望遠方也有人向我們劃火圈，那才是一個故事的真正開始，然而沒有，為此我們等了很久。

當火棒熄滅之後，我們感到火的特殊。它不像石頭或樹那樣始終在你眼前顯露。而火的確又是存在的，它來了之後，總要急急忙忙走掉。只有等到火柴的邀請，木頭、草或紙片的犧牲之後，火才出現，奔跑燃燒。那麼平時，火究竟藏在什麼地方呢？

風中，我們劃火柴幾次劃不著火。孩子們把腦袋湊到一起，當火苗亮起來後，一圈紅紅的臉膛對著火笑，眸子和牙齒一齊反光。

在點燃火棒那一瞬，我們圍攏的腦袋像一個燈籠。燈籠裡面是我童年夥伴天真驚喜的臉，他們的表情我至今還記得。

詐屍

詐屍——這個詞的聲音使我回憶起許多美好的時光，可惜現在聽不到有人説了。在我家鄉，一個小城市的大人斥責孩子胡鬧時，稱詐屍！一次，我們到前三棟的志勇家玩，我、我姐塔娜、愛華、愛華的弟弟、小二和小剛，加上志勇共八個人。玩耍中，我們突然間覺得上帝賜予的靈感——演戲。志勇家西屋炕為舞臺，我們全上了台。用枕巾、床單及一切可以利用的東西做道具，扮成阿拉伯人或海盜，蹦、尖叫與推搡。他家一人高的被垛被推翻，炕蹦塌了，一切出人意料的事情都發生了，包括洋鐵鍋上炕、筷子變成箭——在竹片的弓上嗖嗖射向鏡子，射二剛他爸的軍官帽子和他媽的雪花膏瓶。在這一幕一場的戲中，我們獨白、歌唱、跳水兵舞，不受布萊希特、斯坦尼及梅博士的規範限制，風格介於百老匯歌舞劇和周星馳之間。詞和曲都是即興編造的，誰編多少並不受約束，唱別人創作的歌曲也沒有關係。志勇不會唱歌，在嘴邊沾滿一尺長的白紙條，不停地吹氣。愛華弟弟太小，缺乏才藝，他把兩隻鞋舉在頭頂，一動不動，裝兔子。小剛舉著雨傘從坑上跳到地下，再上再下……

這時，志勇他媽回來了，見此，手臂無力地趴在門框上，另一隻手摘下花鏡，嘴唇哆哆嗦嗦地說出一句話：

「你們……詐屍啊！」

我以為這是讚美我們，點頭稱是。看到志勇蔫了，小剛小二臉色發白，才知道到了謝幕的時候，跟別人下炕穿鞋溜出他們家。路上，我回想剛才的一幕，正愁沒法總結點評，終於知道這就是「詐屍」，跟我姐說：詐屍多好！她興奮地點頭，臉上的紅暈還沒有褪去。

第一次聽到「詐屍」是在志勇家，後來聽誰家大人說自家孩子的頑皮都稱「詐屍」，並且臉上帶著笑意，又感到了「詐屍」的好。小時候，我們在詞語的聲音中生活，並沒考慮寫出來是怎樣的字。而後見到「詐屍」（也有人寫作「炸屍」）這兩個字，雖陰森，還是覺著好，如寫出「紮勢」、「炸濕」都不太好。在吾鄉，這個詞專門用在小孩子的頑劣上面，說薩達姆詐屍，說拉丹在阿富汗詐屍都不妥。

還有一個詞，我很久之後才找到詞源，這是東部蒙古人說的罵人話，音譯如「桿收」，形容一個人貧寒，或畏縮，或孱弱，或精瘦，也可以形容乞丐。另一個說乞丐的詞叫「陶咪」。讀東北土匪史資料，知此語從漢語來，即「桿首」，意為土匪頭子。「桿」與「匪」同義。有趣的是，這個詞到了蒙古語裏，意轉了許多。桿首也是罵人話，如「黑社會老大」。但並沒有貧賤瘦弱之意。強橫的壞蛋變成了被輕視的賤民。東部蒙古語喜歡借用漢語，公社、電視、雪碧等等。其實，蒙古語中也有規範的對應語，但說起來麻煩，也有偏差。如英語中的 Train，當初被譯成火車並不恰切，它還有培養、磨煉等含意，只在特定的語境中指列車。而漢語中的內燃機車、列車和火車這幾個詞，火車用得最早，不準確也只好如此。如果少數民族語言順著這個意思直譯，變成「火焰的車」，也是不得已而為之。

借用漢語頻繁的地區在哲里木盟和興安盟一帶，西部區和有文化的蒙古人在談話中很少使用漢語辭彙，要麼用蒙古語，要麼說規範的漢語，不摻和。而東部一些蒙古農牧民說夾帶漢語的蒙古語，是炫耀自己見多識多，漢人有可能聽不懂他說的漢語。有些漢語，如漢族文人愛說的後現代主義等，他也聽不懂。同時，還聽不懂深奧堂皇的蒙古文言歌賦。漢語中也有借用蒙古語的例子，多由元代遺留，如胡同、站等等。現今的濟南口語中也有蒙古語，「賽」是好的意思，與蒙古語同音同義。但少數民族語言還是向漢族老大哥借鑒的時候多。語言這東西，實際比法律更決斷，它隨著生產力發展的規模強硬地推介自己。這是由「桿首」想到語言的移植。另一個詞「陶咪」也是漢字的變音。「陶咪」在東部蒙古人的口語中是名詞，指乞丐，詞源應為「討米」。前面說的「詐屍」，顯見是漢語，指在神話和日常生活中屍體的異動，無它意，更沒有說孩子們天真玩鬧時的親昵口氣。我估計後一種寓意來自魯西北，赤峰街裡的漢人大多是濟南一帶的移民。他們的口音，是濟南話和熱河話（冀東北）口音之兩合水，這是講腔調。而辭彙，竟有大量北京土話，不知其中源流。

做一個穿皮鞋的人

我在麻黃堆上玩耍時，發現家屬院走過來一個穿皮鞋的人。我放下鋼叉，穿鞋，追隨其人而去。

麻黃即麻黃渣，如褐色的松針，氣味綺靡腐敗——家屬院的人從製藥廠買來，曬乾作燃料用。我們在上面攀爬作耍，叉起散揚，一切做法都獲主人滿意，因為風乾得快。而光腳在上面踐踏，暖如酒糟。那時，哪一家卸下高如屋廬的麻黃，都讓人雀躍而喜。

穿皮鞋的人不理會麻黃，往小賣店走去。他難道不喜歡這麼有趣的遊戲嗎？我尾隨。以前見過穿皮鞋的人，但這人的皮鞋高級，黑而亮，走在小賣店的磚地上，哢、哢，步子很慢，聲音沈著清晰。賣貨的女人全都停止了談話，從欄櫃裡探頭看這雙皮鞋。「哢、哢」，他停下來，把架上所有的貨看了一遍，說：「請把茶缸給我看一下。」

兩個女人搶著把搪磁缸子放在玻璃櫃上，兩個，上面畫著鴛鴦。這缸子能盛一斤開水。

「請把……一下」，這是多麼好的句式。後來，我曾在軍工廠的舊倉庫裏練過這句話，然後遞上兩個一模一樣的缸子，只是腳下沒皮鞋。我把兩塊扁平的鵝卵石綁在腳底下，在倉庫的軋鋼板上走，咔、咔，停下。「請放回去」，後一句也是穿皮鞋那人說的，售貨員趕緊把大缸子放回去。

咔、咔，我腳下的鵝卵石沒走幾步就脫落了，而且走起來不合腳。穿皮鞋的人看起來雙腳非常舒服。他沿著昭烏達路一直往北走，路過體育場和回民商店，步履始終「咔、咔」，比鐘錶還準。我對這種節奏心儀，踩著同樣的點兒，當然是走在他後面。

「請把……一下」，我邊走邊在心裡背誦他說的話，這話很像後來演的羅馬尼亞電影的臺詞。小賣店的女人哪聽過這個，嚇成那樣。他的皮鞋邊緣沿腳踝露出灰襪子，鞋帶繫成橫式，而非交叉。力量傳到前腳掌時，皮鞋很自然出現一些褶，隨即消失。當皮鞋走在大街上的時候，樓房、馬路牙子和桃花都顯出意義。意義是它們和「咔、咔」有一種神秘的聯繫。

突然，我想到了「理想」這個詞。老師無數遍追問我們有沒有理想，有，當然有，只是還沒有遇上。當飛行員和農藝師都是當年騙老師的。今天我終於可以說：我的理想是做一個穿皮鞋的人！這不是理想是什麼？如果不是，我能夠從高高的麻黃堆上跳下、追隨他走到遙遠的向秀麗商店嗎？再往前，就是發電廠了。

皮鞋是什麼？威嚴、沈著，當然還閃亮。主要的是其「哢、哢」和我內心的節奏形成一致。我一定要穿皮鞋。為此，我走遍了赤峰的所有商店，那些皮鞋都太大。後來在直家大院邊上的商店發現一雙為我而備的皮鞋，深褐色，十四元。我向我媽痛陳必須穿皮鞋的理由，要來十四元，飛跑而至直家大院，交錢、試鞋（鞋有一股陌生的氣味，而繫鞋帶使我激動得手忙腳亂），走兩步，小；再走，腳疼而不能忍受。

原來皮鞋不是人人都能穿的。沒有皮鞋，那些高級的話都沒地方用了：

——請把茶缸給我看一下。

——請放回。

我把皮鞋放在商店的欄櫃上，回到家屬院的麻黃堆前，繼續跳跟作耍，心中悵然：我差點成了一個穿皮鞋的人。

門大爺

我家從水庫邊上的盟五七幹校回到赤峰時，家——有小院的紅磚平房——窗及閘都交叉釘著劈柴板子。院裡長草，一根草孤獨地長到窗臺那麼高。

那時在初夏。

父親打不開院子的鏽鎖，生氣地搖晃。門嘩地倒了，我們踩著門進了院子。院子的柵欄是用巴掌寬的劈柴隔巴掌寬的距離埋在地裡的，高約一米。劈柴是落葉松的外皮，一面紅鱗，一面白茬，像切開的蘿蔔那樣好看。

進了院兒，他們（爸、媽和姐姐）目睹衰微，似有悲楚。如果他們熟讀六朝詩文，就應吟司馬桓溫詩：

「昔年種柳，依依江南。

今看搖落，悽愴江潭。」

但我爸沒吟（他不會吟），皺著眉說：「看看，咋整的？」母親臉上浮著安詳，畢竟回家了。我姐急著往屋裡跑，鼻樑撞在劈柴上，頓時出血。後來她鼻樑高了。

我很高興見到這些草。我家院子裡從來沒長過草。田園將蕪，亦是一道風景。我可以蹲在牆跟，瞅著這些草曬太陽了。

全家下放時，一些什物送給了山東人車大爺，他是武術家與高級皮匠；另一些東西給了鄰居老門頭。老門頭是轉業軍人，在糧食局看門，門姓。我爸把門窗釘上，是怕好事者進去偷東西，其實家裡沒東西。細軟由我媽檢點一包，帶到幹校。賊進屋後，難道把糊在牆上的《解放軍日報》揭去嗎？文革時，少有入室盜竊——人家進你這破屋反倒害怕。

一連幾日，我都拎那只藍漆的小板凳在院裡坐著。身後紅磚牆由灰水泥勾縫，孔隙間會有螞蟻鑽出，張望一下前行。我揣測螞蟻頭朝下爬行是否頭暈，它們沒血壓，因而不暈。有了草，金龜子、白而胖的潮蟲都在我面前忙碌。我不打擾它們，因為在我來此之前，它們已盤桓一年。當然，更早些時候，領土是我的。如果我對哪樣生物不滿——譬如一隻黑色帶白斑的甲蟲，頭上天線樣的觸鬚分揚。其形體比瓢蟲大，比屎克郎小，不倫不類。我討厭它，但我不去上前踩死它，啐一口唾沫，它便倉皇。我景仰昆蟲，如蜜蜂，哪旦旦勾，如螳螂。我尤心儀螳螂的王者氣度，希望它率天下衆蟲演藝。

我的敵人不在這裡，惟一的勁敵是老門家的公雞。下放前，我與它鏖戰不斷，如現在的巴勒斯坦與以色列一樣。仗打多了，就失去了原本的是非，打就是了。這雞灰羽白花，俗稱「蘆花」，美名給牠全然糟踐了。下午四點多，牠常站在我家及門家相隔的柵欄上等候，放下自己的母雞不管，佔領制高點，見其狡猾，很合孫子兵法。我放學進門後，牠會張翅撲來，那種翅膀、爪子和尖喙的一併襲擊，令我非常不快。一次，左耳垂竟被牠弄豁。當然我也和這衝進懷裏的寶貝搏鬥，其結果是劉震雲所說的「一地雞毛」。鄰居為此也不快。

我爸訓斥：「你為什麼老和老門家公雞打架？」

我說：「你問他家公雞為什麼老撕巴我？」

我有支竹竿，出入時捏著。那公雞高踞柵欄不動聲色。一次，我內急奔廁所，未執竿，它果然又俯衝。

這公雞瞎了一隻雞眼，但牠用不瞎的眼睛覷我。另一隻眼其實沒瞎，只是淺紅粗糙的眼簾抹搭著吊不上去，重症肌無力之類。該雞後來被老門頭宰了，於他是下酒，於我乃解恨。

老門頭是可愛的人，正直暴躁，臉上有些淺麻子。他妻子是壯族人，這情形與歌星韋唯的家世彷彿。解放初期，由內蒙去廣西剿匪的部隊（彷彿是六十幾軍），許多戰士都帶回一位壯族南國的女子。父親被關押時，許多人如遇「虎烈拉」一樣躲閃著我們，連親戚也不例外，老門頭不，常接濟我們食物。送好吃的，黑燈半夜送到家裡，然後潛出，這在文革已算膽大的了。老門頭偏大張旗鼓，隔著柵欄銳聲喊：

「高娃！高娃！」這是我媽的名字，她循聲跑出屋，老門頭喊：

「月餅！給孩子吃！」

我媽幾乎含著眼淚低聲說：「老門同志……」

老門頭瞪眼睛，帶著酒氣和厲聲：「咋的？誰想咋的？」

老門頭施善，一在他心軟，不忍見我家潦倒；二在他功高，他高興時胸脯掛許多獎章，嘀啦噹啷，誰也不能把他怎樣；第三條原因可能在於，他覺得我爸也是跟共產黨打天下的，當過兵，因而是好人。至於我父親為什麼被關起來，他搞不清楚，也不去想。他主要精力在喝酒。飲過，面如重棗；不一定什麼時間就下班回家了，咚咚砸院門，銳聲喊：

「立果！立果子」一聲比一聲高。

「立果」乃其二閨女。她如動作稍慢，他又喊：「你在家下蛋呢？」

立果紅頭漲臉跑出，打開門閂，放乃父進來。立果哪裡會下蛋，她只是做功課或忙家務而已。不論何時，老門頭叫門只喊立果。老門頭滿面酒容，沿著紅磚牆甬道目不斜視進屋，上炕睡覺。

我沒見老門頭笑過。他沒什麼文化，但戴一副黃框眼鏡，是散光或其他我不清楚。他夫人在北山養貂，像南國婦女一樣，非常勤勞。她口音難懂，即時下極流行的粵語。老門頭大女兒叫門立和，是我們中學的紅衛兵首領。大兒子立平，温和寡言。然後是立果。小兒子叫瑞雪，不犯「立」字。

小魚

我被父母允許使用鉛筆的時候，約五歲，為此大為興奮。這種半截木棍且露出黑尖的東西，是另一種語言。胡亂畫出的一些線條，使自己佩服自己，而且揮之不去。開始不知畫什麼，就弄心電圖似的亂線，享受到懷素那種樂趣，但很快覺得單調。這時看我姐寫字，十分嫉妒。我想所有未及上學的孩子，看哥哥姐姐寫字，都有過這種嫉妒，集憤懣、無奈於一身。

她把字寫進作業本的格子裏，很有力。每格只一個字，而不是像我那種連環如湍流的線條。我也曾宣示這些線條是字，讓父母猜。但這種宣稱除了被哄笑之外，不會有其他結局。我所奇怪的事情是，姐姐寫的「字」是一些複雜的圖案。筆觸短也變化多端，兼有轉折與交叉。而有些「字」，她只寫幾筆便棄之不顧，去寫其他的「字」。有一次，我伏案觀察她寫字良久，指出有幾個字她未寫完，好像是「一」與「乙」，竟又遭到她的嘲笑。

我知道這些圖案並不是她創造的，但她居然能掌握，並在寫完後用手指著，嘴裏尖銳地發出音來，如：「北——京——」，令人稀奇。那時我也囫圇著寫一些字，儘量寫複雜點，同樣指著它賦予一個音，如「赤——峰——」，但我很快就忘記了它的讀音，記不住。這些一團亂麻似的字原本就是我生造的，念什麼音都行。

後來我姐教我畫小魚，紓解了我的不安。

小魚是一筆畫成的。從尾巴開始，沿弧線向前，在魚嘴的地方轉折向後，然後一豎，就是尾巴。記住，魚頭一律是向左面，這就是向前——我姐就是這麼教的。如果比較靈慧的話，可在魚身畫上瓦片似的魚鱗，魚尾由橫線羅列而成。

我站在炕上，把小魚一條接一條從炕沿邊的白牆上畫到窗户邊上，它們像箭頭，一個跟著一個，永不掉頭。接著畫它們腹下的第二排，然後是第三排。魚群在離我們家炕邊三尺高的牆上莊嚴進軍，比黃海或加勒比海汛期的魚兒都要多。當你相信魚的真實性之後，就無法懷疑牆乃是大海。多麼寬廣的大海啊！我常常坐在被垛上注視魚群前進，為它們的氣勢所打動。然後，再讓被垛這面牆也佈滿魚群，當然它們是向另一個方向行進的。

描摹一種形象，對孩子來說，是第一次對客觀世界進行表達，也是第一次抽象。在這之前，孩子腦中的外界映象太多，而傾吐得太少。一進一出，心腦平衡，人與世界也得到平衡。不然，我也不能畫那麼多的魚，不比別人更能理解原始人為什麼在艱苦的環境下，於跳躍的火光下在石壁上畫岩畫。一個不會寫字又急於表達對世界看法的人，大約如此。而岩畫留給我們的資訊，並不是畫上的鹿和狼，而是畫畫的人曾經在世上寂寞地活過。

我們家的魚，在那個時期以驚人的速度繁殖，桌子上，雜誌上，包括箱子蓋內側的木板上，都佈滿栩栩如生的小魚，它們甚至鑽進了我爸皮鞋的鞋墊上。我記得有一本好看的書，大開本彩印精裝，叫《輝煌的十年》，記錄了內蒙古自治區成立十周年的盛績。照片上或銅花飛濺，或女人穿彩裙結隊而笑，或羊群低頭吃草。這本書所有的空白處，都被我畫上了小魚，極大彌補了內蒙古水產業的不足，正所謂年年有餘。殊不知，此書是我爸借來寫稿子用的。他把書對著我媽一頁一頁翻開，絕望地說：「看看，這怎麼還？」又翻一頁，「怎麼還！」我媽眼裡分明帶著笑意，但裝作沈重地搖頭。我爸問：「誰教他畫魚的？」不用說，我姐挨了一頓嚴厲的斥責。

左鄰

我家住在衛生局的時候，前面是昭烏達影院，它的高音喇叭不分晝夜地播放一支纏綿的曲子《彩雲追月》，即使人在廁所裏，耳邊也《彩雲追月》，「咚噔噔噔，咚噔噔噔……」。我家在三樓，俯望下面，是一家幼稚園，我幼時即在此。那時在冬夜裡，幼稚園的地面燒得滾燙，下床屎尿，個個都高提雙腳飛奔。現時，我從樓上向下看，仍有孩子不願回家，在鐵鏈繫的浪橋上從擺，彷彿乘船。家長拿衣服，在一旁嚴肅地觀看，其實是等待。

我家的鄰居有兩家。對門小吳家，鐵撮子裡每日積許多垃圾，桔子皮最多。那時剛結束文革，家家仍然匱乏著。須知，窮人家垃圾最少，更缺少大量的、鮮艷的桔子皮。小吳家富足。那時我剛到廣播電臺上班，曾想過，小吳家吃過飯就要吃許多的桔子了，他兒子吳迪吃得肯定最多。但小吳的能力並未僅僅停留在桔子上。一日，他請我去，指著一台機器，自豪地：

「看！」

我看了，但不知是什麼。覺得此物的選鈕與按鈕多到了繁瑣的程度。

「答錄機，先鋒牌，日本的。」

我當然知道什麼是答錄機。前不久我哥哥甘珠從北京拿來一台磕磚頭式的夏普牌答錄機。但在一九七八年，故鄉的小城無幾人知道答錄機。而且把人的聲音錄下來也是可怕的。小吳這台機器比甘珠那台夏普要大多了。

「大，」小吳說「就不能叫答錄機了，叫音響。也比它高級多了。」

我想道理應該如此。大，它裡面的電線零件乃至選鈕都多了，自然高級了。但小吳說這音響叫「先鋒牌」一定搞錯了，甚至可笑。日本的，叫先鋒？前進、紅燈，這都是中國的想法。先鋒，難道日本也想革命麼？但我笑笑沒說什麼。小吳那時斷定我是熱愛音樂，並造詣不錯，但我是近幾年才「發燒」，為廣州的朋友綠星等人拉下水。而小吳二十年前就對我高看了。後來聽音樂，磁帶塞進去，劈哩叭啦，玻璃稀爛的聲音，我幾乎跳起來，大駭。看小吳笑著，並有滿意之色。想一下，才知是「先鋒」裡弄的，即現今之音響效果。我聽得呼吸急促，並有些出汗了。在那時，小吳就弄一些電器生意，是得風氣之先的人。只是有些寂寞，缺少同道與之傾聽玻璃落地飛迸的聲音。

左鄰是小苗。小苗原來在盟革委會工作，文革後考上人大研究生，由京回來省親時，我們才能見到他。小苗的女兒漂亮到出奇的程度，眼睛時時大睜著。也許這孩子並未用力睜，而我覺得盡全身之力才睜那麼大。而大人如此瞪眼遠不可觀。小苗的太太是女兵出身，健壯，在商場工作，後來又生一兒子，名字我現在還記得：蓬蓬。當時的法國總統的名字跟他差不多，叫蓬皮杜。蓬蓬更加白胖，渾身之肉非常累贅，扶著床沿矜持地走幾步便停下。他的眼睛十分專注，凝神於一切入目之物。蓬蓬盯著什麼便長久地思考，如《中庸》所稱，是要「窮天人之變」吧。

小苗像女人一樣勤勉而整潔，見面時主動與人寒喧，聲音有點發尖，眼裏永遠帶著笑意。雖然文革已經弄了十年，但有知識的人仍然受人尊敬。我們這棟樓，也許昭烏達影院這一片才有一個研究生，小苗。與之為鄰，我很感自豪。也許上下樓時，我眼裏流露了好多的敬意，小苗常對我還以沈靜信賴的微笑。那麼，他到底在北京研究什麼呢？有一天，我大著膽子，叩門拜訪。說了一陣話後，他解答了我的疑問。

「農業經濟。」小苗說。

我有些失望了。研究生這麼難考，而小苗又這麼謙遜和氣，到北京研究農業經濟？我認為，研究生是應該研究科學——那時我以為農業經濟不算科學——雖然科學不一定是小吳的先鋒音響，但似乎離人間越遠（天文？）越古怪（原子？）才過癮。當時，我準備好與之大談，譬如俄羅斯文學等等。但「農業經濟」妨礙了我的才華。沈默少頃，我翻著他放在沙發上的一本書，俄文的。「這是什麼書？」我問。「勃列日涅夫論述農業的言論摘編。」小苗笑吟吟地回答。勃列日涅夫？這在當時也是一個讓人生出寒意的詞。

當時，我父親仍有許多政治問題遺留著，他身上好多處包括脊椎被打骨折，煩躁、精神時好時壞。為了讓他快樂一點，我從單位借一臺六〇一答錄機，即廣播電臺用的專業答錄機。這種機器極重，背到家也出汗了。磁帶是大盤的，保定產「代紅」牌。我從音樂級借出許多蒙古民歌，讓我父親聽。當兩隻八寸寬的磁帶盤沙沙轉起來時，《達古拉》或《錫林河》等歌曲就響起來，我父親聽得不時落淚。晚上他關上燈聽，答錄機裏的二級或三級管閃著溫暖而微弱的黃光。

有一天，答錄機壞了。我父親很生氣，怒憤地看我修理，說「算了，你不要弄了，找小苗！」

我知道他找小苗是因為他是研究生。這很為難人家，但不找會引發我父親更大的憤怒，譬如他把六〇一砸爛。我只好去敲門，說這個事。

小苗很驚愕，表示非不為也，而不能也。我請他一定去，小苗搓著手，和他媳婦交換不安的眼神。他一定聽說過家父精神不悅，所謂瘋子，因而有些緊張。然而還是到我家「修理」答錄機。

我父親大悅，指著答錄機說「研究吧。」

小苗文雅地點點頭，然後問我這台答錄機的開關電源等等。顯然他第一次見到它。小苗認真地說：「這是電源開關，按，綠燈亮了，證明通電。這是放音，按，沒有聲音。再來一遍，還是沒有聲音。」停頓了一會兒，小苗對我父親說，「叔叔，這台答錄機的放音鍵按下去之後，沒有聲音，證明它已經出了毛病。」

我父親焦急地聽他說。

過了一會兒，小苗說，「我們再操作一遍吧。」放音、停止等等，「它的確壞了。叔叔，我所能做的，只是這些了。」

小苗低著頭，帶著深深的歉意。

我父親仰面歎了口氣，說「既然研究生都不會，看來它真是壞了。」口氣裡有一些不滿意。

當我母親帶著歉意送小苗出門，一再表示感謝時，小苗慣常的笑容消失了，面有憂戚。那時候，有多少人被打死或自殺了，還有許多人關在牢中或流落天涯。小小的赤峰城裡常能看到瘋子，我父親是病情較輕的一個。小苗顯然理解這樣的病情給我家特別是我母親帶來的巨大壓力。就在這一年初冬，北京所開的一次會議即十一屆三中全會，才使後來的歲月讓我們這樣的家庭漸漸好起來，我父親的病也得以痊癒。

小苗的兒子蓬蓬，一直嚮往到我家裡串門，因為我家裡養許多貓。當門開的時候，蓬蓬把著自家的門框朝這邊看。看貓從窗户躍下，或豎著尾巴與之對視。蓬蓬想來但不敢，怕這種與自己相異的動物。有一天，蓬蓬被他媽領著來到我家，目光始終在貓身上。我家的貓有黃毛的狡猾的堂——采查，這是一個西班牙電影中傻瓜的名字；黑毛的瘸子蔑吉嗄。蓬蓬莊嚴地看著它們坐臥行走，以至涎水成串地淌下尚無覺察。大人們說著話，蓬蓬看了半天，覺得時機成熟了，用手摸了摸盤臥在床上的堂——采查的腰，後者以惺忪的眼睛瞄一眼蓬蓬，嗅了嗅，繼續睡。

蓬蓬大喊：「貓是肉的！」

這聲音大得把我們都驚動了。我是第一次聽到蓬蓬說話，他的胖而彎的指頭仍在空中點著堂——采查，兩隻小牙在粉紅的牙床上孤零零的。

大家一笑，覺得他說得有趣。

許多年過去了，有時想起蓬蓬這句話，仍覺得意味深長。床是木頭的，鐵鏟是涼的，火是燙的。那麼，貓是什麼的呢？當人們第一次見到它炯炯的雙眼、輕盈的四肢以及扭來扭去的屁股以尾巴的高揚時，怎麼來概括此物的本質呢？蓬蓬也許想說：貓是活的，但它柔軟的皮毛與肋間溫而顫的呼嚕怎麼表達呢？再說，萬物誰為活誰為死呢？在神和小孩子那裏，生死是沒有界定的。由此可見：

貓是肉的。

後來，小苗一家人調至北京。蓬蓬現在早成大人了，如果他也像乃父一樣碩士，也已經應該結束學習了。

紅綢子滾桶

小時候，我看到一個傢伙在八寸長的木棍上繫一條挺長的紅綢子。他抖手，造成一個紅綢子滾桶。

那綢子一掌寬，全展開後，形成五道或六道的螺旋。你盯著綢子的尾巴看，看得清又看不清。綢子裏的空間圓而如桶。

我那時的夢想是鑽到紅綢子滾桶裏。我真想魚躍而入，讓那傢伙不停地抖轉，我躺在裡邊看天上的白雲寸寸移動。

誰的羽毛

小時候，我從午睡醒來——午睡從來都像從另外的地方旅行回來一樣，對眼前十分陌生——在臺階上發現一根羽毛。

不知這是什麼鳥兒身上的羽毛，而落在我家的臺階上也並非偶然。我向附近的電線桿子和樹上看，包括小瑞家高聳的門樓，都沒有發現那隻鳥兒。

這根羽毛是淡黃色的，如果再長一些，就和畫裡馬克思在大英博物館寫《資本論》用的筆差不多了。

我把羽毛收好，思考它的用處。比如，可以插在衣領上，不，那會被別人搶走；可以用它當小掃帚，掃窗臺上的細土面兒，也沒什麼意思。最大的用處是寫一封緊急的信件，黏上它寄出去。我不知誰需要一封緊急的信，也不知道內容是什麼。按說軍人最需要緊急情報，譬如告訴他們：咱院小孩在水文站房後偷著抽煙。這叫告密。其他可以告密的事兒還有：小瑞把在軍工廠揀來的子彈殼賣給了賣櫻桃的老頭兒。

但是，軍人不一定喜歡這些事兒。在軍分區門口，常常有戴紅袖標的學生靜坐。坐了一天一夜之後，他們說絕食，於是牛奶和麵包奇蹟般地出現在身邊。咱院大孩子也假裝絕食，吃麵包喝牛奶，被學生們打跑了。我一度羨慕過絕食的人，以為一絕食就有麵包。麵包當然有，但絕食就是連麵包都不吃。自然這是文革中的事情。

我把羽毛染成紅色，使人感到又換了一根羽毛，然後是藍色。可惜鋼筆水沒有其他顏色了。

我姐說：「你把羽毛洗乾淨，放回去，小鳥兒一定回來找。」是嗎？這太好了。我清洗羽毛，但它顯得淩亂不堪，紋路都裂開了。我把它放在臺階上，在西屋的玻璃窗裡監視。為使其早來，又放了幾粒米。少頃，再用口紅的空鐵盒盛水放上去。來吧，鳥兒。我知道找到自己丟失的東西那種驚喜——當年找到遺失在體育場的書包，抱著不肯鬆手。儘管邊上並沒有米粒和口紅盒盛的清水。

世間最漫長的事情莫過於等一隻鳥兒的來訪。它終於沒來，我以為它即使不來，也有可能派一隻麻雀過來，叨走這根羽毛——麻雀匆忙地吃點米，啄羽高飛。這一切，都被不知藏在哪棵樹深處的黃鳥仔細地看在了眼裡。

甘珠

「綽洛特的地方，只出了一個縣團級幹部。」這是我父親的獨語，指自己。綽洛特是他的出生地。「出了兩個專家。」

「專家是誰？」我外甥阿斯汗問。

我父親很高興這樣的提問。因為他頻繁獨語，我們早已掌握內容，從不問。但不問就像說相聲沒人捧哏一樣，進行不下去。

「啊」我父親伸出手指點劃，表示重要，「專家就是甘珠和温都蘇。」

「您不是專家嗎？」我女兒說。

「嗨！」我父親不以為然「我算什麼專家？跟那幫土豹子比，有一點文化。跟專家比，差太遠了。」

我母親插話：「這麼說還差不多。」

「什麼差不多？」我父親流利地把自己的業績說了一遍，最後質問：「這還不算專家嗎？」

我母親已進入廚房，這一通有理有據的獨白，只讓阿斯汗和鮑爾金娜開心。他們發現，奶奶的話像一根明快的導火索，每次都引發一串連環爆炸。

甘珠是我的哥哥，央視最早的記者。温都蘇是一位草原專家，和我家也有親戚。

央視當時的呼號叫北京電視臺，節目好像並不播出，播出一般人也看不到。在六十年代末，普通人家沒電視機，收音機也不多。

甘珠奔赴祖國各地拍新聞。一次，他從延邊回來路過我家，拿出兩個蘋果放在桌上——該蘋果之碩紅使我目瞪口呆。甘珠說，這是亞洲最大的蘋果園所產的蘋果，送給叔叔。我父母經過謙讓推辭，收下了一個。另一個帶回北京，給他的孩子。甘珠這次拍的新聞，必是蘋果園的紅碩景象。

一天晚上，甘珠來到我家，神色不安，慢聲說：「叔叔，有一件事我要告訴您。」說著瞥我們一眼。我和姐姐已鑽入被窩，正等著聽新鮮事兒呢。後來，我姐真睡了，我只是偷偷閉上了眼睛。

他們把窗簾掛上，關緊門。

「叔叔」甘珠的聲音近乎耳語，當然是蒙古語，而我被這種氣氛熏陶得心情激蕩，太像電影了。「陳毅追悼會，我去拍的片子……」

「哦，哦。」我父母應和。

甘珠仍然慢慢地說「……毛主席參加了追悼會。後到的，只穿著睡衣。」

甘珠見到了毛主席，太厲害了。

「主席沒有理髮，也沒有刮鬍鬚……」

毛主席有鬍鬚？

「他哭了……」

毛主席哭了？我簡直不敢相信自己的耳朵，毛主席從來都是樂的。怨不得他們拉窗簾。

「哭得很傷心。」

這了一會兒，我母親小聲抽泣。父親很不滿，他認為母親根本不夠級，說「你這幹啥？」

甘珠接著說：「毛主席鞠了三個躬。」

後來，誰也沒再說話。陳毅逝世，毛澤東為之大慟，使他們感到陌生而茫然。當時我父親身上還有一堆「問題」沒解決，不知道甘珠之所見，對他們這些微末的人所包含的意義是什麼。而甘珠說這些，在當時要冒殺頭之罪。他還說毛主席哭得鼻涕那老長，這不是找挨槍斃嗎？後來我睡了。再後來，我常想這件事，第一次把普通人的感情和領袖聯繫在一起。毛主席哭了，說明他也有悲傷。想到這個，我也不禁悲傷。

甘珠是一個孤兒。他血緣上的親人只有一個姑姑，即我大娘。順著這個線索，我父親成了他的叔叔。那時他的工作十分辛苦，一個人背不動當時笨重的攝像設備，要用車拉。在許多地方，人們疑惑他的工作，問：你在拍電影嗎？說不是。你在拍照片嗎？也不是。既然不拍電影不拍照片，你還能拍什麼呢？在六十年代末，不大容易說清什麼是「電視」，說這個像說假話一樣。

在我印象中，甘珠年輕的時候相貌硬朗。他翻譯過許多科學書籍。有一次，我到甘珠家裏做客，他和妻子請假招待我，菜一道道地炒好端上桌，我不好意思，因為還是個小孩。面對這麼多正規的炒菜，像是一個騙子。然而甘珠誠懇地——他永遠是誠懇的——向我敬葡萄酒、說話，和我父親請別的大人到家裏吃飯一樣。他有兩個兒子，均頑皮，走到每個房間都伴有稀里嘩啦的響聲。那時是冬季，他大兒子為我表演往自己後脊樑的棉襖裡塞三個雪球的遊戲，令人驚訝。後來，我姐塔娜從北京回來，說甘珠的兩個兒子都上班了，高大英俊，說北京話。說到這兒，塔娜大笑。為什麼說北京話就可笑呢？因為這兩個小鬼幼時只會說蒙古語，改北京話令人耳目一新。

甘珠老了之後，白髮蒼蒼。我見過一張父親和他與蕭乾合影的照片。蕭乾渾如彌勒佛，而他和我父親都像從草原深處走出的牧人，甘珠的笑容誠懇安祥。我父親在北京為翻譯的事情奔走時，全由甘珠聯絡陪侍。聽我父親說，有一次，他走著發現甘珠不見了，回頭看，甘珠蹲在地上，面色蒼白。我父親問怎麼了，他回答心絞痛犯了，然後吃藥。病症緩解後，他們繼續趕路。到了晚上，我父親問甘珠：你犯了病為什麼不告訴我呢？甘珠說：怕你著急，我知道一會兒就能好。我父親又問：要是真有危險呢？甘珠說：那就該怎麼樣就怎麼樣了。

我聽了這件事很意外，甘珠恭謹細心，沒想到竟如此達觀。

左而右　右而左

中藥裡，甘草是君子，既和且合。人以甘草之性稱譽氣味清芬的人，如蔡元培，如胡適之。

甘草在我家鄉的名稱為「甜草」。吾鄉不光有這個名，還有這種草。小時候，我們結隊去南山遊玩，發現扛鐵鍬的人士後，捨遊玩尾隨之。他雖然回頭瞪我們，像轟麻雀一樣攆我們走，我們就不走。因為他是挖甜草的人士，這從肩上的鐵鍬已看出，窄而圓，兜上。用不了多會兒，就能看到他挖草的偉岸身姿。

甜草不像人參那樣稀缺，也不是俯仰俱是，也得找。找到了甜草苗，掘洞挖一整根。所說甜草當然是甜草的根，粗的如馬鞭，深入地下約二、三尺。挖甜草的人一點點掏這個坑，不能傷草根的皮。傷了就治不了咳嗽了嗎？也能，但醫藥公司壓等級，賣不上價。

我們圍觀甜草怎樣重見天日，為人類造福。等這人累得出汗，脫了外邊的褂子；再脫，露扇狀肋骨，甜草差不多快挖出來了。它外皮如紅松，瓤淺黃。我們已知它充滿了甜，在牙齒的嚼擠下源源不斷地湧出甜汁。這時連唾沫都是甜的，珍貴，不能隨便吐。

挖甜草的人士知道我們用意，把松針似的小根鬚扔過來。嚼之，甜味小，倒是土味大，那也比啥也不嚼幸福。

我們兒時缺少糖。糖啊，我們多麼想念您。當一個人的嘴裡有了糖之後，什麼艱難險阻都能克服。比如跳牆找丢失的小貓，比如上房換漏雨的瓦，比如為別人挑水，往小棚端煤，擦玻璃，找豬。只要人家拿出一塊糖——掛蠟的花紙兩頭一擰，裡邊包著的就是糖。我們問：幹啥？那人不緊不慢地說：給我推一車劈柴。我們問：幾個人？意謂出幾塊糖。他撇著嘴，手在兜裏掏掏，過半天才說，三人吧。說著拿出三塊糖。耶！這是現在說的話，表示高興。我們從他手裡奪過糖，推車，隨他前往木材廠。

糖有無窮的吃法。含著，讓甜水流向咽喉，不嚥。堅持到最後，「咕咚」下去，得大甜。把糖鼓於左腮和鼓於右腮，甜味是一樣的。糖在腮旁，少說話，嘴角漏風，還容易把糖水漏下去，要「嗞嗞」抽氣回收。若把糖放在舌頭底下，甜味好像沒了。而糖在牙間衝撞，左而右，右而左，聲音震耳，咣鎯咣鎯，比過火車聲還大。當然最痛快也是最短暫的吃法是嚼，如雷貫耳，地動山搖，一塊好糖轉瞬土崩瓦解。這裡說的糖不是奶糖，不是巧克力，是甜菜糖。堅硬褐黑，一分錢買一塊。吃完了糖，有人還舔舔糖紙。如果是玻璃紙，還可以舉著觀察太陽。

然而糖太少了，我估計那時候全國也沒多少糖，援助越南一點，援助阿爾巴尼亞一點，剩不了多少了。咱盟公署家屬院一百多户人家，只有小賣店一玻璃罐的糖，一年到頭不怎麼見少。有時，我們走進小賣店觀光，鷹鉤鼻子的女售貨員手伸玻璃罐裏，沙沙弄出響聲。響就響唄，我們假裝沒聽見，順手在敞口的木櫃裡拈一撮青鹽放嘴裡品味。

「你說鹽要是甜的多好！」二剛永遠說這句，說了一百多遍。

「可不是咋的。」杜達拉達回答。我們舔鹽，眼睛看著遠方。但誰也不敢嚼鹽。嚼——鹽？那可太厲害了。

在沒有糖的日子裏，我們遠足南山。並不是每次都能遇上挖甜草的人士，十次無一次。遇上也只是嚐嚐小鬚子。一回，國瑞把鐵鍬從家裡偷出來，我們上山挖甜草。到了半山腰機井那兒，還沒找到甜草的苗，有一人像瘋子一樣跑過來，連說帶罵，彷彿要殺掉我們。我們嚇得撒腿就跑，跑到鐵道線止步。回頭看，那人還站在牆頭上罵，手比劃，像打拍子。

追咱們幹啥？大夥納悶。也沒惹他呀？一人路過，見我們傻傻地站立，挨那人的罵，問：「你們挖甜草了吧？」

「對呀。」我們回答。

「甜草坑把他的毛驢腿跌斷了。明白不？還不快走！」

啊？我們又一陣狂奔，到國慶旅社停。驢腿跌斷了？這個驢也夠倒楣的了。我們想像驢之一肢陷於坑裡，無法自拔，是挺可憐。可我們也不敢上山挖甜草了。那時，要想甜一下，是多麼難的事啊。

書中說，蘇門答臘的男孩喝酒

我幼時第一次到病房，是探望住院的母親。從走廊穿過的時候，盡頭的落地長窗噴湧進來的陽光在擦得一塵不染的大理石地面上拉出長長的亮塊，我小心翼翼地走在上面，看到潔白的牆壁刷著蘋果綠的矮裙，我覺得這是個好地方。

走進病房，首先看到我母親斜靠在被搖高的鋼絲床上，她抱歉地笑一笑。我已經忘記她當時患了什麼病。我姐問她痛嗎，她笑著搖搖頭。這個房間有四張床，床上的人都穿格衣服斜倚在搖高的鋼絲床上，很好笑。但我沒笑，以為這地方必然是這樣的，就好像理髮店的椅子能夠「誇拉」一下仰到後面去。每張床邊上有一個小櫃，上面都放著打開的罐頭或魚肝油飲品。當時我很高興這麼好的地方有我媽一個位置。她拉著我的手，問我做什麼，我敷衍著，發現對床的女人一直盯著我。

她臉色蒼白，把正在看的一本書捲起放在被子上，看我。我媽介紹，這是×姨。我說×姨。她笑了，這個笑容一直浮在臉上，格衣服裡面露出綠毛衣。後來，她下床，動作很慢，掀開被子，先探左腳找鞋，然後是右腳，坐在床邊歇息一會兒，掠一掠頭髮。那時候，我還不知道什麼是病以及病會怎麼樣。我感到她的動作比較優雅，舒緩有致，而且停下來微喘。我們下炕從來都像下馬一樣。她床上的書我拿過來讀了一會兒。我五歲左右開始讀書，應該說啃書，像啃西瓜一樣——把一頁中認識的字聯綴起來，推測一下意思即可。書中說，一個蘇門答臘的男孩和荷蘭女孩在游泳池旁邊吃鳳梨邊喝酒，那男孩突然難過起來。

我媽的病房後來我又去過兩次。那個女人總在注視著我。我小的時候不知道大人有多大年齡，除非他很老了。末了那次，她突然急喘，一幫醫生衝進來，小孩就被攆出去了。過了很久，也就是我媽已經出院好幾年後，她和我爸聊天，說起那個女人。我開始注意聽，我媽轉述她的話說：我要是有個孩子就好了。我問：是你對床的阿姨嗎？我媽點頭。我問：現在有孩子了嗎？我媽說，她早死了。死了？我想起她曾對我說過一句話：

「這孩子有耳倉。」

耳倉是耳朵上方對稱的小眼兒。她是第一個注意我之耳倉的人。我從她那兒才知道這叫耳倉。

在孩子眼裏，病乃至於死都不乏異樣的美。當我知道她那麼傾力地注視我，是在浮想自己孩子的模樣時，不免有一些悚然。而她病，乃至去世，這願望就永遠不可能實現了。而我想到，我就是那個被注視過的人，而今歷經滄桑，感到一個人活下去，其實需要很大的力量。

糧本

糧本發明的最好遊戲是比誰尿得高。

南箭亭子的廁所都是紅磚的，起脊。我們還住土房呢。男女廁所的隔牆不封頂，能聽見說話聲。

有一次，我聽見那邊說「姑娘都是給別人養的。」

另一人回答「今年用不著買太多白菜。」

說「姑娘」的像富達拉達他媽。後來，我看到白菜就想起「姑娘都是給別人養的」。

那天糧本說「先別尿，」他拿粉筆在廁所牆上劃白線，到他鼻子高，「超不過就是王八蛋。」

大夥憋氣比賽。糧本第一，我和二胖差不多高，蛐蜒第三，三笊籬沒過線。

蛐蜒不滿意，「我尿少。」三笊籬說，「我也是。」

糧本得意，說「明天九點再比。」

第二天，蛐蜒早就在廁所等著，臉憋通紅，像凍腳似的來回搓腳。

糧本來了，問蚰蜒：「你早晨撒尿了嗎？」

蚰蜒搖頭，說「快點！」

今天的高度是過牆，往女廁所那邊滋。

蚰蜒第一尿。這傢伙踮腳尖、挺胸，還是差一點，但尿得時間特長。

糧本說，「其實我早晨撒尿了，不過我又喝三茶缸水。」他站定，運氣。第一撥沒竄過去，一鼓勁，第二撥尿銀箭一般閃耀過牆。

大夥鼓掌歡呼。

「哎喲！」那邊女的尖叫。我們火速轉移。糧本在裏邊喊：「等著我……」估計還有半茶缸子水沒尿出來。

結果，糧本被空軍老姚媳婦拎著耳朵遣送回家。糧本他媽聽完，把他按在地上，拿雞毛撣子照屁股一頓死抽。抽一下，他「嗷」地頭腳一起上抬，像過電似的。

空軍老姚媳婦是南箭亭子女人中漂亮者之一，比得上焉優她媽。黑髮波浪，別一敦煌飛天夾子。空軍老姚濃眉大臉，見我們愛問這種蠢話：「一斤棉花沈，一斤鐵沈？」

我們不吱聲，早聽過這個。蚰蜒爬上牆頭，說「你媽沈！」

沒等空軍老姚抓，他就沒影了。

空軍老姚還領我們去他家，看鏡框裏的照片。他戴肩牌，大蓋帽。「我當年是空軍。」他說，「你們好好學習。」他又說，手裏拿一把彩色鉛筆。外邊什麼顏色，芯就什麼顏色。我分一支橙色的鉛筆。

「你長大當什麼？」他笑著摸我腦袋。我語塞，從未想過長大當什麼，胡亂說「空軍」。

「好！」他又給我一個淺藍色的鉛筆刀。

「我也當空軍！」六猴子、蟲子、糧本和富達拉達紛紛喊，衝進他懷裏，要鉛筆刀。

「好啦好啦。」空軍老姚用手撫弄他們頭髮，笑。

他媳婦也笑，一綹頭髮捲垂，遮住半邊臉。那時糧本還沒往她大波浪裡撒尿。

竹馬

一次，到羊胡溝去——這是一個山區的村子，看到孩子們在村裡唯一的街上騎竹馬而來。竹馬即胯下的一根柳條，還帶著新鮮的葉子。孩子們奔跑的時候，腿分得很開，趔趄著，搖晃著，模仿著一隊騎兵。

其可喜處，在於他們認真，且流了多麼多的汗，比一匹真馬流得汗還多。

幼時，我也熱衷於這種遊戲。隊伍多達二、三十人，跑起來可謂旌旗蔽日，當然也看出家屬院太乾燥了。領軍的小孩在駐馬之際，常常轉幾個圈，表示屁股下面的柳條不肯停下來，口喊「籲——」，其後隨員紛紛「籲——」。有人的「馬」還會跳起來，主人縱高把它勒回地面。

那時，我們不僅有竹馬——竹馬分別是柳條、枯枝、捅雞窩的木棍。小瑞騎著他奶奶描著金龍的拐杖。我們還有鞭子，帶紅纓的，可以在空中甩響的皮鞭，這點比羊胡溝小孩正規得多，跑起來風馳電掣，跨越溝壑，包括誰家準備蓋房用的紅松木垛。有時，我們把鞭子掖進腰裏，手裏舉著寒光閃閃的（這是想像的）戰刀（木頭的）。那時，只恨唇上未生出夏伯陽式的黑而帶尖的髯子，否則，更加凜然。

——為了列寧，衝啊！

衝上去，我們把小賣店堆積的南瓜殺得血肉橫飛，把他們的帶魚挑起來扔到屋頂上。使小賣店的人見到我們都像見到了塔利班一樣。在我們看來，小賣店像美國一樣，是一切富足優勝之物的囤積地，如糖塊、點心、罐頭、籃球和花布，而我們什麼都沒有。我們每次襲擊小賣店都獲得相應的快樂。

我們的騎兵隊在洋洋得意之時，倘遇到真正的敵人——如小賣店的轉業軍官，則丟棄了竹馬刀槍，撒開雙腿飛奔，然後站在牆頭和他對罵。

可見，兒童們的追求如京劇一樣，是一種程式美，講究意會。小小的道具，可舟可馬，又可棄之落荒而逃。

看羊胡溝小孩騎竹馬自娛，覺得城裡的孩子少了一樣生動的遊戲。城裡的孩子知道什麼是竹馬嗎？他們只知道騎掃帚飛行的是巫婆。羊胡溝的孩子健壯善奔，對每個外來的人都報以親切的微笑，在離你不遠的地方追隨而走。

我在羊胡溝的街上觀看村民的石板豬圈、晾蘑菇的松木棚子，孩子們嘻嘻哈哈地在後面跟著。若回頭，會看到一張張紅潤的笑臉。

我常常懷想那個情景：一個人在空氣清香的村路上走，後面跟著衣衫襤褸的孩子。停腳與之對視，他們相互推搡，羞澀，人人都有明亮的眼睛。這些竹馬的騎者有多麼可愛。

有一天

有一天，我非常煩悶。當靈魂企圖擺脫現時狀態，身心都要為之救贖。看《海底兩萬里》，趴窗臺畫嶽雲的兩把銀錘，在午後射到炕上藍塑膠布上的光線中用手勢做動物剪影。還煩悶。

我把我爸的軍功章找出來，它們放在紅箱子底下鹿茸糖的鐵盒裏，綢布包裹。我戴上一枚，特意晃動上身，收領看它光芒。

糧本最先看見的，跑過來，「誰的？」

「我爸的。」

「你爸是英雄？」

我沒吭聲。然後糧本追隨我。在蟲子家門外站一會兒，蟲子和他爸用鐵鍬挖土豆。

「勳章。」糧本指我。

蟲子他爸根本沒抬頭，蟲子悄悄瞅兩眼。

後來到洋井那兒站一會兒。又到小賣店。小賣店的女售貨員聊誰物件眼睛大，糧本偷一把鹽放進兜裡。他給我幾粒，舔鹽也挺舒服。

我突然明白，必須創造一個奇蹟。煩悶其實是創造奇蹟的先兆。我把獎章放回去，從炕席下邊找一把銅鑰匙，銼成沫，銅沫立刻成了新的。要是我姐回來，就說是金子沫。第二步呢？往金子沫裏倒點醬油、醋、白糖、我爸喝的甘草劑，在鍋裏煮。一邊煮一邊念咒。我沒學過咒，就念：「豆芽豆芽朝一錐。」過一會，揭開鍋蓋，它有可能變成——玻璃、靈芝草、一種能融化一切的試劑——估計是三種之一。揭鍋蓋前，我臨時跪地磕了三個頭。磕頭時想，我姐這時千萬別回來。

揭開蓋，只有黑水冒著熱氣，我取一勺灑在臺階的青石板上，看石頭能不能炸開，沒有。我醒悟了，這一切必須等到九九八十一天之後。於是，把這些赭色發黏有甘草味的水裝進空瓶，把鍋底的銅鑰匙沫一點點揀進去。

我準備把它埋在電線桿子底下，挖好坑了，又想，拿瓶左轉十圈，右轉十圈。轉。閉上眼睛念另一個咒語：「窟隆窟隆咔！窟隆窟隆咔！」這是現編的。

「幹啥呢？」

我大驚睜眼，見蚰蜒、富達拉達一幫人站在文太瑞家小棚上笑嘻嘻地看我，起哄。

完了！只差兩圈就轉完了。我拎著瓶進屋。過了很長時間，我見他們退去，把這玩意兒匆匆埋好。我記得瓶上寫著「西鳳酒」，紅底一隻白鳳凰。

子。

我祈禱，瓶裡的水一定會變成神奇之物，至少灑在馬杏核臉上可以把他變成麻子。要是真成功了，我就上北京，把它獻給毛主席。

馬杏核

馬杏核突然把我棉帽子摘掉扔到地下，拿腳踩，別人看好玩，也上去踩。我被這場事變震驚，上前推馬杏核，他一拳杵我前胸。

「你爸是內人黨！」

我腦袋「嗡」一下。我爸的棉襖胸前，就是縫新四軍胸章的地方，縫一塊白布，上寫「內人黨魁」，他自己寫的。上下班就穿著，不許遮蓋。

原來我爸是軍官，他們都尊敬。而且我的棉帽子也是軍隊的，平常他們借戴一分鐘都非常幸福，誰敢踩？

他們盯著我看，蛐蜒、蟲子、糧本、文太瑞等。我要揀帽子，蛐蜒一腳又踢遠了。回到家我哭了一場。我本想告訴我媽這件事，上馬杏核家說理。但他們面色怠倦，沒敢言聲

這時我才感到家中發生了變化，厄運籠罩著家庭。我姐好像早就瞭解了這一點，她幹活麻溜，不時瞟媽爸臉色。而他們不說話，草草吃飯，睡覺。

原來他們把痛苦留給了我自己處理。那一夜睡不著，我想出這麼一種委屈或悲

傷的原因來自一種威脅，即我被剔出陣營。而這陣營是除家之外另一個生存的空間，理由在於我爸是內人黨。

在後來的日子裏，我疏離主流之外，看大夥玩東玩西只好眼饞。瞿四他大哥對我挺好。有一天他告訴我，馬杏核他爸其實是傅作義的後勤官，這在造反大樓的大字報上寫著，還上了漫畫。

傅作義？他不是國民黨嗎？我太高興了。小賣店處理黃花魚那天，家屬院的人差不多都在排隊。我發現了馬杏核醜惡的臉，他正用紅玫瑰煙盒紙跟王志換瓜籽。我衝上去把他搡個大前爬子，大聲喊：

「你爸是傅作義的軍需官！」

馬杏核爬起來，連身上的土都不敢撲落，看看這個、那個。他的臉變成了另一個人。畏葸蒼白。

我很解氣。但我坐在水文站那艘鐵船想這件事的前前後後時，覺得即使這，也不能完全抵銷，因為我爸是內人黨。

過了幾天，馬杏核在第七小學門口等我。我以為他想揍我，但他送給我兩張煙盒紙，壓得平整，不缺碴，紅大刀和牡丹，還要送我一張郵票。

看我收下了，馬杏核挺高興。

钃系鉚系，王八蛋

我在紅山水庫上中學的時候，三個年級的學生在同一教室上課，加起來四十多人。

六年級的課，對我來說，像把嚼過的甘蔗渣又嚼一遍。我是七年級，現在叫初二。看到六年級的人目不轉睛聽講，覺得可憐。而八年級的課程，我聽著不知所云。這是理科，語文課則另當別論。

這是遼河工程局的一所學校，每學期付費三元，教學工作由工人師傅擔任。原來的老師——清華、同濟畢業的學生——被派到工地鍛鍊思想。學生多數是遼河工程局的子弟，少數是幹校的遺少，即我們。當地的農民子女無一人上學，沒這個風氣。他們認為傻瓜才拿三元錢上學，哪如放羊。我們也知道放羊好，但沒羊。學校並不歡迎幹校的孩子——工人階級及其賢裔生來嗅覺明快，知「幹校者，黑幫集散地也」，所以慢而待之。但黑幫最認上學，還認為必須好好學，遺少們只好來上課。不然，水庫周圍廣闊的丘陵上面，有無數好玩的事情——捉刺蝟、游泳、追野驢——等我們一展身手。

上述為背景，接著說我們的老師。我曾在另一篇短文中提到教語文的喬老師。他高大赤面，雙掌捧著面頰，以沈默與我們對陣。偶爾說話，用歇後語，冠詞為「屎殼郎」。我在小本上記過這些妙不可言的詞語，一共三十多條。如：屎殼郎戴眼鏡——冒充大學生，你們！我們著迷，盼望他每次說出屎殼郎最新的表現，像收看電視連續劇。但喬老師不多說，每堂課一兩則而已。有時一則也不說，也不指導我們做事，想幹啥幹啥，意思是：我看你們到底幹啥！屎殼郎是田野裡滾送動物糞便充當食物的甲蟲，大如牛眼，動作遲鈍。喬老師說：屎殼郎搽雪花膏——冒充小媳婦，你們！屎殼郎別鋼筆——冒充小隊會計，你們！屎殼郎留仁丹胡——冒充日本人，你們！屎克郎聽廣播——冒充積極分子，你們！等等。

政治老師也有趣，姓什麼忘了，但他媳婦（化學老師）姓土（對，就姓土）。政治老師嚴肅，他講課時預先把嘴張開，眨眼想一會兒，才出聲。而斷句方式獨特。如「人，民群，是創，造歷，史的動力」。聞者若依此法念一遍，拉著長聲，別具韻味，使別人不知你說啥，以為是西河大鼓唱詞。我試驗過好多次。有一回，我上工程局禮堂看電影，把門老頭兒不讓進。我說：「階，級和階，級鬥爭，是我，們最重，要的一，件大事。」給老頭整懵了，說「進，去吧，進。」政治老師的斷句法讓我身價倍增。還有一次，我在幹校食堂以筷子敲碗，吟誦「階，級和階」和「人，民群」，使赤峰文物館的一位老學究對我刮目相看，說「你還會背古文？」吾曰：「然也」。補充說，政治老師並不口吃，只是斷句新銳。

政治老師在說這些話的時候，隔五、六秒鐘，要舔一下嘴唇，用某體育評論員的話說，叫「喬丹習慣性地舔了舔自己的舌頭」。他斷斷續續地講述批林批孔，邊說邊舔舌頭。事實上，他放在講桌上的手一直在抖，像給桌子按摩。老師從不在黑板上寫字。我的朋友萬隆聽別人說，他不會寫字。

他媳婦土老師另有景象，白而胖而善辭說。講到重點，上以板擦敲黑板，下用皮鞋踢講桌。講桌是半圓的，一踢攏音——「咚咚咚」，上邊「咔咔咔」。她講化學，原子、化學鍵、氫。萬隆平素不聽課，有一天聽化學課入迷，下課後眼睛還在直，問我：「她說的真的還是假的？」

聽說政治老師和土老師剛剛結婚，覺得挺意外。政治老師黑瘦，嘴唇暴皮，眨眼，「階，級和階」。土老師滿臉的白肉像雪人一樣要融化下來，用小而細的眼睛瞟人，用小而尖的皮鞋踢講桌。有一次，八年級的四、五個學生夜裡去老師宿舍聽聲。他們偷聽之中，聽到臥床垮塌在地的聲響，在窗前發出大笑。土老師立刻大罵，政治老師無語。次日，第二節是化學課，土老師在臺上說：「在化學鍵和化學鍵之間，不要臉！存在一個等式，流氓！不充分燃燒的氣體，有娘養沒娘教！在試管裏蒸發，臭美！」我不聽化學課，因為八年級才開。一聽，嗯？注意聽，越聽越有意思：「門捷列夫元素表，缺德！電子層，還要不要臉？鎂，王八犢子！鑭系和銅系，小癟三！你們這些臭流氓！原子量，喔……」土老師哭了，趴在講桌上。初小聲，後來大慟，使勁踢講桌，「吪！吪！吪！」在門外，政治老師隔著玻璃悲憤地望著我們，始終沒舔舌頭。

花生殼的車廂

我見蒼蠅在玻璃上亂飛，手捉一隻，為它尋一樣「用處」——卸掉蒼蠅翅膀，以細線繫它腰上，教它拉車。「車」先是一火柴盒，拉不動；改一火柴根，假裝這是深山的百年老松，但蒼蠅還不肯拉，有一點吃力便改方向，太狡猾，怨不得人們舉著拍子追而殺之。此舉被大人發覺，受嚴厲訓斥，雙手在肥皂水、鹹水裡各洗一遍，又說「沒見過這樣的孩子，玩蒼蠅。」

蒼蠅被赦免之後，我找一蜜蜂代勞，其刺已被誘出，露出少許腸子。我把它們的腸子塞了回去，教它們拉車。蜜蜂腰太細，線繩一不小心就勒斷了腰，改矢蜂。後者無刺，體態憨實，拉車也肯出力。我讓矢蜂拉一花生殼，殼內裝幾粒小米，從窗臺之東拉到窗臺之西，盡享旅行之樂，如孔子周遊列國。

那是在夏日的陽光下所做的事情，窗臺前的江西臘花與指甲桃爭相鬥艷，花生車奔跑在紅磚與水泥勾縫的豪華大道上。

這時，我同學的姐姐發現了這件事。毫無疑問，她當然要恭維我的創意，並請求我允許她也趕一會兒這輛車。「趕」是由於我手執一小鞭——火柴棍頂繫一綠毛線，意思一下。

二朵（她叫二朵，已念二年級）在我們家窗臺看見了這輛花生車，說「哎呀，多不文明呀！」

我不懂什麼叫文明，或聞名，等她來接這只鞭子。

「這多殘忍呀！」殘忍我也不懂，因為還沒上學，也沒讀過小說。

「多缺德！」二朵說。這回聽懂了。

「咋的？」我不服。

二朵給我講昆蟲也有家庭，如果它是一個媽媽，就永遠見不到自己的孩子了，因為你已經揪掉了它的翅膀。如果它是一個孩子，就永遠回不了家了。而它的媽媽即使到了黑天也在這兒找這個孩子。（二朵指我們家種的向日葵）找啊，找啊，不斷喊它的名字。我似乎聽到了周圍有矢蜂的嗡嗡聲。在黑夜，它也因為找不到媽媽而害怕，害怕黑夜。

二朵說著，使我不禁哇哇大哭，熱淚飛迸，雖兩手不能止。二朵說，你小點聲，別人以為我欺負你了呢。

我哽咽地點點頭，用雙手捧著無翅的矢蜂。它本來是我唯一的馬或驢，把它恭敬地送到了向日葵的深處，把鞭子扔到隔壁小瑞家的豬圈裏，用腳踩碎了花生殼的精美車廂。

二朵摸著我的頭說：「你呀，長大是一個好人。」
我哽咽地點點頭，心想：都壞成這樣了，長大好也好不到哪去。

寶石輕浮地飛走了

用一根帶絲線的針穿過甲蟲的身體，然後把線繫在手指上，這是我幼時的寶石戒指。

甲蟲是瓢蟲，我們叫「花大姐」。它傻傻地飛，很慢，然後落在紗窗、掃院子的竹帚和向日葵的葉子上，緩緩爬行。

瓢蟲爬得這麼緩慢，竟然會飛？我們十分不理解。鳥飛得快走得也很快。慢就是笨。瓢蟲無疑笨。有一次，它落在我的鼻子上，還有比這還笨的降落嗎？

而它被賦予戒指的意義後，變得高級一些。我戴著這枚戒指去游泳。

「花大姐」，有人指著我的手說。

我把手指彎一彎，瓢蟲還在。

「這咋回事兒呀？」這傢伙俯過身來要看，被我擋住了。

「我給它用了定身法。」我告訴他，「一會兒給你也用。」

他們嘻嘻笑著，表示不信。但花大姐始終趴在我的手指上。我戴著它潛泳。它可能從來沒到盟游泳池來過，這裏充滿漂白粉的氣味。雨水被陽光曬熱了之後，在水泥地上結成綠苔，光滑無比。更衣室裡走動著裸體的人，他們在噴頭冰冷的水流中發抖，以至穿不上衣服。我在水下睜開眼睛，看我的戒指還在。瓢蟲看到了水底世界，陽光照不進來，綠濛濛地混沌。我們常在三米深處玩摸五分錢的遊戲。有一次，小瑞用防水膠把硬幣黏在了池底，我們誰也沒撈上來。後來，換水之後，一個外院的小孩見了，說「錢！」撲通紮進水裡。我們在岸上暗笑，看他手舞足蹈地摳錢。要是錢多，最好在池底黏二十個，人們會瘋了一樣鑽進水裡，再鑽出。

我的戒指不知什麼時候丟失了，但不想再做另一枚。赤腳醫生曾用針從我的太陽穴紮進去，不知紮了多深；在另一太陽穴又紮一根，說治風濕。那滋味瓢蟲已經嚐到了。也許它帶著絲線飛走了，對同伴炫耀：這是我的拿破侖授帶。

瓢蟲是昆蟲中最像坦克的，圓滾滾地前進；又像一粒紅小豆被切成了兩半。翻過來看，剖面上竟然長著爪子。瓢蟲的殼光潔閃亮，橙色帶點黑點，這幾乎就是一顆寶石，如果你這樣想的話。想——在錦緞的盒子裏，放著這樣一粒橙色帶黑點兒的寶石，一點瑕疵都沒有。燈光更加明亮，貴婦人用放大鏡仔細觀看。

我正在窗臺冥想的時候，寶石輕浮地飛走了。當時，我準備的臺詞還有：

——開價吧，夫人。

——五百萬法郎。

我矜持地笑了笑，關上寶石的盒子。

大棗

在我小時候，玩具不是用別人為你製造的要由自己完成，或去自然界尋找。因而，今天的玩具製造商在玩具中灌注的統一的價值觀念，在我們那個時代並不存在。

沒有玩具的時代必是匱乏的時代，但快樂不匱乏。有一次，我們發現軍分區的一個小子從兜裡掏一下，用虎口環著給我們看。

「大棗！」他說。

我們嘖嘖。真是大棗，這傢夥竟然有大棗，多富！然而他鬆開手，原來「大棗」是把中指的第二指節用紅墨水染的，再一攥，挺好。我們紛紛在中指塗上了「大棗」，走在路上有一個指節是紅的。說起來令人羞恥，我們那時已經上中學了，隱約也上過物理化學課程，但多半時間在學工勞動或挖防空壕。同樣令人羞恥的還有，我們沒錢買紅墨水，便到學校偷。幾人夥著到老師辦公室，天真爛漫地彙報最近遇到的事，把老師的視線擋住，偷紅墨水。一瓶紅墨水咋也染五六十個「大棗」。

手上有了「大棗」，要趕緊向認識的人演示一下，看驚訝與饞的表情。如果他可憐的央告「給我一個吃行不？」，那就太令人開心了。一般說，欺騙，目睹別人流露欲望時的可憐，以及迅速戳穿這個把戲，這些因素會構置一個好的遊戲。當被矇騙的人發現「大棗」意是你突然伸直的一個指節時，他的確失望但惱怒亦可觀。他也會四處找紅墨水，讓別人由仰慕大棗而暴露可恥。

遊戲流行的很快。當你神秘兮兮把對別人說「大棗」時，他傲慢地仰起鼻子，也把塗一塊紅色的手指晃一晃時，這個迷人的遊戲就接近了尾聲。我們為了維護它的活力，曾跋涉很遠，到金魚胡同和榆樹林的回民區演示，但那兒也有了。他們火氣大，認為我們跡近輕薄，欲施之痛毆，我們只好速返。

後來有人把這個遊戲演進為畫老太太像。在中指關節畫個老太太，由於皺褶的原因，人臉在屈指時似笑，伸直則近於哭了。這也行，但為什麼沒有「大棗」深入人心呢？因為後者是美味。在當時的中國，能常常吃到大棗的人，必不是一般的人，然而我們都沒見過。在電影芭蕾舞劇《白毛女》中，成排的倩女穿著短而肥的褲子立足尖羅列而出，全留大辮子。我們對伊的身段容貌尚無思慕之心，但對每人端著的（道具）大笸充滿覬覦之意，裡面堆著冒尖的大棗。

歌詞曰：大紅棗兒甜又香，送給親人嚐一嚐。一個大棗一顆心，哎嗨嗨嗨喲呵——云云。

當兵多好，有這麼多的棗兒源源不斷地送來。歌詞說，棗兒這東西「甜又香」，這的確是不錯的。而吃棗，姑娘說是「嚐一嚐」，多客氣，我們認為每人只允許吃一顆才叫嚐，而他們明明有十多筐。歌詞寫得真好。

在沒有遊戲的日子裡，我們成排坐在盟公署家屬院後牆底下，緘默著。沒有書讀，當然也沒有電視，沒有打架或武鬥的場面可供觀看。常常一直坐到太陽落山。我們希望有人給我們講黃天霸、海底兩萬里、流氓，或隨便什麼歷史上發現的或人們編出來的事情。但沒人懂這些事情。而懂得故事的大人們，都要噤口。這屬於封、資、修。

後來，有人又發明了一個新的遊戲，叫「剃頭」。就是在後院傾倒的爐灰渣子裡揀沒燒透的焦炭，深灰多孔，質輕。偷偷地在人後腦勺推一下，捲住頭髮生疼。這種遊戲很討厭，也就沒流行起來。

防空洞

戰備那年，赤峰市的街道下面（柏油與水泥路面除外）修了防空洞，防蘇修在天上丟炸彈。街道——這是我的上學之路——十分壯觀，我甚至想說感動。街們，變成四米深的壕溝。溝沒什麼可感動的，掘溝的黃土積成高山（對小孩這就算高山了）蜿蜒起伏，讓人感到換了一個地方。

多好啊，它們比房子還高。上學，我們在山頂山腰行軍。走一會兒，站定，掐腰遠眺赤峰的大好河山——掐腰是為了更像八路軍。有人說，八路軍掐腰是虎口向下，拇指在前面，而新四軍掐腰是虎口向上，四指在前，暗含四。所以，內行人一瞅掐腰的姿勢，就知道你是哪個部隊的人。

赤峰的山河，在我們登高與掐腰之下，變得壯觀。電廠的大煙囪冒出滾滾的濃煙，這是工業發達的標誌，可惜赤峰煙囪太少，只四、五個。而清真寺的尖頂，比小人書《一千零一夜》裡畫得還仔細，綠琉璃瓦上有銅的新月。赤峰街還有什麼？有樓。除了盟委、公署的樓之下，軍分區有樓，一中有樓，民族旅社有樓，二道街還有直家大樓。「咱們赤峰有這麼多樓，是不？」我們互相祝賀。

「等這兒」有人指腳下的溝，「修好了，咱們赤峰還有防空洞呢！」對呀，咱們大街小巷全有防空洞，這還不算各家挖的菜窖呢。上級要求，每家必須挖一個菜窖，即私人防空洞。看看，赤峰真是太好了！

人一高興大勁兒了，就想唱歌，這跟當今上練歌房的道理相同。我們踩著高聳入雲（雲字稍稍誇張了一些，表示心情愉快）的大土堆，唱著歌前進。我體會，在土堆上行軍，首選歌曲是《遊擊隊之歌》，節律跳躍，適合跨越與攀登。「我們都是神槍手」，起句有四分之一拍的休止符，不簡單。《人民海軍向前進》也行，適合比較平坦的土堆。如果在土堆上快跑，即狂奔，最好哼唱《騎兵進行曲》，可惜此曲無詞，只好自行填詞：「蹬達拉、蹬蹬，蹬達拉、蹬蹬，嘀嘀達拉蹬」。但徐四狂奔過速，連人帶書包栽進溝下，提前進防空洞了。你算算，洞深四米，土包咋也二米多，徐四像樹葉一樣飄了下去。起初我們還叫好，徐四衣衫飄飄如楊六郎，後想會摔死。我們抄道滑入溝下，見徐四像邱少雲一樣趴著一動不動。

「徐四，四兒」。

他抬起頭，牙上黏沙子，我們笑了，他跟著笑，但痛苦，沙子帶血。

「起來，快起來」。

徐四起不來，慢慢往前爬，軍事課目叫匍匐前進。他爬了六、七米後才站起來，齜牙咧嘴。拜託了這片沙子，如果卵石地，四兒肯定像生雞蛋一樣摔得四分五裂。

土包給我們（不算徐四）帶來快樂，後來砌磚、封蓋、填土，街道如初，上學也沒有意思了。我們很想進防空洞裏瞧瞧，因為我們也挖過。不讓，只能在上邊走。有一陣兒，我們希望戰爭打起來，好進防空洞，裡邊肯定好玩。

頭幾天

頭幾天，我媽在那屋對我媳婦說：「他們小時候，姐姐要是病了，原野一會兒跑出去一趟，買頭髮夾子、鈕釦，偷偷塞到姐姐枕頭底下……」

小賣店在煤核大坑後邊，裡面寬敞明亮，貨架上的臉盆、被面和香煙紅紅綠綠，顯出非常富足。靠門口齊腰高木櫃裝大粒青鹽。主任是轉業軍人，戴茶晶眼鏡，繫巴掌寬的皮帶，一直勒到最後一個眼。一女售貨員近視，覷目，像眼裡進了灰塵。一女售貨員高鼻樑突然從半路下彎，像要啄米。我最喜歡玻璃櫃子裡的小玩意。指甲刀上的圖案一共有七種，喜鵲、鳳凰、梅花、桃花、猴子、香蕉、紅旗。我還喜歡鈕釦，它們放在不同的紙盒裡，像寶石。啄米的女售貨員說，你的手把玻璃汙塗了。在童話裏，喜鵲和暖壺上的梅花鹿，半夜會在小賣店翩翩起舞，鈕釦寶石爍爍發光，青鹽粒全都變成了冰糖。

「這個孩子兩個頭髮旋。」覷目女售貨員說。我瞪她一眼，依依不捨走出小賣店。「一個旋兒横，二個旋兒楞，三個旋兒打架騎板凳。」她在後邊說。

我姐生病的時候，整天睡覺，臉蛋在枕頭上紅紅的。我媽叫她吃藥，她坐起來，用一隻胳膊支著身子，想哭又哭不出來，然後再睡覺。

我把攢的錢都給她買了好東西。還有一小盒胭脂，盒蓋裡有一小粉撲，散著微微的香味。錢花盡了，向曾祖母要。她把炕席揭開，白花花一片鋼蹦兒。曾祖母管鋼蹦兒叫「圖格里克」（元）我媽糾正之後，她叫「巴嘎圖格里克」（小元）。

揭開炕席，鋼蹦兒像星星一樣向你眨眼，那情景讓人歡喜。

曾祖母把裹著煙嘴兒的嘴唇鬆開，放出一股輕煙。

實際上

實際上蚰蜒在南箭亭子不應該有地位，他爸當過偽滿的什麼，他媽是地主小姐，他們上班都低頭走路。文革時，吃香的都是貧農成份。蚰蜒外號是因為他壞。夏天，我們穿褲衩坐在蔭涼地，瞿四奶奶說，小心蚰蜒鑽屁眼子裡。我們一齊撮肛，怕這種多足的蟲子。米分培他老婆，馬杏核他媽都是貧農，揚著臉，談吐非凡。

蚰蜒的江山是自己打的。鋼鐵大街從盟委到十一糧站的路燈，基本上是蚰蜒用彈弓打碎的，特准。打仗吧，他個小力薄，但手捏磚頭子蹦高給你腦袋殘一口子。誰都怕他這手。

蚰蜒有大哥，但誰也沒見過。二哥爛櫻桃。他二哥崇拜日本鬼子，自命山田大佐，用劈柴削個戰刀，雙手拄在胯下。說話第一句，「你的」。有一天，他正拄戰刀在當街瞭望，瞿四他奶奶掃樹葉子，文太瑞他嫂子用鋼叉垛麻黃，木頭電線桿子在風中嗡嗡發聲。胡三過來了，撇著八字腳，這是跟他師傅學的。他師傅唱戲。

蚰蜒他二哥對胡三說：「你的，什麼的幹活？」

胡三飛起一腳把戰刀踢到大虎家豬圈裡，捏他腮幫子說：「什麼他媽山田大佐，你配嗎！純粹爛櫻桃。」

爛櫻桃這名挺新穎，大夥無不稱奇。但胡三不過妙手偶得。後來，他就成了爛櫻桃，原來那幫心儀鬼子作派的小崽子，棄他而去。

蛐蜒常有奇異之舉。一次，我們在磨刀石那兒袖手曬著太陽。有一女人從水文站出來，大辮兒一左一右在腰上擺，拎著好看的小包。她快走近了，蛐蜒悄悄說：「我敢摸她腚。」然後嗖嗖爬上小賣店的鐵門，緊嗓子。他有一絕技，咳唾極準，而且遠。這是往下水道鐵蓋的小眼裡飛唾練出來的。

女的過來，蛐蜒在門上「吭」地一口，一團唾沫蛋落在女的臀上。她站住，轉身看，往上怒目。

蛐蜒突嚕下來，貓腰，撩衣襟給人家擦，假裝說「你看看，你看看」，向我們擠眉動眼。

女的用高跟鞋一跺，「哼！」把他推到一邊。蛐蜒舉臂飛奔，學蘇聯紅軍「烏拉——」

有一天中午，遼河工程局機關大煙囪頂上影影綽綽有一個人。底下眾人麇集仰望。工軍宣隊的人輪番喊話。這人在上面遠遠地望著，頭髮四散。人說他早先是局長。他家裡人在很遠的地方站一堆兒，軍人看管。他老婆用手絹捂著臉，孩子垂手肅立，默默看著似在雲端中的父親。老太太不哭，拄棍抬臉，白髮紛紛。接著的事我記不清了。好像老太太從頭上拔一根銀簪，舉著，說「兒啊，兒啊，你看看。」

蛐蜒說，「你給我！」

他取簪跑到大煙囱下，蹭蹭爬了下去。下面大嘩，人們更興奮了，有人把蛐蜒他媽找來了。他媽連哭帶罵，跺腳擤著鼻涕，說：「你個王八犢子，你們老趙家沒一個好種……」直至昏厥。

蛐蜒上到頂，把銀簪給了那人。不一會兒，他們慢慢下來了。下的時候，蛐蜒特慢。到地面，這小子褲子濕了。他不承認尿褲子，「沒有！這是煙囱冒的水蒸氣。」瞿四說，「別牛×了，你們家燒煤的煙囱冒水蒸氣啊？」

為什麼送上銀簪，那人就不想自殺了？蛐蜒說，「那個老婆子教給我說，你媽養你容易嗎？」

「就這一句？」

「嗯。」

可能簪子裏有點事，我們認為。「聯絡暗號！」蟲子說。朱旦紅蹦他腚，「你們家在大煙囱上聯絡？」

蛐蜒他媽醒來，見小兒已在地面，咬緊牙根衝過去要揍他，蛐蜒上牆，一翻身就沒影了。但他晚上回家肯定逃不過胖揍。

大煙囪那人下來後，立刻被綁起來，按著腦袋押走，老太太撲了幾次沒摸到兒子。而他家人，剛才不敢言語，此刻一起放聲大哭。

腕線

每當我看到孩子們胖胖的、細嫩的手腕時，就想到上面有一束彩線多好。彩線是我們童年在五月節時戴在腕子上的，左腕。紅的，黃的，橙黃，還有綠和藍的絲線編成一個環，穿在手上十分神氣，好像是從外國來的小孩兒。起先我們家不知道這個風俗，箭亭子家屬院最早戴這個的彷彿是一家滿族人。我媽下班的時候問人家：「戴這個……」

人家說：「你連這個都不知道，消災避禍唄。」

我媽很慚愧，連家都沒回，趕忙上街給我和我姐塔娜買了兩束彩線，因此我們到現在都很健康。

戴上彩線，無論跳踉作耍，常要抬腕看一下，像大人看手錶一樣。在五月節，大院裡散發著艾蒿的香氣，好像到處都有中醫。而孩子們，已經折下新鮮的柳條當馬騎，在他們塵土飛揚的屁股後面，露出一根柳葉的尾巴。我們快樂，因為這裏還有粽子等著我們。雪白的粽子裡面藏著大棗，有的粽子卻沒棗，可見大人常常很壞。把黑綠的葦葉從粽子上揭下來時，拉出長長的黏絲。

小孩兒這時會齊齊地、誇張地喊：「啊——」

有時粽子葉上還附著薑米粒，小孩兒探頭啃的時候，鼻子和葦葉間也會拉黏絲。

腕束彩線是一種儀式，正脈在此。束上彩線，無論寓意五穀抑或五行，都讓人踏實一些。而孩子們是最喜歡儀式的，無論祭祀或一件事情的開幕閉幕，都讓小孩兒歡喜與肅然。這是對平庸生活的沖洗，又像通過這件事與一種看不見的神秘聯繫在一起。我們睡了一夜覺後，早晨醒來，先看腕上的線有沒有。而看過自己腕上竟有彩線，十分振作。這件事在夢中已經被忘記了。一次，我們玩的時候，有個小孩兒突然喊：「哎呀，戴彩線這隻手有香味！」我們紛紛俯首而嗅，並用懷疑的目光互相看。不知別人嗅到了什麼，我腕上沒有香味。但都說：「香！真香！」後來，大家相互嗅，看到底香不香。在嗅到了一個外號叫蟲子的小孩兒時，有人說「雞屎味」，大夥趕忙過來嗅，無不稱快。蟲子眼裡哆嗦著淚，說「不是雞屎，是雞蛋味。」他剛吃過雞蛋，手上還黏著皮兒。但大家一致說是雞屎味。外號叫爛櫻桃的人說，「雞蛋就是雞屎變的。」大家說「對」。

蟲子的淚水在眼眶裡越蓄越多了。

玻璃

直到今天，一提起文革，我就想到玻璃。文革給我的最初印象，就是隨便砸玻璃。後來才演成這樣那樣的風雲。

那時我小，剛上學，是小別人兩歲提前上學的，跟在別人屁股後面四處看砸玻璃。盟公署家屬院的小孩兒常研究哪個機關或學校的玻璃還沒有砸。他們研究畢，一聲令下，浩浩蕩蕩去玻璃激戰。

公家的許多地方都沒人了，院裡奇怪地寂靜。這幫傢伙開始也猶豫，互相推辭，「你先砸」，「還是你先砸……」不知是誰，一磚頭飛擲過去，「噹啷」的粉碎聲震響。他們像兔子一樣掉頭跑，跑到沒氣力，遠遠觀望是否有人怒罵追趕。沒人，慢慢回去，一通亂砸，把所有的玻璃砸得粉碎。

這情景與電影裡納粹的做法很相像。

砸過的窗户如同呲著一口口獠牙。更弱小的孩子用小石子飛擊「獠牙」的碴兒，「叮叮」，並不礙什麼。

看他們砸玻璃，我心裡「咚咚」跳，即害怕又興奮。每次想砸都不敢。我想到磚頭從手裡飛出去，落在玻璃上，「噹啷」粉碎，心就縮緊。而且，當第一聲爆響我們掉頭跑的時候，我都認為有一隻鐵鉗般的大手會從背後捏住我們的細脖梗，罪惡感遍佈全身。但每次都沒有這樣的大手。而在「沒有」的欣慰當中，似有更深的焦慮。

有一陣兒，看到一處單位的玻璃完好，竟有視覺上的不適應。定睛看，這是一家軍人站崗的院子，才釋然。

碎玻璃的事件，隨我上小學開始就開始了，到中學畢業還沒有結束。我現在回想畢業時的赤峰二中的校園，雖然並非所有玻璃都是碎的，也並非所有的玻璃都沒碎。那是在一九七五年。

還有一件事跟玻璃有關。一九六九年冬季，風傳蘇聯人就要打過來了，經赤峰進攻北京。那時，赤峰街家家户户的玻璃都用紙條糊成「米」字型，放眼看去，另有一番景象。有人説盟醫院的玻璃不糊紙條，代以膠帶。我們結隊參觀，是膠帶，看人家多文明。家屬院有一户姓蔡的人家不糊「米」字，是「十字」。我們看了不順眼。後來聽説他家地主成份，是天主教徒。民兵來了，訓斥：「你想用十字作暗號嗎？蘇修來了不炸你家。」老蔡家嚇得趕緊糊成「米」字。為什麼糊「米」字？街道説蘇聯人的炸彈遇著「米」字就不響了。我們聽了興奮。

過了幾年我才明白，「米」字並不避彈，而是在爆炸氣浪的衝擊下，玻璃碴兒不至橫飛。關於赤峰的備戰，還有一種說法，說是赤峰若被攻佔，北京就要失守。我們深為赤峰的戰略地位而光榮，如果有北京人見了我們客氣，也不為過謙，我們會大度地拍他們肩膀：放心吧，一定死守我們赤峰，沒看家家的玻璃？米米米，多麼肅正。而又說，赤峰之咽喉在以北四十里處的木頭溝。此處不保，赤峰則不保。此話讓人生氣，木頭溝算什麼玩意兒？籍籍無名卻把握赤峰甚至祖國心臟之安危，我兒時為此深感不安。所幸蘇聯人未敢擅入，否則木頭溝一帶必有激戰，此地也如珍寶一樣榮入史冊。現今則可開發「木頭溝一日遊」與「木頭溝啤酒」，不致凡庸。

許多年過去了，生活處於玻璃完好與不必糊「米」字的時代。然而無論何時何地，我一聽到玻璃的爆碎聲，心裡都會縮成一團，半天才呼出一口氣。我不明白為什麼恐懼這種聲音。

雖然我早已是一個成年人，雖然現時是一個和平年代，雖然我不斷提醒自己文革已經過去了三十年，但發現自己的內心深處仍在懼怕文革，非常地懼怕。當年，在砸玻璃之後不久，我家就陷入了滅頂之災。

櫻桃是彎彎的手指

夜雨之後，紅磚通道在桑園格外觸目。磚是老磚，被光陰蝕出孔眼，製成硯一定發墨。幾株青草，沿磚縫蓬張，把紅磚間隔成一個個小網球場。那些草在風裏招展腰肢，俯首讚歎被雨水耐心刷了一夜的磚道的清潔。

我蹲在磚道旁，拂下青草的露水，洗手擦臉。過一會兒，瓢蟲、螞蟻要來這裏散步，這是一條假日皇冠大道。

小時候，我也砌過一條青磚的通道在平房的院子。

我家住的地方原來有地藏王菩薩廟，文革時拆了，磚積如山，為通道材料。從紅松的障子到屋門口只有幾步。我把障子讓改了，使之距門遠，可砌通道。雖然當時我只有十歲，竟懂得兩大美學道理，一是看出青磚宜於發思古之幽情，二是把通道砌出兩個漫彎，製造曲徑。但我爸爸不按「曲徑」走，幾步直抵家門。

這條通道花了半月時間弄成，路面並非平鋪，有各種錯落的形狀。它與院裡的櫻桃樹以及屋檐下的燕子巢構成與外界恍如隔世的情調。櫻桃樹削長的葉子，似美人的眉，倘有風，又簌簌如鏢。燕子每日從巢裡飛去來兮，雨天尤勤。它那優雅的俯衝，常令人感到燕子徑直衝向我家紅箱子頂上的鏡框上。磚道渾穆，尤其在古銅的夕陽斜罩於我家的煙囪和窗户時，灰磚上灑滿被樹枝篩碎的金光，寧靜從我家向四外擴散。櫻桃從樹上探出頭，像一根根彎曲的手指。

這些使我得意，以為距藝術不遠。但我父親對此無動於衷。他上班時臉色蒼白，腳步踉蹌著。後來他被關押在單位，開始由我媽送飯，後來我送。那時，常常傳來消息，說有人從大煙囪跳下、上吊或觸壁而死。每天傍晚，我坐在清靜的通道旁等母親下班。從她進院的表情，我就知道父親是否還活著。

第五輯　蒙古

伊金霍洛那邊

坐在右面的是蒙古長調女歌唱家阿拉坦其其格，她彎曲的唇線深藏嘴角，鼻直，舉止有大歌唱家的包含矜持。從她向右看，宴會的圓桌齊坐內蒙廣播合唱團的演員，邊上一桌也是。團長黃斯欽坐在我左邊。

從他們的相貌上，我已約略看出誰是呼倫貝爾人，誰是錫林郭勒人，誰是城裡長大的蒙古人。演員多數從牧區直接招入團裏，一望即知。並非說他們愚鈍，而是氣質有異外人，像黃河的冰和冰箱的冰不一樣，他們鎮定、單純，有一點茫然。

這是在酒店——呼和浩特中山路蒙古餐飲店的一次聚會，我剛到達。窗外街燈亮了，像一束束捲上去的白玉蘭花。酒店門口的音箱播放德德瑪《父親的草原母親的河》。兩排蒙古姑娘夾道迎迓食客，一位戴貴族頭飾的高個兒女孩引請上樓。

酒杯斟滿，黃斯欽致歡迎辭後，該我表達謝意。我迷茫，找不到話。語塞的原因是話在心裡說了好多遍，它們盤成一團，抽不出一個頭兒來。在飛機上，我俯瞰土默特川的耕地，一些南北壟，一些東西壟，像梳子拼在一起，臥藏雪線。這是我的出生地，我父母的青春在呼和浩特度過，那時文革還沒有降臨。在內蒙古軍區家屬院的傍晚，我被喜歡小孩的鄰居抱來抱去，傳到包括蘇軍顧問太太的手裏，姐姐仰面盯著，怕我被別人偷走……

「唱一個歌吧。」團長說，他請對面的一位姑娘。「這是烏雲舒都，唱長調」。

烏雲舒都起身，脫掉蔥心綠的羽絨服，拽一拽桃紅毛衣的後襟。她向阿拉坦其其格請教曲目。阿老師說了句什麼，我沒聽清，烏雲舒都神色自信，演唱。

蒙古長調，並不是節奏上的散板。在貌似平直的旋律線上，演唱者用獨有的行腔方法讓樂句搖曳多姿。長調的歌詞都不多，一般是一兩句話，如「孤獨的白駝羔饑餓難當，在夜裏哭泣」。演唱者變化的聲腔把每個字用彩綢密密包裹起來，或者說把每個字擦一遍放在那兒，像從石榴的心裏剝出晶瑩的紅籽，似感歎不盡，乃言有所歸。歌中每一句都像起句，又與上下句鎖鑰相合。長調的慢，實如一個人試圖伸手摩挲天邊的彩虹，從彩虹的根礎摸起，感覺手裡攥滿了雨水。歌罷，烏雲舒都落坐，我仍恍惚。大家看我，他們的面孔閃閃發亮，露出兄弟般的溫情，因為在傾聽中我流下了淚水。這首蒙古國的歌曲唱道：親人分別，思念追隨一路，到山坡，到路旁，到很遠的地方。

烏雲舒都表情平靜，好像忘記了剛才的歌唱。而我奇異，這首歌她怎麼唱得出來？帶著那麼多莽莽蒼蒼的資訊，像列賓筆下伏爾加河的風情畫。也許我睇視入神，她疑惑，以為唱錯了什麼。

後幾天，我赴伊金霍洛旗祭拜成吉思汗陵，寬大樸素的陵園，松柏鬱鬱，黃土藍天。我們拾階而上，過緩步路面，再拾階上行。中軸線的石板間隙隔不遠露一鐵環，繫紅布，色澤新鮮，沒有腳踩的汙跡。我本想回頭看身後景致，看能看到多遠的地方。沒回頭，我第一次來，頭一直對著大殿的方向。那天沒風，天全都是藍的，耳邊卻聞聽風拂枝葉，埋伏和聲。樹的、草的低吟，穿插錯落，又讓我聽到合唱。廣播合唱團有一首男聲八重唱《聖主八駿》，歌詠成吉思汗的八匹黃驃馬。歌聲唱起，像黎明的草地上包抄白霧。歌者目光睃巡，是牧人找馬的眼神。蒙古馬不像國畫的馬那樣肆行，如河魚破網。草原的馬，奔跑也安然，眼神寧靜。帶草香的風吹到它身上，馬搖搖頭頸，悠然回首，清澈的眼神在垂下的長鬃間一亮。《聖主八駿》在藝術家的吟唱下，於天蓬地角絕塵而過。演員的眼睛慢慢變成了馬的眼睛，遼遠凝望。八個人變成了八匹馬，氣流撲額而來，道路在眼前分岔，滑往兩邊。灌木模糊了，白雲躲到山後，露一線袍角。八重唱的演員原來是牧民，或在牧區長大，熟悉馬。當左手挽住繮繩，右手扶住鞍子的時候，馬轉過頭，用筆直的鼻樑對著你，長睫毛一閃一閃。歌唱家盡情讚美成吉思汗的八駿，把聲音所能夠描摹的金絲銀線、珊瑚玳瑁放置駿馬背上馱走。他們的歌聲是層層疊疊的哈達，在風中飄揚。

進大殿，成吉思汗白玉雕像的背後鋪展巨大的蒙古帝國版圖。一起去的友人讓我居中，伏地叩首。我頭一接地，忍不住淚下。腳邁進門坎的時候，腿抖，身子放不住了。在路上，心情原本平靜，我們說說笑笑，目接山川。進大殿，我的淚水未經辛酸和委屈，卻搶先跳出來撲在地上。

關於祖先的一切，歌中有嗎？抓一把泥土，不知道是不是當年的土。拍樹幹、望天上的流雲，都像是現代的東西。在歌聲中，我回到雨後的草原。鏞一般沈綠的濃雲垛在山口，如伺捕的獵手。勒勒車的轍印在草地上反射白光。我嗅到蓬勃的草香、馬鞍皮具和稀牛糞的熟悉氣味。在無伴奏合唱《金色的聖山》裡，合唱隊員們在氣息中一個扶著一個攀上山腰，領唱破雲而出。阿拉坦其其格的領唱像一線陽光，明亮的豈止是音色，氣勢如虹。順著這線陽光，可以到達錫林郭勒草原，採摘雨後的鮮花。雨才歇，這些花不知什麼時候開的，像山坡上的呼喊。藍色彎瓣的花，沈靜微笑，而紅花如哈哈大笑的精靈，一直笑。

歌聲止。那一次聽演唱是聚會，歌聲停止後，桌上的東西變得很陌生，魚啊、牛肉啊，還有芹菜、菠菜。不知它們什麼時候來到了這裡。歌聲消失後，有那麼一分多鐘氣氛閉塞。美的東西突然消失了，讓人不安。像魔術家把綢子變沒了，大白鵝和鯉魚也沒了。在桌上，人們面面相覷。

有一匹白馬在成吉思汗陵徜徉。可汗辭世七七七年以來，它一直在這裡陪伴。

馬死後，人們像尋找轉世靈童那樣，找到它的現世。蒙古人見到這匹白馬，便把前額貼伏過去，白馬深吸一口氣，是為祝福。馬在山坡、叢林間嬉戲，那天，我們沒有遇到它。但我好像見過它，白馬的身影、走路的樣子早就印在腦海裡面。我覺得，如果這時響起歌聲，比如《四海》、《天上的風》或者《諾恩吉亞》，馬不一定會從什麼地方走過來。在廣播合唱團的藝術家面前，我不敢唱歌，他們得過國際奧林匹克合唱大賽的金獎。紮格達蘇榮原來是個馬倌，現有「歌王」的美譽。演唱前，他的手好像不知往哪兒放。歌聲從嗓子裡出來之後，紮格達蘇榮的眼神像從冰中融化的金魚那樣活動開來。蒙古歌的歌詞樸素簡單，有的時候，歌聲只是一個消息，是捎給家人的幾句話。丁赫爾紮布是傳說中的將軍，他作戰負傷，臨死前讓衛士給自己的母親帶去口信。他說：

「我當上了蒙古騎兵的萬户長，是一個大將軍呀。領十萬大軍打仗的都督元帥，是您的兒子啊。」

「我從一千匹駿馬中挑選出來的黃驃馬，讓它回歸草原吧。我深深愛過的媳婦，讓她改嫁吧。」

這就是《丁赫爾紮布》的歌詞，聽過讓人目瞪口呆。是誰在臨終之前如此榮耀？是丁赫爾紮布。但細想，榮耀後面的臺詞是勸慰母親勿要心傷。一個叱吒風雲的大將軍，臨終也不過三件事，媽媽、馬和妻子。馬回到草原，妻子改嫁，丁赫爾紮布像灰塵一樣土崩瓦解，母親兩手空空，只有憂傷。

紮格達蘇榮演唱的這首歌，豪邁與無助攪在一起。世事無常，風雲翻捲，一首將軍令，勾畫出一個人的一生。現在沒有這樣的歌詞了，正如找不到丁赫爾紮布這樣的人。

有一首歌唱道：

「雨過天晴的草地
開著金針花
白鼻樑的牛犢
舔著露珠回家

白蓮落地的山峰
披著藍色哈達
鬃發飄飄的馬群
背著落日回家

無論秋冬春夏
無論風吹雨打

氈包的門前
站著盼兒的媽媽」

丁赫爾紮布的媽媽在聽到兒子的口信後，會被榮耀打動嗎？她不要萬户長，只要自己的兒子。

在成吉思汗陵前，山坡長滿灌木，延伸到寬闊的河道。我等待白馬在視線中出現，等待。歌中唱道：

你眷戀鄂爾多斯的草場
睫毛俊美　心性純良　身姿挺拔
你傾聽守陵人的祝辭
漫步山川　目光清澈　蹄如蓮花

你夢見蒙古大軍的陣營
旌旗蔽日　飲馬黃河　征戰西夏
你仰望聖潔的蘇力德
氣息靈慧　長鬃迎風　神遊天涯
成吉思汗陵的白馬
歷經七百七十七個冬夏

轉世歸來　陪伴可汗
是馬中的神馬

我們點亮銀棺前的酥油燈，為聖主俯獻哈達、白酒和茶磚，領受守陵人的祝辭。未了的心願是沒看到白馬。這匹神馬不知所終，上車後想一想，才知這是一個懸念，我還會來。

蔚藍色的雞年

往寶音霍達方向走，路過一個村子。從山坡看，村子像一個小盆景。幾棵樹，下面有石頭。「石頭」是白色的屋頂。進村，見碾盤傾斜，多少年沒碾米了，石滾下方的溝槽有青苔。井邊上站一頭黃牛，身體向西，頭轉南，一動不動。有老漢曬太陽，見我過去，拍拍身邊，用手掌拂上面的土，讓我坐。拂去土，下面還是土，我坐。

「歇歇吧。」他說，這是牧民對外鄉人的款待。「你包裹裝的什麼？」問得有意思。我回答，「跑步鞋，換的衣服。」

「你走這麼遠的路，還要跑步嗎？」他看我鞋和褲子上的土。

我沒言語，走和跑步是兩回事兒。

「你應該帶上繩子，出門，繩子有用。」

說完他沈默，我鬆開鞋帶。往西看，河流不結冰的地方，水色似黑，而冰上的舊雪被冬陽曬酥了，孔洞上落著沙塵。

「我看過一個人。」老漢說，「用燒紅的鐵條紮進西瓜裏。」

有這樣的人？瘋子吧。

「是個孩子。」

噢。

「我見過洪水從高高的山上衝過來，從山頂上捲下來，前面的浪頭像成千上萬的野獸奔跑……」

他轉過臉看我的反應。老漢眉峰隆起，鼻樑直，顴骨是圓圓的，牙床塌陷了，鬍子有尖。他有七十多歲。

「我一生經歷了很多事情，你呢？」

我搖搖頭。

一群羊從村口走過。羊步幅小而快，光看腿，也有奔騰的意思。它們擠在一起，低頭走，頭羊在前面看路。

羊群走遠，老人說：「人活著，有人像斧子頭的一片楔子；有人像門上的折頁；有人像舌頭，餓不著凍不著；有人像馬蹄的鐵掌；有人像火盆裏的灰。你看上去有一些憂慮。」

「沒有。」我說，「我的生活很平靜，沒憂慮。」

「可你眉心聚攏，在想一件事。你是幹什麼的？」

「我寫東西。寫不好，眉心著急了。」

「寫詩嗎？」

「寫過。」

老漢說：「你應該讀《格薩爾王》，沒讀過嗎？一看你就沒讀過。不讀《格薩爾王》，寫不出好詩。你聽：

你們在有岩石的曠野圍獵，
你們捕獲黃羊、野驢。
你們為分黃羊和野驢的肉，
相互砍殺、分裂。

這是德・薛禪對俺巴汗的十個兒子說的話。對合不勒可汗的七個兒子，他說：

他們在有浪濤的河川圍獵，
他們殺死雉雞、野兔。
在分雉雞和野兔的肉的時候，
他們相互祝福，然後散去。

這些詩像一頂鑲著瑪瑙和珊瑚的狐狸皮帽子那樣漂亮。你能念念你寫的詩嗎？」

「我記不住。」我忘了寫過的詩。

「這是不應該的事。你讀過什麼詩？」

「杜甫的詩。」

「他是誰？」

「唐朝的漢族詩人。」

「唐朝？讀一個你不瞭解的人的詩，對你沒什麼好處。他長什麼樣子，他愛做什麼事，他喜歡什麼樣的女人，你不知道，就不明白他在說什麼。」

沈默。翻滾的雲團從淺藍的山巒後面上升，像帝王龍椅背面斜支的大扇子。東面白花花晃眼的一片是沙漠。一群羊從山坡下來，像攤開一小塊布。

「從東邊呀看過去，雲朵茫茫
這是千萬隻鳥兒唱歌的地方
老虎和獅子跑過來跑過去
這是家鄉的山岡」

老漢唱歌，他穿的藍布舊棉襖，袖口一圈開綻，露棉花。這首歌叫《吐固勒吉山》。

「從西邊呀看過去，雲朵茫茫
這是千萬隻鳥兒唱歌的地方
老虎和獅子跑過來跑過去
這是家鄉的山岡」

還有兩段歌詞，從南邊和北邊看過去，其他詞相同。

「為什麼從四個方向看過去呢？」他問並答，「因為家鄉的山，我們看不夠。人這輩子就是從各個方向看山。從四個方向看，就唱四遍。歌這個東西，一遍是唱不夠的。」

一遍唱不夠，像在喇嘛廟點亮酥油燈，再點一盞，又一盞。

俄而，他看自己的手，看手心，再看手背，說：「我的手。」

他雙手握在一起，像石雕，像兩條樹根從地下長到了一塊兒。

「我……」他左手對著自己的臉，放下，伸右手，「這隻手，掐死過一條一歲半的狼，能撅斷茶缸粗的樹，摸過女人乳房。」

手和乳房放在一起，真是詩。

「好啊！」他說，把手塞進腿間，問：「你帶了什麼禮物？」

我從包裏翻出甘草杏、牛肉乾和創可貼。他挑一袋甘草杏，我送兩袋，他不要。

他從懷裏掏出一樣東西送我。

一只用木頭雕刻的公雞。硬木，一刀一刀削成。翅膀和尾巴用另外的刀，爪子上的紋用更小的刀。公雞身上塗藍色，像鋼筆水，冠子染紅。

我雙手接過。他把手罩在公雞上，說：「按蒙古曆，今年是藍色的雞年，能帶來好運。」

我謝過，起身走了。過一會兒，聽到歌聲，沙啞，高音用細嗓子代替。回頭看，老人用兩手抱著膝蓋，身子前後搖晃，對著對面的山歌唱。

銀老師

銀老師進屋背了兩把四胡，一大一小，取下輕輕靠牆上，轉過身笑。他兩臂不直，拳微握，這是一個農民謙恭的體態語言。路上，黃斯欽介紹，他是哲里木盟的民間藝術家。

坐下，銀老師笑瞇瞇看大夥，紅寬臉膛，有點淺麻子，五十多歲。人說：「銀老師的樂器是自己做的。」

他伸左手食指，「木匠」。

食指上方少一截，斧子要不電鋸弄的。

東道主介紹在座的人，電視臺的，什麼什麼的，銀老師回應「嘛——」，聲音輕，朝裡吸氣，這也是東部蒙古人表達謙恭的語態。

「拉一首作品吧。」人說。

銀老師從布袋子取出小四胡，眉毛抬抗皺紋，仰面想。實際不用想，曲子多了，這是客氣。

四胡音色飄蕩，喧鬧佻巧，不能說它音色不純淨。多弦的音色適合再現東蒙風情，我是說廟會啊、喇嘛啊，燒酒綢緞羅列，皮襖馬糞串味，四處浮動喜洋洋的面孔。四胡是蒙古說書的伴奏樂器，其調不悲。銀老師邊拉邊唱，用「煙嗓」。和邁克・鮑頓的煙嗓不一樣，和單田芳的煙嗓也不同，他宗師東部偉大的說唱藝術家孫良。孫良是內蒙廣播藝術團的前輩，已去世。他在哲里木盟、興安盟家喻户曉。銀老師唱：

「老哈河的岸上，馬兒拖著閒韁，
性情溫柔的諾恩吉婭，嫁到遙遠的地方。
海清河的岸上，馬兒抬頭張望，
性情嫻淑的諾恩吉婭，嫁到遙遠的地方。」

諾恩吉婭是敖漢旗人，大户之女，靜雅嗜讀，嫁給翁牛特旗一個富户，生病早歿。一匹伴嫁的黃驃馬跑回故里，不歸群，每天在老哈河邊徜徉。最早，這首歌由馬倌唱開。

「駕馬轅子車，走也走不到的故鄉，
黃翅膀金雀，飛也飛不到的故鄉。
套大輪子車，趕也趕不到的故鄉，
藍翅膀孔雀，落地落不到的故鄉。」

就歌詞（準確說，叫本事）而言，嫁了死了，是悲情。而歌經一代一代的傳唱，趨於美，而脫離悲。銀老師行腔吐字著力雕琢，一心造成戲劇性氣氛。他胸腔做出的聲音有點扁，剛好和四胡的嘈鬧對應。民間藝人都擅用大小嗓。銀老師小嗓（假聲）嘶啞，像吸煙造成肺不張的喘息，呼吸醫學叫「濕羅音」，而他不吸煙，這是上輩子傳來下的技藝。你想像，冬夜熱炕頭的背後，玻璃織染霜花，一屋子男女聽藝人演唱。瓷碗紅茶、荷包飄帶，牆上花花綠綠的年畫，全是演出的場景，琴歌盤旋飄蕩。東部說唱長於描摹風物，刻劃人情。唱段由四胡一弓子一弓子拉出來，每句話都餘音嫋嫋。

「武裝其日格（軍隊）哈夏（向哪裡）耶波路（走）浩（尾音）……」

銀老師唱到高音，像以三根手指拈一朵小花給人看，聲息漸絕，四胡接續把此音拉全。大嗓（本嗓）用於念白、議論、鋪墊背景和再現人物對話。說和唱，像四胡的雙高音弦和雙低音弦一樣，調合歡心悲情、廝殺靜思、馬與人、合與分，繁花蕭條，盡現弓弦。

銀老師大四胡的琴筒是紫檀木，琴桿烏木；小四胡黃花梨木，裝嵌骨頭雕花。他拎琴的時候，看它左左右右，像剛做出來。他看人是看觀眾。對藝術家來說，全世界的人都是觀眾。我們降生到世界為聽四胡，他降生為拉四胡。至於唱過聽過，人各自去幹什麼，就不去管了。銀老師說，他七、八歲的時候，聽說唱入迷。父親說，你不要打鬧、不要亂跑。銀老師說，如果讓我不打鬧不亂跑，唯一的辦法是學四胡。銀老師八歲起追隨說唱藝人遊走四方，拜師偷藝。他看別人做四胡，一遍就學會了這門手藝。

他伸掌摩挲半面臉龐、拉直嘴唇噍唾沫，一如割莊稼、圈羊的農民。這樣的人在甘旗卡、伊胡塔、大欽他拉一帶隨處可見。他演唱時分，臉上放光，有飲酒之相，微醺陶然。別人說話，他木然。可能沒聽，也可能聽不懂。輪到他，就說：「琴這個東西，你對它什麼樣，它就對你什麼樣。」

他一直在心裡跟自己說話，沒加入別人的話語河流。在一段作品前，他要加一個「小帽兒」，這不是二人轉演員上場為吸引觀衆設的「小帽兒」。他講哪年、多大年齡、跟誰學的這個唱段，說明冬天夏天、穿什麼衣裳。

他說，「《雲良》是我在裕糧鋪學的，跟我師傅，他是阜新人，姓王。那時候我十七歲生日才過三天，草剛長起來，羊還吃不上。（唱）春天啊，春天的鳥兒在歌唱，女兒在他鄉，眼裏滿含淚水，想你好悲傷。」

《雲良》是一個女孩的名字，思念母親。

銀老師有三種表情。演唱的時候，除了剛說的微醺之相外，還有誇飾的意態，甚至不自覺扮一些嫵媚。這麼一張臉，笑意像一層清水沖走了皺紋；像面對火盆的臉，亮亮堂堂。第二種表情，是他說到學藝，顯見回到十二歲少年的時光，好奇多動、滿眼天真。演唱者的嗓音表情是這個少年的化身，演員在演自己。第三，銀老師進門和吃飯時，是一個五十多歲沈默的農民。好像說，他不得已進入五十歲，不經意成為農民。年齡身份和他的藝術沒有關係。

四胡，古代叫奚琴，蒙古人叫「胡爾」，清代律呂書稱提琴，可能因為演奏者提著琴進屋名之。北方的說唱藝術，如京韻、西河、時調都用它伴奏。嘈雜，是說它拉不出單一的音色，像獨奏樂器。胡琴的「胡」字，已透出北地孤涼。聽二胡齊奏，像幼稚園的孩子唱歌，不是不齊，是每個人都在獨唱。四胡用四根弦襯托歌者的嘶啞歡樂，雖然沒有板。它以運弓打節奏，以頓銼和停頓分出快慢板。像聽二胡要在夜裡聽，太陽初升聽二胡總有點不對勁，聽簫之夜比二胡還應該深。四胡不同，宜於傍晚聚眾欣賞，屋裡不妨狗兒亂鑽、人打噴嚏、孩子叫鬧。四胡和這些鄉居之音怡然相處。由於說的多是舊時人事，又有高古之意。一首歌說廟會，唱道：

「前面呀傳過來碾碎的草香
是誰把夏營地氣味帶到身旁
撥開呀眾人群往裏面看哪
（看什麼？）
有一匹紫騮馬儀表堂堂
紫騮馬儀表堂堂

帶我去摘一朵海棠
後面呀傳過來清脆的嬉鬧
是誰把海棠花香帶到草場
撥開呀衆人群往裏面看哪
（看什麼？）
有一位大姑娘笑聲朗朗
大姑娘笑聲朗朗
比海棠花還要漂亮」

後面還有幾段，好多段，風情活現。在西方音樂裏，這種體裁相當於嬉遊曲（義大利文：Divertimento），連續不斷地演奏下去，也指為社交場合而作的一組舞曲。銀老師的四胡說唱和社交沒什麼聯繫，一屋子大姑娘小媳婦推搡打鬧就是社交，沒人戴銀色波浪式假髮，也沒人穿燕尾服把手背到後腰跳小步舞。銀老師聽說我是後旗（科爾沁左翼後旗，甘旗卡）的人，告訴我：

「你們那個地方是薛仁貴東征路過的，用黃金修一個七層寶塔鎮住了妖魔。」

然後唱：

「薛仁貴征東嗚

經過了博王旗……」

博王旗即後旗，我老家。我老家過去有妖魔嗎？銀老師的說唱，等同於後旗的鴻蒙開篇，他啟示我。我在想，老家那個地方流沙蔽地，還有唐朝的黃金塔？一定被沙子埋在了什麼蘇木或什麼嘎查。

銀老師把每個人和每個地方用故事串起來，拔出你的根給你看。如果你來自一個他沒聽說過的地方，比如廣東四會或安徽六安，他便沈默，拇指撚食指的繭子、中指的繭子、無名指的繭子，次序撚轉，目光茫然。

演唱間隙，銀老師說：「哎呀，要不穿上衣，要不穿褲子，不能一起穿。」經問，知他穿新衣不能一塊穿出去，身上難受。小時候苦，所以他說「哎呀」。

銀老師被作曲家永儒布從哲里木盟請到呼和浩特，租一間房住，為內蒙古藝術學院的學生講課。他的好東西快散遺了，學生們能學多少算多少。銀老師的名字是銀珠爾紮布，或銀丹紮布，我沒記住，總之是藏語名字。

波茹萊

波茹萊，別哭啦，
山丁子樹長在南山西邊，
爸爸用它給你做了一個搖籃。
漆黑冰冷的夜裡，
媽媽起來，抱著你餵奶驅寒。

爸爸呀，媽媽呀，
波茹萊，你不要哭個沒完。
媽媽，你在哪裡啊？

這是一首姐姐唱給妹妹的蒙古搖籃曲。讓人心碎的是最後一句詞，它突然脫離了主體，如絕望的呼號。聽到最後才明白，姐妹都是孤兒。

波茹萊是妹妹，不停地哭著，姐姐用「搖籃」和「奶汁」這些溫暖的詞勸慰妹妹。唱歌的時候，夜一定很冷，沒搖籃也沒奶汁。唱到最後一句，如同姐姐「哇」

地哭出聲來。

波茹萊失去了母愛，姐姐用自己的懷抱帶給她母愛。到後來，她也陷入沒有母愛的恐懼中。姐姐其實比妹妹更苦。

父母之愛如果消失，就像本質的大東西沒了，像山沒了、土地沒了、井裏的水沒了。沒了，誰也弄不回來。

綿羊似的走馬

「我的走馬步伐像綿羊一樣柔和。」

這是一句蒙古民歌的歌詞，第二句是什麼？結束了，就一句。

多好，就一句。我在內蒙廣播藝術團的排練室聽紮格達蘇榮演唱這首歌，層疊委婉，好月破雲。好像他的嗓子是弦，我成了共鳴體，是我傾畢身之力幫他唱完。或者說，我和紮格達蘇榮騎馬走了一遭，見證了這匹好馬。

我試著在心裏續上第二句詞，比如「它（走馬）……」，找不到第二句，怎麼安也安不上。才知，這首歌在世上並無第二句詞，所有的話都被說完了。

續來續去，我把續詞的事忘了，想那匹馬。走馬的前後蹄左右交錯行進，是藝術之步伐，訓練得來。每一匹走馬的步態都不一樣。越穩越讓主人自豪。徐悲鴻、尹瘦石所畫都不是走馬。我在皇姑田徑場跑步時，看幾個小孩練競走，大幅度送髖，膝帶動腳腕。我看這些小崽子走，紮著肩，臉紅撲撲的，想到了走馬。可惜他們沒看過走馬，也沒聽過這首歌。

走馬走起來多麼漂亮，它的力量不在腿上，在脖頸上。那是經過節制的力量之美，乾淨利索，像一位樸素的藝術家，如鋼琴家霍洛維茨。

把馬說成羊，並非貶低了馬。綿羊多小心，像賢妻良母一樣生活。它從草地走過，怕踩壞了草。馬是唯一參加作戰的動物，勇猛無雙。而馴為走馬，從此一生只按一種步伐行走，順迎主人，是謂仁。如果誰有綿羊般的走馬，就有了一匹百裡挑一的坐騎，心曠神怡。

我想起作詞家，想起伊金霍洛一個蒙古包前高高的牌子——斯琴大酒店，想起有一匹供旅遊者騎的黃馬慢慢低下頭，嘴碰到草的時候停下，聞了聞，又抬起頭。

只有一句詞的歌到底是怎麼回事？我想，就像戀愛的人赴千萬里相見，期間百句話在肚子裡折個兒打架，一句挨一句傾訴，見面就剩一句話，或無語。有一首女聲三重唱叫《好看的黑色走馬》，無詞。不是樂曲無詞，是歌曲無詞，但有標題。這才叫神韻。我兒時讀過葉夫圖申科的劇本，叫《紅莓》，男主人公從監獄出來，和戀愛的女人見面（沒見過面）。

他說（第一句話）：這是我。

她回答：而這是我。

多好。「我」前面還有「這」。女人說得更妙，重覆了他的話，又加一個「而」字。真好。但不是無意重覆。他在說他，她在說她。

這首歌的標題叫《綿羊似的走馬》。詞比標題多了三個詞：我的、步伐、柔和。這是蒙古人從千萬句話裡選出的一句話，獻給馬。馬聽了會多麼高興。

記憶

我每當聞到新鮮的牛糞的氣味時，內心世界立刻回到了七歲那年的夏天，完整而清晰。大舅照日格圖的三間房子，屋頂的柳條苞顏色金紅，稀泥從縫隙裏要淌下來，但已經乾了，泛白。他們家的狗、母雞、貓、洋井都是一個，貓和狗始終向外張望。

那是我第一次到草原，當夕陽戀戀不捨地退隱之時，牛羊低著頭朝家裡走，西天有幾塊雲彩像呼喊一樣明亮。那時我第一次體會到憂傷，剛剛體會到世間有一種沒有理由的哀痛，彷彿有人傷害了你。於是不願意走進燈火處，憤恨喧嘩和歌唱的人，在山岡上站著，直到天黑。

當我回憶與敘述這些情景的時候，如同虛假。我回憶我的許多往事都感到它們是不可能發生的，無法相信，而氣味會告訴心靈，所有往事的真實。

與之相反，我在遇到一些事的時候，會「發明」一些氣味，與這些事共同貯存在記憶裏。聽莫札特的時候，我會想起雨點的氣息，潮濕的、伴有「滴答」之聲的寡淡，有些甜。我常常說我不喜歡莫札特，特別是在運動後大汗淋漓的時候，看到老人摸索著磚牆走路的時候，看到找活兒的民工抱膝坐在路邊，後背鹽漬斑斑的時候，一放莫札特的曲子，就覺得他的精美甘醇毫無道理。但我發現，每次放莫札特的時候，我心中有一個地方在悄悄地偷聽。如果說這個「地方」是許許多多的「我」的一個的話，他敏感、整潔、多疑、懦弱，躲在重重房間的最裏層。他偷偷地聽，並流淚。因此，我又奇怪，為什麼別人說我不喜歡莫札特呢？雨水像時間一樣到處都是，悄悄填平路上的坑凹，使屋頂的紅瓦十分醒目。

聽巴赫的時候，我想起麥浪的馨香，有稭桿的甜味。麥子整整齊齊地站在平原，雲的黑影不斷從上面降落並升起。尖銳的麥芒長在麥子身上竟很和善。麥浪使空氣暖哄哄的，使人想站在麥浪的岸上脫帽致敬。麥子和巴赫都充滿天意，樸素到無懈可擊的程度，則可以輝煌。數學家巴赫，母親和父親的巴赫，農夫與皇帝的巴赫，像麥子一樣無邊無際地生長。

而我不怎麼聽貝多芬的原因，是找不到與之契合的氣味。他的作品常使我目瞪口呆，像海水一樣博大喧嘩。我不熟悉海水的氣味。

騎馬聽歌

他們臉上藏著很深的東西，不是智謀心機，而像岩石那樣的表情，對訪客輕輕地看一眼，就不再看了。訪客是我們，拜謁五當召喇嘛廟的俗世人。

到五當召的時候，天擦黑，窪地顯出積雪的亮光。吃完飯的小喇嘛背書包去上課。他們紫色的僧衣和寺院白瑪草摻泥而成的暗紅外牆同一。小喇嘛們十四、五歲。一位倚柱子打ＩＰ電話，用蒙古語。這時，他腰裡手機響了，莫札特的四小節樂曲。另一個小喇嘛和當地孩子勾冰玩兒，把一塊冰用腳往自己這面勾，像盤球。一會兒，打電話和勾冰的小喇嘛安靜下來，看我們。我們看他們。我想從他們臉上看出想家、學習藏文和寺院生活留下的痕跡，看不到。他們神色童稚，像小孩子一樣東張西望。

接待我們的三位「大喇嘛」也只有二十多歲，一位是住持，僧衣袖口半尺滾金。他們眉眼深處藏著東西，彼此明白，咱們不明白。同行的人說，喇嘛相貌好啊。他們英武又柔和，臉上沒有遲疑、迫急這些「生活中」的人們常見的表情。在佛堂，我們坐好，聽喇嘛誦經。藏語的經文高低錯落，像泉水穿壁，閃著流動的光。誦經如有和聲領唱，美妙難傳。

我們去拜謁成吉思汗陵，路過五當召。它和拉布楞寺並列，同為第三大喇嘛廟。從這兒出來，心裏還有經文縈繞。打個不確切的比方，誦經像葛利高利聖歌一樣，屬無伴奏合唱，織體豐滿，鋪墊烘托，密密麻麻又頓挫有致，像巴赫的音樂。世上很多東西都與巴赫牽連。內蒙廣播合唱團有一首混聲四部無伴奏合唱：《四海》，流傳於哲里木盟一帶，是祝酒歌。歌裡所說的「四海」，指東南西北海，各海綠波蕩漾，檳榔樹的葉子在微風中飄落，親朋好友到了，喝酒吧。

有趣在，歌詞的「東海」如迴旋曲（義大利文：Rondo）中的主題 A，與其他主題相對出現。第一段，東海綠波蕩漾；第二段，東海南海綠波蕩漾；第三段，東海西海綠波蕩漾；第四段，東海北海綠波蕩漾。A 與 B、與 C、與 D 對應。東海是領導。還有，海與檳榔葉子都不是蒙古人常見之物，卻出現在歌詞裡。這首合唱的襯詞是「哲嗚」。哲嗚！哲嗚！哲嗚！他們唱起來排山倒海。這樣勸酒，酒不喝是不成了。聽說，有一幫不喝酒的環保日本人，聽說過此歌，紛紛站起來自己找酒倒上，大白盡飲，再倒上。

在五當召，我們叩拜了從頭世到七世活佛的舍利靈骨，赴成吉思汗陵。第二天早上，成陵的主殿上野鴿子翻飛環繞，它們喜歡這裡，老祖宗也喜歡它們。主殿穹窿高大，色調是藍白這樣的純色，蒙古人喜歡的兩種色彩。後來，我從遠近很多角度看成陵的主殿，它安祥，和山勢草木土地天空和諧一體，肅穆，但沒有凌駕天地的威勢。從陵園往下面看，河床邊上有一排餐飲的蒙古包，門口拴馬。天低荒漠，平林如織。此時心情如同唱歌的心情，不是唱「草原上升起不落的太陽」，而如「四季」——

春天來了，風兒到處吹，土地甦醒過來。本想留在春營地，可是路途太遠，我們催馬投入故鄉懷抱。

民歌有意思，留在春營地和路途太遠有什麼關係呢？讓不矛盾的矛盾，為歸鄉找了一個理由。

還有一首錫林郭勒民歌《聖主成吉思汗》，歌詞說：「聖主成吉思汗開創了蒙古汗國的法度規章，我們舉起金杯，大聲歌唱吧。聖主成吉思汗倡導了蒙古民族的淳樸風情，我們高舉金杯，快樂跳舞吧。」

多麼純樸。還有一首民歌《飛快的棗紅馬》，詞曰：「騎上我飛快的棗紅馬，順著山坡跑下去。可愛的姑娘索波達，挑著木桶走了上來。」這個詞，你說說，不是電影的分鏡頭劇本嗎？畫面閃回。但人家是詞，唱的就是這個。什麼愛呀之類在這裏沒有。不是說詞越乾淨越好，是說「愛」這個東西要藏著。草芽藏在泥土裏露頭張望，是愛。把「愛」掛嘴邊，大大咧咧走街串巷唱，已經不是「愛」，是吆喝。

有一次，內蒙廣播合唱團在北京中山音樂堂演出。起初，他們不知觀衆是什麼人，反正是北京人和在北京的人，唱。第一首歌、第二首歌，觀衆還安靜，響著高雅藝術場所應有的節制的掌聲。從第三首歌開始，場上嘩動，或說騷亂，人們站起來高喊點歌，有人擁到台前觀看。藝術家有些慌亂，當他們聽到衆人齊聲合唱，看到台下的人一邊唱一邊擦眼淚的時候，才明白：

——他們是到內蒙古插隊的北京知青。

北京知青聽到《孤獨的白駝羔》，聽到《陶愛格》和《達古拉》回到耳邊，終於坐不住了。他們的嗓子不歸自己管了，加入合唱。人審美，其實是回頭看自己的命運。對他們來說，遼闊的草原、冬夜、茫茫雪地、馬群、乾牛糞炊煙的氣味、蒙古語、房東媽媽，都在歌聲中次第出現，沒有一樣遺落。是什麼讓他們淚水難當？是他們的青春。青春貫穿其中，他們為自己偷灑一滴淚。

演出結束，知青們衝到後臺，不讓演員走，掣他們胳膊請吃飯。後來，大家到一處寬敞的飯店唱了一夜。

在成陵邊上，我們喝完奶茶從屋裡出來，同行的張新化請一位牽馬的蒙古老太太唱歌。她不唱，說「你們騎馬吧。」

新化說，「我們不騎馬，聽你唱也給錢。」

她說：「不行。」不騎馬，光唱歌就收人家錢，那不行。

我們說，你牽馬走，我們在後邊跟著你走，聽你唱歌。老太太不同意，不騎馬怎麼收你錢？結果是，我們騎上馬，白髮蒼蒼的老太太牽馬在前面走。年齡像我母親一樣的老太太，在沙土地上牽馬行走，唱：「西北方向升起黑雲，是不是要下雨了？我心裏像打鼓一樣不安穩，是不是達古拉要和我離分？」

馬走著，寬大的腹肋在我腿間挪移，不得勁兒。老太太邊唱邊議論「苦啊，真苦。」我以為她說嘴裏味道，後知說歌詞。她說：「親人離開親人，多苦啊！」

苦啊。我們騎著馬走了一大圈兒。老太太的歌聲在沙土地上，在灌木和乾涸的河道上面環繞。她聲音不亮，歲數大，呼吸不行了，卻是原汁原味。一隻小狗在馬前跑，離馬蹄子不遠停下，再跑，我擔心馬踩著它。它停下必抬頭看我一眼，不知道在看什麼。

雨順瓦流

他們用蒙古語演唱格魯吉亞民歌《蘇麗克》的時候，我心裏的圖畫是屋頂上的瓦。瓦搭在一起，由上而下傾斜，橫著連成一趟趟直線。瓦們扣在一起，沒有膠和螺絲，相互錯落，如合唱。無伴奏合唱的各個聲部「扣」在一起，互為樂器。西洋音樂的女高音——男童聲——高音直笛——高音薩克斯都在一個聲（樂）部上，義大利文統稱Soprano：女高音。而男高音(Tenor)是聲部最主的男聲，同時是樂器族次低的樂器，如次中音長笛、次中音低音號、次低音提琴。

西樂的五重奏既指為五個人寫的歌曲，如比才《卡門》中的《走私者五重唱》，也可以是為樂部寫的樂曲，人聲樂器相通。

瓦在雨水裡光潔新鮮，它們吸進一些水，讓更多的水流下屋檐。雨後的紅瓦像睡醒的孩子，紅潤安靜。在《蘇麗達》的歌聲中，在納木斯來、張翠蘭等人的演唱中，演員像童年的兄弟姐妹，牽著手在山坡望著遠方歌唱，遠方有盤旋的鴿子、結巢的楊樹和冬季的河床。他們的「手」是氣息與和聲。他們像拾柴的人，把樹枝扔進高高的篝火，面龐紅亮。

篝火紅焰轉白，頸子越扭越高，擋住了合唱隊員的臉。高音——中音，男聲——女聲，像從不同方向繃緊一塊牛皮，蒙到鼓上。在他們唱的時候，讓我想到剛出窯的彩陶大碗，比淚黏稠的釉滴沈重地流下來。

白雲藏匿雨意

他們從臺上站起來——這是一個半尺高的弧型排練舞臺，我以為他們要下來或者散會了。剛才我在講課，聽衆是內蒙廣播合唱團的演員。

他們站著，像等待什麼。人等待不同的事情有不同的表情：列車、戀人、股票、榮譽，一百種等待有一百種表情。不，他們的表情中沒有等待，是被等待，寧靜安祥。

「怎麼啦？」我問團長黃斯欽。

「為你演唱。」

為我？我幾乎要被嚇得逃走，現場、真聲。我和藝術家們的眼睛對視，沒有螢光屏或幕布的阻隔。許多年來，我的耳朵像娼妓一樣聽著工業弄出來的聲音，唱片與電視機。我站起來。

「坐吧。」黃說。

我怎麼能坐？一個人聽三十多人唱，我……回頭看見指揮，我擋住了她，便坐下。

歌聲響起，混聲合唱《雁之歌》。演員們穿著各自的衣服，而不是演出服。羽絨服、皮夾克、緞子棉襖，像一個人在候車室看到的人群一樣。藝術家用聲音和眼神共同攀上一處宮殿，他們常來常往之地，到處有高高的圓柱，美聲的殿堂。衆人以純潔眼神凝注一處，這是一個好地方。

「八月的深秋天氣轉涼
寒風打透了小雁的翅膀
心裏想著溫暖的南方啊
大雁列陣雲端
小雁在後面緊緊跟上」

歌聲，如果它是歌聲，就不僅是講述一個道理，不僅再現一種情境；它把我推醒了，回到童年。

「揀牛糞的媽媽
你走到哪裡去啦
兒子等你熬一鍋
濃香的奶茶」

這是一個故事的歌曲版。兒子聽説母親病重，從烏蘭巴托趕赴東戈壁省的故里。進蒙古包，空無人跡。兒子看到火盆，媽媽蓋的被子，帶雲紋的瓷碗。東牆掛藍色哈達的成吉思汗畫像。媽媽呢？衆人抬著她去水葬。她扔下這麼多熟悉的東西去了另外的地方，兒子寧願想像媽媽蹣跚著，到西邊的草場揀牛糞，一會兒就回來了。

他們唱著，用眼光珍憐地撫摩歌裏面的東西，我不禁踟躕，不禁震驚。他們唱道：

「四十四根柳木彎樑
用四千孔同心結牢牢拴上
馬鬃粗繩圍起的蒙古包
開門看到太陽
七十七個吉祥圖案
用七千條白絲線縫在氈房
讓我們從心裏面祝福
子孫後代興旺」

我的淚水爬出來，像捕捉獵物的蜘蛛，像一群造反的人。我像一個雨水中的泥塑阿福，笑著融化，沖掉了色彩，回到泥中。我被扔進蒙古民歌的大鍋裏熬煮，看到了自己的骨頭。

一個人是什麼人，等待著被指出。我在混沌中忘記了自己的色譜：桔黃、土紅?忘記了自己的聲部:單簧管、低音號?忘記了自己的藥性:甘草、黃耆?忘記了自己的群落:羊群、狼群?

我喜歡相貌如狼的男人,疲憊而保存持續的體力,削瘦、散漫、警覺,他們善忍耐,有野獸一樣的眼神。有人把這些表徵稱為滄桑感,算是吧。我也見過自我頑蛋的人說自己「滄桑感」。一條從網裡鑽出的魚的感受是什麼?一隻繞毒餌而去的老鼠的感受是什麼?滄桑感還是狡猾感?不知道。

歌罷,我鼓掌,聲音單薄,只有雙掌。我覺得自己虛偽,不敢表達心情,除非用美聲唱一大段歌劇來述說心裏話。濁酒漢書,才宜對之。棋與棋語,書予書香。我沒辦法用語言回應他們的歌聲。歌聲入我肝腸,像一隻手伸進面口袋,翻過來一抖,粉塵四起,顆粒飛旋。

我舉止僵硬,內心早已回到草原。像有人無意碰落了鳥籠的欄栓,心衝出籠子,在潮濕的草地上拍打翅膀,飛起來、落下、再飛起來騰空。

一個人聽過歌後,心飛走了。他身體走下樓梯,笑著和眾人握別,鑽進車,進入筵宴。他是我。口袋慢慢回到常態,疊好了。我想起一首歌:

「雖然我不能用母語
訴說我的悲傷我的歡樂
我也是高原的孩子啊

心裏有一首歌
歌中有父親的草原母親的河」

席慕蓉詞，烏蘭托嘎曲，女聲四重唱。在酒店走廊，我看到玻璃櫃展示元代的朝服弓箭，便不敢隨便走動。坐著，聽馬頭琴。拉琴的小牧人相貌秀雅，像韓國青年。他技藝精純，顯然經過名師指點。可惜「純」中缺一點「雜」，或者說渾然。如今哪還有像哈紮布那樣的人？人和藝術結合得如此渾然同一。這位蒙古歌王在牧區生活一輩子，對著馬，對著帶露水的草地和孩子們歌唱。他在日月升降、草青草黃之間調和自己的脈搏、呼吸和血液迴圈，歌聲是他生命的指揮。

歌越唱越多，我想說，領我走吧，去你們旋律的地方。合唱隊員站成一排，隊長吳清明掏出音笛，狡點地吹一聲（E調），衆人唱道：

「波光粼粼的伊敏河
追趕白雲的諾敏河
羊群飲水的綽爾河
澆灌五穀的洮爾河
銀魚跳躍的木林河
鴻雁回頭的納林河

滿天星斗的老哈河
親吻落日的閃電河」
他們歌唱健行，誇讚家鄉血脈河流，像舒曼說的：乘著歌聲的翅膀。翅膀下有我的仰望，我感到巨翅拍擊氣流，臉上沾著白雲藏匿的雨意。

松脂的香氣

臨近傍晚，我聞到由窗外傳來的松脂的香氣，那是劈柴經過燃燒之後才有的味道。剎那間，我站起身，彷彿會發生什麼事情，要迎接一下。

什麼事情呢？

黃昏把稠紫的暮色像抖床單一樣鋪在查干沐淪河南岸的村子，疾走的馬兒背上跳散著鬃髮，羊叫的焦急與牛吼的沈緩高低起伏。沒有電，星星已經從罕山上空粒粒亮起，彷彿在上升；牧民家的煤油燈錯落點燃，窗櫺像一只只桔黃的燈籠。

當空氣裏充滿六月裏露水的潮氣，古拉日松阿的歌聲就會響起——

「當年生活在母親的身旁

綾羅綢緞做衣裳……」

唱到高音處，古拉日松阿沙啞的嗓音收束一線，悄然啞默。我的血也在流淌中停頓了，等待他下一句歌詞出喉時，再迸然進發。他的樣子亦恍然眼前，昂長的脖頸內凹為坑，由於吸氣力盡所成，雙眼微閉著，十分陶醉。

我舅舅居日木圖已端坐炕頭。一會兒，醃酸黃瓜和煮爛的羊骨頭就端上來了。

他聽著外面傳來的歌聲，眼裏跳蕩著半嘲弄半欣賞的笑意，說：

「介！介……」

意謂「聽呵，聽吧」，然後以食指和中指自錫壺的脖頸處掂起，揣度裏面酒的份量。窗外雞窩驟然驚鳴，那必是朝魯用棍子在搗鬼。

這時，我站在後院，在平緩淌過的河水中傳來的跳魚的落水聲裏，在微苦的柳樹的氣味裏，觀看向一邊傾斜的高高的葦草背後的天幕，星星一粒接一粒地亮。隨著夜色轉濃，它們像要跳出來，又像有人釘上去的……而古拉日松阿的歌聲還在蒼涼地搖曳，如晚風裏的篝火。

「一匹馬兒做采禮，

女兒出嫁到遠方……」

還是那首《努恩吉婭》，為東部蒙古人人熟知。去年，在北京的一次頒獎筵會上，我所在的那一桌蒙古族作家齊聲唱起了這首歌，聲勢感人，甚至有些悲壯。大廳裡的人們紛紛矚目，看這些並非來自一個地方的、年近古稀或身為高官的蒙古人扯著嗓子柔情百端地唱《努恩吉婭》，單純而天真。我猜當時會有人想，當一個蒙古人真好，不用教竟也會唱許多好聽的歌曲。

我在窗前等待著歌聲。

松脂的香氣明亮地穿透了都市的喧雜，像一個鮮花般從遠處跑來的孩子，讓人想起所有相關的往事。人的記憶真是奇妙，在歌聲、氣味和閱讀的不同層面，各自儲藏著所有，而且永不消失。一個人可能記不住 $a+2ab-b=(a+b)\times(a-b)$，但歌聲會讓故鄉在你心裏猛然甦醒，如同對面走來一個黑紅臉膛帶著閃光和笑意的牧馬人，他搖搖晃晃地、腕下懸著馬鞭。孩子們在羊圈邊上踢毽子，用馬蘭草編的像蟈蟈籠似的毽子，那條狗圍著你轉，尾尖哆哆嗦嗦，使腿發癢……記憶是住在不同房間的客人，等待著拜訪各自的主人，不關知識，也不關明敏笨愚。

古拉日松阿住在村東，他的鄰居是獸醫拉珠爾。每隔半個月，信和包裹會從班車上卸下，由一個黃眉毛的司機拎到獸醫家的窗臺上。古拉日松阿喜歡穿行於他栽種的一人高的掃帚梅之間，檢閱這些稀稀拉拉的花。他老了，聽人說話的時候，嘴唇抖著，像要補充什麼。在油燈下，他右手端著酒盅，左手撫摸貓的脊背、狗的腦門、孩子的頭髮和女孩子的手，仰面盡酒，張嘴散出辣氣，大歡喜，臉面、懷裏、手上都舒展開了，我們的心都飄在他的歌聲上面，提著肝膽左回右轉地流向遠處……

當松脂的香氣飄進窗口時，我靜待著歌聲。歌聲之後，我舅母喊牛的聲音就會響起。她一手壓著洋井，另一手把已經飲飽的花母牛從石槽邊推開。滿達的母親招呼牛犢的聲音也會響起，遙遙地像喊自己的孩子。

我幾乎忘了自己置身於都市。就在剛才，有人用揚聲器宣佈：「訂閱晚報，送報上門」。在岐山三校門前，一個老頭蹲著，面前的罐頭瓶裡裝滿小樹蛙，五角錢一隻，賣。另一個穿法蘭西公雞隊隊服的撐拐的孩子焦急地站在斑馬線邊上，魚貫而過的汽車不給這個可憐的滿臉是汗的瘸孩子讓路；一間洗浴中心的門前站著短衣短褲的時尚女子。

都市的黃昏在嘈雜中相互擁塞，爍爍點亮商家招牌的彩燈。我記憶中的情景幾乎成為前生的舊事了。許許多多的場景、聲音和氣味在古拉日松阿的歌聲中排成一隊，等待與我相見，而我也忐忑地等待著像草葉上的露珠一樣瑩淨的往日，這是因為我聞到了松脂的香氣。

牧區的傍晚，最亮的是竈間，松枝和沙棘被大把地塞進爐膛，畢剝尖叫，人臉鍍金，茶在鐵鍋裡嗶嗶滾響。家家的炊煙都有松脂的香氣，混和著牛糞與河水的味道，如發酵的青草的氣息。

在窗口等不來古拉日松阿的歌聲，我迷惑於松脂的香氣從何而來。向外看——四單元的門前有木匠在幹活，他光膀子刨一塊板，乾淨的刨花如燙髮的女人頭上的大捲滾滾而下。邊上，有人把刨花掃進舊臉盆裡點燃。

煙霧在空氣中擴散，遇窗而入時，竟引起旅人的鄉愁。

對黃昏中由燃燒而出的松脂味，我的確有些難以自持。鄉愁是一聲冷槍，在你最無提防的時候劈面飛來，讓人站立不穩。鄉愁是一捧水銀，倘若不小心弄撒，就會無孔不入，滲你心房。我以為，故鄉一直在遙遠的內蒙古，隔著重重山水。誰知它竟藏在窗下，藏在鄰居的木頭裏和刨花的微焰中。

松脂的香氣在瀋陽的黃昏裡散盡之前，我仍然等待著古拉日松阿的歌聲，唱至高音處，收束無聲，宜闔目傾聽，接著是滿達母親的招呼牛犢的喊聲……

我慢慢等著，直至空氣中聞不到理應與歌聲結伴而來的煙霧裏的松香。

享狗福

牧區的狗享福，不牧羊，不守家護院。福氣最大之處是在草原上飛奔作耍。牧區沒有深牆大院，夏天連屋門也不關，冬天關門為擋風，沒聽説誰偷東西。偷東西？為什麼偷別人東西呢？所以沒人偷。在早，狗協助主人牧羊。羊兒們現在舍飼圈養，狗愈清閒，叫啊，跳啊，天天過年。如果主人開一處餐飲店——買一個蒙古包，架上桌子板凳，殺羊、灌血腸、蒸蕎麵窩窩、擺黃油奶豆腐搞市場經濟，狗更樂。

狗喜歡人多，喜歡大人小孩、穿好看衣服的女人來串門（狗未見收錢過程，以為白吃白喝）。狗喜歡奧迪、三菱越野吉普停在家門口，壯觀，捎帶嗅嗅汽油味。還喜歡汽車放的音樂——《美麗的草原我的家》、《雕花的馬鞍》，也喜歡內蒙廣播合唱團的混聲合唱和呼格吉勒圖的呼麥演唱。骨頭有的是（遊客為什麼不吃骨頭？這些好心人捨不得吃），吃的事兒根本不用考慮。

我在蒙古包前看到一對狗。大狗身上灰毛，腦袋是黑的，像戴面罩、端卡拉尼什科夫衝鋒槍的阿拉伯暗殺匠。它瞅瞅這個人，瞅瞅那個人，跑幾步，站住。小狗是它崽子，鹿色。小傢伙從各種角度衝向大狗，足球術語叫「惡意撞人」。大狗踉蹌，遲鈍地看看它，目光溫柔。兩隻狗有時一起追摩托車，車離它們好幾百米遠呢，它們的眼睛沒有縱深焦距。

蒙古包響起歌聲，主人手捧哈達和銀盃勸酒，狗罩著耳朵聽。

「大家找一找金戒指，
不知金戒指在誰兜裡。
大家請把手伸出來，
看金戒指在誰手裡。
大家相互連起手臂，
跳舞吧，唱歌吧，
別把想說的話憋在心裡。」

這是一首布里亞特蒙古的宴會歌。兩個青年女子繚繞演唱，狗諦聽，想金戒指到底在誰手裡。

我路過這裡等車，見狗嬉遊，生羡慕心。在這兒當一隻狗算了，雖然沙塵大點，衛生差點。在牧區當一隻狗，無論什麼毛色，都是前世修來的福氣。

巴甘的蝴蝶

● 1

人說巴甘長得像女孩，粉紅的臉蛋一層黃絨毛，一笑，眼睛像弓彎著。

他家在內蒙古東科爾沁的赫熱塔拉村，春冬蕭瑟，夏天才像草原。大片綠草上，黃花先開，六個小花瓣貼地皮上，馬都踩不死。玲蘭花等到矢車菊開敗才綻放。每到這個時候，巴甘比大人還忙，那時他三、四歲。他採一朵玲蘭花，跑幾步蹲下，採紅火苗似的薩日朗花，開襠褲鼓出兩瓣屁股。

媽媽說：「老天爺弄錯了，巴甘怎麼成了男孩兒呢？他是閨女。」

媽媽告訴巴甘不要揪花，「奧布德簡休。」——蒙古語，疼呢。他把花帶土挖出來，澆點水，栽到什麼地方。這些地方是箱子裡、大舅江其布的煙荷包裡、收音機後面，還有西屋的皮靴裡。即便到了冬天，屋裡也能發現乾燥裂縫的泥蛋蛋，上面有指痕和乾得像菸葉一樣的小花。

巴甘的父親敏山被火車撞死了。他和媽媽烏銀花一起生活，莊稼活——比如割玉米，由大舅江其布幫助。大舅獨身，只有一匹三歲的雪青毛騸馬。媽媽死後，大舅搬過來和巴甘過。

媽媽得的不知什麼病。其實巴甘不知什麼叫「病」。媽媽躺在炕上，什麼活都不幹，天天如此，額頭上蒙一塊折疊的藍色濕毛巾。許多人陸陸續續看望她，包括從來沒見過的，穿一件可笑的紅風衣的八十歲的老太太，穿舊鐵路制服的人，手指肚裂口貼滿白色膠布的人。這些人拿來點心匣子，自己家種的番茄，拿來斯琴畢力格的歌唱磁帶。媽媽像看不見，平時別說點心，就是塑膠的綠髮夾，她也驚喜地捧在手裏。

「巴甘，拿過去吃吧。」媽媽指著嫦娥圖案的點心盒子，説罷闔目。不管這些人什麼時間進來，什麼時間走，也不管他們臨走時久久凝視的目光。巴甘坐在紅堂櫃下面的小板凳上，用草莖編辮子。耳聽大人説話，聽不懂。有時媽媽和大舅説話，把巴甘攆出屋。他偷聽，媽媽哭，一聲蓋過一聲，舅舅無語。這就是「病」？

晚上，巴甘躺在媽媽身邊。媽媽摸他頭頂的兩個旋兒，看他耳朵、鼻子，捏他的小胖手指。

「巴甘，媽媽要走了。」

「到哪裡？」

「媽媽到了那個地方，就不再回來了。」

巴甘警惕地坐起身。

「巴甘，每個人有一天都要出遠門，去一個地方。爸爸不是這樣的嗎？」

巴甘問：「那麼，我要去哪裡？」

「你哪裡也不去，和大舅在一起。我走了之後，每年夏天變成蝴蝶，來看你。」

變成蝴蝶？媽媽這麼神奇，她原來為什麼不說呢？

「我可以告訴別人嗎？」巴甘問。

媽媽搖頭。過一會兒，說：「有一天，村裏人來咱們家，把我抬走。那時候我已經不說話了，也不睜眼睛。你不要哭，也不要喊我。我不是能變成蝴蝶嗎？」

「變成蝴蝶就說不出話？」

媽媽躺著點頭，淚從眼角拉成長條流進耳朵。

她說的真準，有一天，家裏來了很多人，鄰居桑傑的奶奶帶巴甘到西屋，抱著他。他們把媽媽抬出去，在外面，有人掀開她臉上的紗巾。媽媽的臉太白了。人們忙亂，雨靴踩得到處是泥，江其布舅舅蹲著，用手捏巴甘顫抖的肩頭。

● 2

從那個時候起，赫熱塔拉開始旱。牧民們覺得今年旱了，明年一定不旱，但年年都旱。種地的時候，撒不上種子，沒雨。草長得不好，放羊的人把羊趕了很遠，還吃不飽，反把膘走丟了。草少了，沙子多起來。沙堆像開玩笑一樣突然出現在公路上，或者堆在桑傑家的房後。小孩子高興，光著腚從上面滑下來，用胳膊掏洞。裡邊的沙子濕潤深黃，可以攥成團。村裏有好幾家搬走了，到草場好的地方。

巴甘看不到那麼多的花了。過去，窪地要麼有深綠的草，要麼在雨後長蘑菇，一定有花。現在全是沙子，也看不到蝴蝶。原來，它們在夏季的早晨飄過來、飄過去，像紙屑被鼓風機吹得搖晃。媽媽變成蝴蝶之後，要用多長時間才飛回赫熱塔拉呢？中途累了，也許要歇一歇，在通遼或鄭家屯。也許它見到河裏的雲彩，以為是真雲彩，鑽進去睡一會兒，結果被水沖走了。

那年敖包節過後，巴甘坐舅舅的馬車拉化肥，在老哈河泵站邊上看見蝴蝶。他已經十多歲了，跳下馬車，追那隻紫色的蝴蝶。舅舅喊：

「巴甘！巴甘！」

喊聲越來越遠，蝴蝶在沙丘上飛，然後穿過一片蓬蓬柳。它好像在遠方，一會兒又出現在眼前。巴甘不動了，看見它往遠處飛，一閃一閃，像樹葉子。

後來，他們倆把家搬到奈曼塔拉，舅舅給一個朝鮮人種水稻，他讀小學三年級。

這裏的學校全是紅磚大瓦房，有升國旗的旗杆，玻璃完好，冬天也不冷。學校有一位青年志願者，女的，金髮黃皮靴，叫文小山，香港人。文老師領他們班的孩子到野外唱歌，夜晚點著篝火講故事。大家都喜歡她，和她包裹無窮無盡的好東西：塑膠的扛機槍的小人、指甲油、米老鼠形的圓珠筆、口香糖、閃光眼影、藏羚羊畫片。每樣東西文老師都有好多個，放在一個牛仔背包裡。她時刻背著這個包，遇到誰表現好——比如敢大聲念英語單詞，她拉開包，拿一樣東西獎勵他。

有一天下午，文老師拿來一卷掛圖，用按釘釘在黑板上。

「同學們，」文老師指著圖：「這是什麼？」

「蝴蝶。」眾聲說。

圖上的蝴蝶鋪翅，黃翅帶黑邊兒，兩個觸鬚也是黑的。

「這是什麼？」

「蛆蟲。」

「對。這個呢？」她指一個像栗子帶尖的東西。「這是蛹。同學們，我們看到的美麗的蝴蝶，其實是由蛹變的。你別看蛆蟲和蛹很醜，但變成了蝴蝶之後……」

「你胡說！」巴甘站起來，憤怒地指文老師。

文老師一愣，說：「巴甘，發言請舉手。坐下。」

巴甘坐下，咬下嘴唇。

「蛹在什麼時候會變成蝴蝶呢？春天。大地復甦……」

巴甘衝上講臺，一口咬住文老師胳膊。

「哎喲！」文教師大叫，教室亂了。巴甘在區嘉布的耳光下鬆開嘴，文老師捧胳膊看帶血的牙痕，哭了。巴甘把掛圖扯下，撕爛，在腳下踩，鼻子淌著血。區嘉布的衣裳釦子被扯掉，幾個女生驚恐地抱在一起。

「索耶略鐵米？（瘋了嗎？）」校長來到，他用手戳巴甘額頭。巴甘後仰坐地。他把巴甘拎起來，再戳。「索耶略鐵介（瘋了）！」巴甘坐地。

校長向文老師陪笑，用嘴吹她胳膊上的牙痕。向文老師陪笑的還有江其布舅舅，他把一隻羊牽來送給了文老師。校長經過調查，巴甘並沒有被瘋狗咬過，告訴文老師不用害怕。巴甘被開除了。

一天晚上，文老師來到巴甘家，背著那個包。她讓江其布舅舅和黃狗出去呆一會兒，和巴甘單獨談一談。

「孩子，你一定有心結。」文老師蹲下，伸出綁著繃帶的手摸巴甘的臉。「告訴老師，蝴蝶怎麼了？」

蝴蝶？蝴蝶從很遠的地方飛過來，也許是錫林郭勒草原，姥姥家就在那裏。蝴蝶在薩日朗的花瓣裏喝水，然後洗臉，接著飛。太陽曬的時候，它躲在白樺樹的葉子下面涼快一下，太陽落山之後再飛。在滿天星光之下，蝴蝶像一個精靈，它要麼是玉白色，也許是紫色水晶……

「蝴蝶讓你想起了什麼？孩子。」

巴甘搖頭。

文老師歎口氣，她從包裡拿出一雙白球鞋，皮的，藍鞋帶兒，給巴甘。

巴甘搖頭。他的黃膠鞋已經爛了，膠皮沒爛，帆布的幫露出肉來。他沒鞋帶兒，麻繩從腳底板繫到腳背。

文老師把新鞋放炕上，巴甘抓起來塞進她包裏。

文老師走出門，見江其布純樸可憐的笑臉，再看巴甘。她說：「蝴蝶是美麗的。巴甘，但願我沒有傷害你，上學去吧。」

巴甘回到學校。

3

巴甘到了初一年級的時候，成了旗一中的名人。在自治區中學生數學競賽中，他獲得了第三名，成為邵逸大獎學金獲得者。

暑假時，盟裡組織一個優秀學生夏令營去青島，包括巴甘。青島好，房子從山上蓋到山下，屋頂紅色，而沙灘白得像倒滿了麵粉，海水沖過來上岸，又退回去。

夏令營最後一天的活動是參觀黃海大學。樓房外牆爬滿了常春藤，除了路，地上全有草，比草原的綠色還多。食堂的椅子都是固定的，用屁股蹭，椅子也不會發出聲響。吃什麼自己拿盤子盛，把雞翅、燒油菜和燒大蝦端到座位上吃。吃完，鐵盤子扔進一個紅塑膠大桶。

吃完飯，他們參觀生物館。

像一艘船似的鯨魚骨架、猛瑪的牙齒、貓頭鷹和狐狸的標本，巴甘覺得這其實是一個動物園，但動物不動。當然，魚在動，像化了彩妝的魚不知疲倦地游過來游過去，背景有燈。最後，他們來到昆蟲標本室。

蝴蝶！大玻璃櫃子裏黏滿了蝴蝶。大的像豆角葉子那樣，小的像鈕釦，有的蝴蝶翅膀上長出一對圓溜溜的眼睛。巴甘心裏咚咚跳。講解的女老師拿一根木棍，講西雙版納小灰蝶，墨西哥君主斑蝶，鳳眼蛺蝶……巴甘走出屋，靠在牆上。

蝴蝶什麼時候到了這裏？是因為青島有海麼？赫熱塔拉和奈曼塔拉已經好多年沒有蝴蝶了。蝴蝶迷路了，它們飛到海邊，往前飛不過去了，落在礁石上，像海礁開的花。

夏令營的人走出來，沒人發現他。巴甘看見拿木棍的女老師。他走過去，鞠一躬。老師點頭，看這個戴著「哲里木盟」字樣紅帽的孩子。

巴甘把兜裡的錢掏出來，有紙幣和用手絹包的硬幣，捧給她。「老師，求您一件事，請把它們放了吧！」

「什麼？你是內蒙古的孩子吧？」

「放了吧！讓它們飛回草原去。」

「放什麼？」

「蝴蝶。」

女老師意外，笑了，看巴甘臉漲得通紅，臉有怒意並有淚水，止笑，拉起他的手進屋，一言不發看著他。

巴甘沈默了一陣兒，一骨腦把話說了出來。媽媽被抬出去，外面下著雨，桑傑的奶奶用手捂著他的眼睛。每個人最終都要去一個地方嗎？要變成一樣東西嗎？

女老師用手絹揩試淚水。等巴甘說完，她從櫃裏拿出一個木盒。「你叫什麼名字？」

「巴甘。」

「這個送你。」女教師手裡的水晶嵌著一隻美麗的蝴蝶，紫色鑲金紋。「是昆山紫鳳蝶。」她把水晶蝶放進木盒給巴甘，眼睛紅著，鼻尖也有點紅。她說：「美好的事物永遠不會消失，今生是一樣，來生還是一樣。我們相信它，還要接受它。這是一隻巴甘的蝴蝶」。

窗外人喊：「巴甘，你在哪兒？車要開了……」

土牆

朝克巴特爾家的窗前有一片菜園。對「園」這個詞來說，他們的菜太少。園裡不規則地種著胡蘿蔔和蔥、辣椒。番茄不紅並且不生長，直到秋天都像玉石球。菜園有一尺半高的土牆，擋豬。最有噱頭的，這是一道沒門的牆。人入菜園採用跨越式，朝克巴特爾一步跨過去，格日勒拎著裙子過牆，小孩子用肚皮蹭過土牆。牆變矮了，頂上光滑。

我問朝克巴特爾，咋不安個門？

他撓撓頭皮，說忘了。

我說，現在刨開，安一個門。

他回答，那就把牆破壞了。

在城裏人看來，這是懶惰，因而可笑的生活態度，離雅緻很遠。對朝克巴特爾來說，特別是他喝了半斤白酒，坐在臺階上，青筋暴露的大手放在膝蓋上的時候，值得探究的是遠方。天空翻滾著海帶色的濃雲，雨腥的空氣飄過來。朝克巴特爾考慮莊稼、馬和羊群在雨後的情形，而不是菜園土牆及其門的問題。他甚至蔑視菜園與牆。

在草原騎馬飛馳，大地像飛箭一樣向後閃過。道路在馬的雙耳之間延伸。從山上眺望村莊，一座座屋舍孤孤零零。換句話，人的居所在草原上像縮著肩膀的孩子。對牧人來說，所謂房子只是過夜的居所，它不是財產。財產是牛羊和馬群，還有天空大地。土牆是什麼?什麼都不是。雖然如此，蒙古人珍惜親手培育的產品。朝克巴特爾特到小小的豆角長出來後，指著它笑了，像說「多可笑呀」。就像人們笑蹣跚學步的孩子和毛絨絨的雞雛。朝克揪一把小白菜往屋裡走，反覆觀看手裡的菜，眼裡卻是看草的表情，有點驚異。當然，小白菜捲曲的葉子比草好看多了。

菜園的土牆底下，斜著長出閒草。豬用牆蹭癢，花貓由於捕捉路過的蝴蝶，從牆上掉了下來。

諾日根瑪

諾日根瑪坐在斜躺的水泥電線桿上。新挖的土坑裡，一隻橙色的甲蟲往上爬。不遠處，還有一根水泥桿，方形，上端有孔。這兒要拉電了。

從鎮裡到伊胡塔的手扶拖拉機兩小時一趟，一張票五元錢，帶行李加五角，狗二角，一隻雞一角錢。

車沒來。幾個十七、八歲的姑娘搶說事情，她們繫一樣的三角形頭巾，蔥綠色，臉蛋子像從頭巾裏往外掙放的花。一個老漢筐裡的鴨子伸脖子啣他褲子上的一片菜葉。

雲彩散了，陽光毫不遲疑地射在草地上，紫瓣帶黃蕊的小花朵搖晃著。雲在天上分成兩半，像棉花一樣越來越薄，後來沒了。

諾日根瑪背對等車的人，低頭，兩隻手掐草葉。她頭戴藍解放帽，辮子盤裡邊。

「諾日根瑪！」一個女人跑過來，她後背用化肥袋子兜一個孩子，「你交樹苗錢了嗎？」

「交了。」諾日根瑪抬起頭，她眼角掛著淚，手掌一抹，顴骨皮膚新鮮。

「優惠一半呢。」

「是。」諾日根瑪說，「楊樹苗不好，根兒破皮了，怕不活。」

她們說樹苗的事。那女人好像沒看到諾日根瑪流淚，說話的時候看肩後的孩子。

「你家交七十元嗎？」

「六十五元。」諾日根瑪回答。

不知哪會兒，背孩子的女人走了，諾日根瑪低頭掐草葉。她的手像樹根一樣破舊，連帶著土坯、豬食、牛糞這些詞，用它擦眼淚彷彿不對勁，彷彿用靴子擦鏡子上的塵土。過一會兒，一滴淚落在手背上，分散在皺紋的溝壑裏。

她怎麼了？家人病了？或者馬病了？誰也不知道一個牧區的女人為什麼流淚。諾日根瑪家住村西頭，窗前的豆角旁邊種一畦江西臘花，黃狗立正坐著，白爪子像戴了套袖。

手扶拖拉機開過來，司機是阿穆爾古楞的二兒子，留黃鬍子。幾十年來，他是東村唯一用機動車把牧民運進城裏的人。

諾日根瑪把鼻涕抹在膠鞋底上，換上進城的表情，好像沒哭過，往車邊走。

海拉爾棉鞋

白雪覆蓋蘇聯紅軍紀念塔頂的坦克，使它像一輛真坦克，抬高炮管翻越一個彈坑。這時，一塊雪從坦克上滑下，積累不往，在空中分散，落在黑濕的水泥紅磚上。

我在南站的胡同尋找一種棉鞋，高腰黑條絨面，兩層氈墊紮在一起當底兒，叫「正宗海拉爾」棉鞋。胡同賣鞋墊的人賣。暖氣不好的時候，在屋裏穿。

朝鮮冷麵店門口擺幾個烤肉的鐵皮爐子，一人蹲著，捏一把用過的方便筷子升火。專賣店的小姑娘穿店服，併攏雙腳鼓掌，說「隨便看一看啦！」櫥窗的黑塑模特穿毛衣，搭一條圍巾。長途車拐進來停下，旅客用猶疑的眼神看東看西。這種眼神對狗來說就是它們的鼻子。行人有穿連體雨褲的，沾著下水道的污泥。有人把頭埋在風衣的懷裏打手機。兩個女人穿一樣的衣服，如降價買的。一女子穿薄襪，短裙束腰短大衣，在雪濺黑泥的路面走過，像幸福生活楷模。她上身挺直，腰也未動，屁股兩邊扭，往左扭的幅度大一點，左腳著地重。

「Qi ha xa ye ben jian?」

我在人群中聽到了這句話，蒙古話——直譯：你走向哪個方向？即你上哪兒？往哪兒走？

我用目光捉住了說話的人——民工，頭髮聳立，鼻樑一塊創可貼。對方也是民工，回答：

「Ge ri ten he ri ya。」（回家）

這兩句蒙古語讓我怔住了。我是說，它使我忘記了自己在哪裡，在做什麼。像車轍蜿蜒的鄉路有一粒紅豆，像森林一棵樹的杈椏上放著一封信，像身處異鄉有人喊你的名字；像被河水沖走的衣裳又漂了回來。

「Ge ri ten ya men ri ji ri ge?」（家裏怎樣情形）

「Ho sai han。」（均好）

我聽他們說話，像是為我而說的。蒙古語的發音，特別是牧民的話，詳實親切，每個詞後面藏著一樣可見的東西，比如鐵鍋、馬鞍子、炕沿、栓馬樁、裝紅糖的鐵罐、羊五叉、銀板指、鞋和反射酒瓶子倒影的亮漆的紅箱子。蒙古語把它們擦亮，或者說，它們是雨水，讓蒙古語長出新綠的葉子。

鼻子有創可貼的民工臉寬，嘴大到恰好，說他始終在笑也行。另一個民工用手指捏肩膀垂下的繫行李的帶子。他們臉紅，顴骨的皮很薄，像容易被風吹破。從頭到腳的衣服已有城裏人的意思，或者說城市垃圾衣服的拼湊。眼裏有牧人的單純。

蒙古人要說的話不多，換句話說，蒙古人放馬、種莊稼的生活沒有催化更多的話語。一些蒙古語是說給牲口的。你看，一個牧民出屋，把鞍子備在馬上，飲馬，從窗臺抓一把菸葉放進兜裡。當他讓馬抬蹄穿過繮繩時，說「嘚！」馬抬蹄。牧人上馬走遠了。牧人和牧人見面時，問：「今年草場怎麼樣？」那人眼睛看著草場，答：「還可以。」問的人也看草場。在牧區，許多事情不用問，也不用回答。「你的馬好嗎？」馬就在那裏，自己看吧。「你的孩子好嗎？」孩子正拽牛犢的尾巴奔跑。天氣、雨水、玉米的長勢怎麼樣？看吧。

在牧區沒有什麼看不到的東西。問詢在牧區成為禮貌，語氣很輕，像吐出的煙霧一樣緩緩繚繞。

我加入不進他們的談話。我能問他們莊稼的事情嗎？蒙古語的辭彙那麼輕快地在他們口唇間舞蹈，如春水帶走片片桃花。他們真揮霍。在瀋陽，我聽到的每一句蒙古語都很珍貴，他們連貫的對話，在我心裏像一次多米諾骨牌比賽，這一排塌過去，又塌過來，折折疊疊。他們又說「車票、玉米、被子」，這些東西在我眼前順序出現。

他們分手，一個往南站，一個往桂林街，埋在人流裡。他們怎麼走了呢？把我獨自剩在這裡。說蒙古語的人走了，我身後傳來強勁的歌聲。回頭看，等離子電視正在播放 MTV「日韓瘋」，人物表演卡通動作。歌聲驟停，電貝司繚繞，一人用手指蹭密紋唱片，手擊鼓響，褲帶從他腰間懸下。

雪閉幕，路面欲結冰，有一些亮光，還沒凍成。街上的人比剛才多，商鋪燈光攪拌半稠的暮色。我來做什麼？忘了。最近我的記憶力糟透了。簡單說，是記憶下達搜索的指令後找不到目標。不是記憶沒存檔，是目錄亂了，需要重建，或者神經遞質（傳遞素）的化學性質不達標。譬如書上說一九三九年馬三立在天津小梨園的搭擋是耿寶林，但怎麼想也想不起來。

回家吧，我還記得回家。公交車上接一個朋友的電話，他姓海，回回，演過武生。我想起到南站是買「海拉爾」棉鞋，竟把這事忘了。

額爾古納的芳香

不管去沒去額爾古納河，一個蒙古人，一定要知道這是一條母親河。世上所有的文明和輝煌的帝國，都由一條河流孕育而成，不管它多寬，多長，多深。七百多年以來，額爾古納河的河水已經流淌在蒙古人的血管中，就在寫這些文字的時候，我俯看自己胳膊的靜脈——藍色的、隆起的血管，裏面有額爾古納的水。這條河的水，聖祖成吉思汗喝過，蒙古的千户萬户用它熬茶、大軍洗濯兵馬。所以也有一些河水——過了七百多年之後，「一些」可能只剩下原來的萬分之一——也流淌在我的血液裏。這樣說，並不是所謂詩意的闡揚，按照生物學的解釋，血液中百分之九八都是水。那麼，我們血液中最初的原點，是成吉思汗所賜予的鮮紅，其中同樣包括了額爾古納的清澈的河水。

額爾古納是一條芳香的河流，包含、安靜。這裏是動物的天堂，青草、湖水和鳥獸和諧相處。這樣一條河能夠孕育強硬的蒙元帝國嗎？不矛盾，美和力量並不矛盾。常常的，美與安靜才積蓄力量。

即使有一些遠離草原的蒙古人沒聽說過額爾古納河，聽說了，最好在一生中的幾天去拜望這條河流。我在不久前的黔川之旅中，在丹巴縣看到一片古雕樓。人介紹，這是加絨藏人、羌人修的，那是你們蒙古人修的。我問：這些蒙古人在哪裡？答：不知道。他們從元朝就來了，不知現在到了哪裡。我想趨近看一看先輩所建的雕樓，大渡河水橫陳，過不去。在甘孜，有人介紹這個地方的舊名——爐霍。爐是打煎爐的爐，霍是霍爾，乃藏人對蒙古人的舊稱。他們說，原來這是蒙古人居住的地方。此地現名康定，山川秀美，生氣盎然。有一位省裏的官員告訴我，瀘沽湖在四川部分的摩梭人一直自稱是蒙古人，一直要求政府把他們的民族成份改為「蒙古」，現今他們已如願。我想，這些兄弟姐妹們、長輩們，倘若備足川資，去呼倫貝爾草原看一看額爾古納河吧。如果政府出面請他們去，也不算多事。

看一條河做什麼？有許多事不能用簡單的「什麼」來作問或作答。吃飯做什麼？純樸做什麼？我們的父母親把我們生下來做什麼？難道因為我們好玩嗎？我們早已經不好玩了。見一條河流，爾後知曉自己的來源有多麼好，找到溫暖和歸屬，瞭解蒙古民歌的旋律何以曲折悠長。雙腳踏在成吉思汗當年整兵隆興的河岸，你說歷史給了你什麼？

也是前不久，在北京至貴陽的飛機上，我看到鄰座是一位蒙古長者。我用蒙古語敬詢：「您是蒙古人嗎？」他嚇了一跳，用蒙古語回答：「嗚，你怎麼知道？」我笑而未語，他的相貌、慈祥的笑容已經告訴了他的身屬。

他問：「我叫××。你呢？」

我答：「原野。」

「漢族名字。」

「是的。」

他又問：「你姓什麼？」

「寶日吉根（鮑爾吉）。」

「噢，哈布圖・哈撒爾的後代。他是神箭手，他的後人從呼倫貝爾的額爾古納到了哲里木盟。好，很好。」

他所說的和我父輩的教誨一樣。哈布圖・哈撒爾是成吉思汗的大弟弟，是我們的祖先。鄰座的這位長者說話多文雅，在問別人的名字時，先說出自己的名字。六十多歲的人，溫和柔軟。

「你沒有蒙古名字嗎？」

「有，茫來巴特。」

「多好的名字啊！多好。」

下機之後，他拉著我的手說：我是達茂旗人，原來是旗長，現在做文博工作。我們達茂旗年年祭祀哈布圖・哈撒爾，你要去呀。

分手，他回頭看我，又說：「多好的名字啊！茫來巴特。」

茫來巴特為我曾祖父所賜，意謂英雄的首領，亦可言超級英雄。我戲言，英雄頭子。這名字多好啊！但我不是英雄，我有些怯懦，也沒有雄心。但額爾古納的河水和大英雄哈布圖・哈撒爾的血液讓我變成一個能以善良之心觀察世界的人，一個不忘記自己故鄉和民族的人。

額爾古納的漢義為「以手遞物」，亦有「奉獻」的含義。這條美麗的河流奉獻了什麼？蒙古。蒙古和所有蒙古人誕生在這個鮮花與河水的搖籃裏。

吉祥蒙古

1

小時候，我認為所有的人都是蒙古人，這是語言造成的。

我三、四歲時，和姐姐一起由 TieTie（蒙古語，曾祖母）照看。TieTie 怕我們丟了，圈在家裡玩兒。我只透過玻璃看過一些人，賣酸棗麵的老頭，還有敞著大襟、露出八寸乳房的中年女人。TieTie 說，這都是壞人。

在家裡，我們全說蒙古語。一個人第一次遭逢語言，是非常重要的時候，即萬物被「命名」。語言不是工具，它是領你走進世界的神祉。桌子、火、腳趾、眉毛、土和蟲子，頭上有鬚的蟲子、扁圓的胖蟲子。世界對我來說是蒙古語的，它親切、詳實、變化。到現在，我也無法從大腦的黑板上擦去那些蒙古語的聲音，如 Hao ri hao（蟲子），多麼生動而逼真。我認為蒙古語在表達動作、神色、形態方面非常高級。這個民族只有七百多年的歷史，生活在遊牧與征戰之中，口頭文學發達，沒有陳腐長的文學史，自然會更純樸剛健。它還細微，某些動詞在某些句式中，傳達出非常微妙的心態，如懇切、卑微、問詢。

那時，我也接觸過漢語。我以為漢語只是蒙古語的一種輔助說法，像漢語把「太陽」又叫「日頭」一樣。但漢語堅硬、遙遠、隔膜。我說「隔膜」，是說在說漢語的時候不容易帶出感情色彩（說不出）。同時，它的詞的指向又絕對。人們無端地吵架，恐怕和這個有關係。漢語還有一個毛病，假。它適於滋生假話空話。當然這是另外的話題了。

● 2

當我大了一些，開始和家屬院的孩子們一起玩的時候，漢語顛覆了我對世界的命名，或者說重建、擴大了？但這是令人憂傷的。你指著青草裡的蟲子說「Hao ri hao」的時候，他們尖銳地糾正你：「蟲子！」這使人悲憤。因為這不僅是語言，還是事情的性質。總之，你被漢語領到了一個遙遠的地方。

對孩子來說，漢語展示其強大的力量時，是它的故事或歷史。金兀朮、黃天霸、泰瓊。你能拒絕它們嗎？當然不能。在故事當中，漢語展示了它的強悍、寬廣、以及意味深長。然而，母語被覆蓋之後，並沒有消失，它們永遠也不會消失。它們還在原來那個地方，我說的是它們和我的心靈相遇時的地方，十分安靜。

蒙古語是這樣一種東西，你一說它，蒙古人的一切都會神奇地從你身上出現，你的表情、容貌、思想都是蒙古的。就像一個人從岸上跳進水裏，或跳進火裏。教一門外國語的時候，不可能教你說每一句話的表情。但一個人使用自己的母語的時候，都會這種表情，雖然每個人有不同的表情。因此，一個人學習外來語，一般也就是做工具，而無法由語言進入這個民族的心靈。事實上，只有通過語言才能進入心靈。一些感歎、評說以及那些微妙的意味是外人永遠無法窺知的。我的朋友抬舉我說：「你是蒙古人，又精通漢文漢語」。這是一個人聽著高興的話。我不知道「精通」的界限在那裡。但我通過漢語能深入瞭解漢人即絕大多數中國人的心靈，包括深藏其內的東西。而母語，讓我瞭解蒙古人的心靈。母語的存在，讓我有機會發現漢語當中晶瑩的、純樸的、乾淨的、細微的辭彙，我知道它們在哪裡，也知道怎麼運用它們表達我的感受。我使用漢語的時候，常有到別人家的菜園裏挑選果蔬的感覺。這是感激的，也是意外的，因為我是一個蒙古人。

有人使用外來語到了爛熟的境地，他們仍然有可能不瞭解這種語言的內含。他們的漢語流利無比，但還像鸚鵡學舌。他不懂，一個不識字的陝西農民說關中漢語是令人感動的，一個四川農民的家鄉語也是令人感動的，沒有人懷疑他們在說什麼。語言是血肉，不是發音之類所能說清的。這就像歌唱，歌唱不僅是呼吸、吐字及共鳴的問題（這是基礎問題），歌唱還有感受、有心靈。好的歌唱家使我們忘記了他的吐字或發音，我們被他給領走了，領到一個從沒去過的地方。

3

TieTie身材高大，肌肉鬆馳的臉上高貴而冷漠。她帶我們的時候，約有七十歲了。當她眼裏跳蕩温亮的火苗時，必是看到了我父親。我父親是她心愛的孫子。她不必要地維持著貴族的禮儀，譬如吃飯的時候我母親要站在地上，而我們在炕上坐著。

TieTie是個神奇的人，她不識字卻能講全套的《格薩爾王》和《三國演義》。年輕的時候，她聽一遍漢族藝人的書，如《瓦崗寨》，就能一字不拉地記住，並翻譯成蒙古語，永遠儲存在腦海中。書中人物的出場、容貌、衣著、心理狀態以及作戰狀態，無不詳略適宜、栩栩如生。她簡直是一個天才。講著，她有時會陷入沈思，含玉石煙嘴兒的嘴唇鬆開，吐出淡淡的青煙。

小時候——現在我仍不能把那些故事與我的童年剝離開——我們為她的故事著迷，不能區別現時與歷史。實際上，這是一種童年的神經症。我記得，最神奇的一個故事說，某人進了某房，推開南窗——這時我腦中情不自禁響起了TieTie的蒙古語，我盡可能原生態地翻譯它們——「花兒呀，開放著呢，紅的、黃的、白的，鹿兒愉快地吃青草，小鳥飛來飛去，唱著歌，但它們不離去。這裏還有珊瑚、玳瑁、松珠石、水晶石灑在地上發光」。關上了南窗，打開西窗，「一看，啊呀，蘋果、葡萄、白梨、黃梨、金絲棗、土耳其棗。當然西瓜、香瓜不值一提，在這裏都有」。簡直饞死我了TieTie趕緊關上了西窗。在東窗，她說巨浪劈面打過來，無數野獸哭喊著掙扎著，關上。北窗是冰雪，什麼都死了，太陽、月亮和星星都凍死了。它們的屍體扔在當院，後來空氣也沒有了，樹被凍得變成粉末被風吹走。

這些描述嚴重妨礙了後來我對客觀世界的認識，譬如我無法認同時間的順序性，懷疑季節，不能認同世界的是實在性。事實上，「開窗」只是一個鋪墊，後面還有這個人做了什麼事，各窗的景物又變了。而我卻永遠地停留在東西南北窗各自的內容裏。只要我到了一個陌生的環境，只要有不同的窗，我就想起了它們。我認為現在的窗子欺騙了我，然而這只是暫時的。總有一天，我會看到那樣的景物。TieTie還不厭其煩地描述過靈魂，靈魂的去處，靈魂所遭受的種種境遇。當然這也是真實的。每當我喝多了酒或神經症發作時，靈魂就離開了我，感謝神，最終它還是回來了。有時，我會文雅得體地說一些話，連我自己都吃驚，我知道這又是靈魂在開玩笑。有時，靈魂還開玩笑，譬如在酒桌上讓我突然地唱完一整段歌劇，或大段引述一部科學著作，別人驚奇，我卻不能告訴他們真相，我不懂科學，也不會歌劇，這只是一場玩笑。我沒說，因為誰也不會相信。

然而Tie Tie說到「青吉思罕」（成吉思汗）的時候，突然挺直腰身，靜穆之極。她常常會在故事中提到成吉思汗，表情會變成另外的人，寧靜而堅定。她不僅敬奉成吉思汗，而且常常思念成吉思汗，這是我從她臉上看到的。我儘管很小，也明白了一個簡單的事實：蒙古人是成吉思汗的子孫，沒有成吉思汗就沒有蒙古人，沒有我這個微不足道的個體的存在。

4

沒有秦始皇，華夏族人（這應該是漢族的規範術語）也存在，甚至存在得更好。沒有漢武帝、李後主、宋太祖、袁世凱、段祺瑞、孫傳芳、郝柏村，漢族人都存在。漢族人的高明處在於，誰不存在，他們都存在。

而成吉思汗是蒙古語與蒙古帝國的締造者。「莽古勒」（蒙古利亞）這個詞是他的命名。他即是人，也是神，還是我們的祖先。全世界的蒙古人都認同這一點。

這就表達了一個重要的觀點：蒙古人是在「蒙古」和「成吉思汗」這兩個核心詞之下聚合起來的。否則，它沒有宗教（黃教是清代之後的事情），沒有政府。它為什麼不在七百年間分散成無數小部族？事實上，中國北方騎馬民族的特性與蒙古人現今居住的蒙古高原的地域特徵使其易散離合。而許許多多的「蒙古人」已經融入波斯、匈牙利、俄羅斯的民族之內了。也就是說，當你不叫「蒙古」的時候，會像一片葉子一樣被吹走。而我所見到的所有蒙古人，提到成吉思汗的時候，全都激動，場面十分感人。

5

蒙古使我感到憂傷。下面的話並不是因為如何如何，沒有，什麼也沒有。在韶關，一位「師傅」劈頭問我：「你為什麼唱憂傷的歌曲？」我們剛見面，她甚至沒看我一眼。是啊，但我怎麼知道呢？梁曉聲說我筆下的文字「憂美」。那些歌像白雲一樣滾滾升起，我一唱歌就變成了另一個人，和牧區的蒙古人一模一樣。

憂傷後面一定有一個沒有實現的巨大的願望，我想那就是回到草原去，盤腿坐著喝酒，瞇著細長的眼睛看門外的牛羊，摟著馬的脖子看它的眼睫毛——動物中最好看的眼睛是馬的眼睛，其次是虎，最難看的是豬的眼睛。當回到了草原上，我一想起我的家在瀋陽，我還要回去的時候，心裏就更憂傷。為什麼不永遠留下來呢？我說服不了自己。

有一天吃完飯出去散步，我在前面走，我爸和我媳婦在後面走。我爸說：「你看，這就怪了，原野從小生在城裡，走路的樣子還像牧區的蒙古人上羊圈抓羊，沒辦法。」

我沒有看到蒙古人怎樣去羊圈抓羊。每當走到有鏡子的地方，比如賓館，邊走邊看這個人是怎麼去抓羊的。

說實話，寫到這裡我不知道怎麼寫了，因為不知道怎麼說蒙古與我這麼一件複雜的事，還有好多事情不能說。這時，我想起了張承志。一次吃飯時，一幫人（自然是文人）罵起了張承志，我說請你們不要罵他，你們罵他，我心裏很難受，想從這裡逃出去。他們驚奇，以為我有更新穎的話要說出來，賣弄。我說你們要再說我就不付帳。在心裏，我把張承志看成是蒙古人了，一個穆斯林蒙古人。他對待蒙古人的態度讓我驚訝不已也感動不已。當我把他看成是蒙古人後，就不驚訝了。我也見過許多會說流利蒙古語的各族人，但他們說不出蒙古人的蒙古語。而張承志在心裏熱愛著蒙古的土地、河流和額吉敏，我為他感到自豪，同時為蒙古民族感謝他。他比所有蒙古族作家寫蒙古寫得都好，他鑽進了蒙古人的心靈之中。這與文學無關，與恭維也無關，他是「曼聶莽古勒」（我們蒙古人）。還有我們蒙古人尊貴的朋友，詩人安謐，他對蒙古的一切留連忘返，真誠地歌頌我們民族的優秀品質。他是我的老師，他拉著我的手，走進惠特曼。蒙古人尊貴的朋友還有大舞蹈家賈作光，他幾乎受到了所有蒙古人的愛戴。而我這篇文章的名字來源於油畫家韋爾申的一幅獲獎作品——《吉祥蒙古》。我要說的話都被他畫出來了，吉祥蒙古。而我又要到別的地方抓羊去了。

現代文學典藏

鮑爾吉・原野散文選

叢書主編◆綠蒂
作者◆鮑爾吉・原野
發行人◆王學哲
總編輯◆方鵬程
主編◆葉幗英
責任編輯◆翁慧君
美術設計◆吳郁婷

出版發行：臺灣商務印書館股份有限公司
台北市重慶南路一段三十七號
電話：(02)2371-3712
讀者服務專線：0800056196
郵撥：0000165-1
網路書店：www.cptw.com.tw
E-mail：cptw@cptw.com.tw

局版北市業字第 993 號
初版一刷：2006 年 11 月
定價：新台幣 350 元

ISBN 978-957-05-2112-2

鮑爾吉・原野散文選 ／ 鮑爾吉・原野著. -- 初版.
-- 臺北市 ： 臺灣商務， 2006[民 95]
面 ； 公分. --（現代文學典藏）

ISBN 978-957-05-2112-2(精裝)

855 95018853